DER ROMAN

Einige Monate sind vergangen, seit Tanja ihren ersten denkwürdigen Kurs mit Elinor auf ihrer Reitanlage in Italien veranstaltet hat. Nun meldet sich Kathrin, eine Kursteilnehmerin von Tanjas Bewusstseinskursen mit Pferden, und schickt ihr kürzlich erworbenes Traumpferd Donauzauber zur Ausbildung dorthin. Tanja soll mit Hilfe ihres Teams versuchen, dem schwer traumatisierten Wallach zu helfen. Doch der steckt voller Überraschungen. Eine Herausforderung für Tanja, die in dieser Zeit auch ihr Herz verliert...

DIE AUTORIN

Im Mittelpunkt von Christina Göttes Leben stehen die Pferde. Die gebürtige Münchnerin verbrachte bereits als Kind ihre Zeit mit diesen wundervollen Geschöpfen, denen sie viel verdankt. Nach einer Ausbildung zur Bereiterin erfolgten Studium von BWL und Grafikdesign sowie die Prüfung zur Tierheilpraktikerin. Zahlreiche Weiterbildungen, u.a. in Tierkommunikation und Pferdegestützte Therapien, sind Bestandteil ihres Lebens. Die Kommunikation mit Pferd und Hund ist nach wie vor ein zentrales Thema für die Autorin, die mit ihrer Familie in der Nähe der Nordsee wohnt.

Näheres unter www.pferde-kunst-chris.de

Christina Götte

Tanjas Pferde –
Donauzauber

Roman

Bibliografische Information der Deutschen Nationalbibliothek
Die Deutsche Nationalbibliothek verzeichnet diese Publikation in der
Deutschen Nationalbibliografie; detaillierte bibliografische Daten sind im
Internet über http://dnb.dnb.de abrufbar.

Umschlagabbildung:
Christina Götte
© ›Rocco tanzt II‹, 2021

ISBN: 9783755717263

Für Roccocco
Dein Stern ist viel zu früh verglüht

SAMSTAG

Ein Handyton schrillte aufgeregt durch die staubige Stille des Vormittags. Mitten in der Einöde zwischen den Ausläufern von Bergen und einer großzügigen Reitanlage. Dahinter waren erst Wald und dann das Meer Italiens zu erkennen.

»Oh! Eine Nachricht von Kathrin! Du erinnerst dich, Diana, aus diesem wunderbaren ersten Bewusstseins-Kurs auf meinem Hof, als Elinor nur Teilnehmerin und noch nicht angestellt war?« Mit diesen Worten wandte sich Tanja, etwas über vierzig Jahre alt, im Sattel zu ihrer gleichaltrigen Freundin um, die einige Meter hinter ihr ritt.

Obwohl deren Stute ebenfalls ein Vollblut war, konnte man - zumindest jetzt nach diesem langen Ausritt in die Berge an einem heißen Juli-Morgen - nicht von einem vorwärtsdrängenden Rennpferd sprechen. Eher hatte die Reiterin Mühe, ihre Stute vom Einnicken abzuhalten.

Doch auch Diana wirkte schläfrig, als sie langsam ihren Kopf hob und die Reitkappe zurückschob. »Hm? Ach ja, Kathrin. Die konnte doch ganz ordentlich reiten!«

Tanja zog ihre Augenbrauen hoch und grinste. »Zumindest ein gutes Stück mehr als du, die du das Dressurreiten lieber anderen überlässt!«

»Muss ja auch nicht jeder in Perfektion können... Was will denn Kathrin von dir? Mal wieder einen Kurs mitmachen?«

»Nein. Sie schreibt, sie hätte sich nach unserer letzten Zusammenkunft mit der ganzen Gruppe im Juni voller

3

Euphorie ein Pferd gekauft. Einen Trakehner Wallach, vier Jahre jung. Direkt vom Züchter. Aber sie hat wohl Probleme mit ihm. Ob sie ihn für eine Weile zur Ausbildung herschicken darf.«

»Das klingt doch schön! Da hat Stanis, euer Reitlehrer, mal wieder ein nettes junges Pferd zum Arbeiten. Und du hast eine zusätzliche Geldeinnahme.«

»Er hat genug mit unseren zu tun. Und den Lehrgängen. Abgesehen davon schreibt Kathrin, sie wünscht sich, dass ich mich persönlich um ihr Pferd kümmere. Da scheint einiges im Argen zu liegen… wenn sie sich das nicht selbst zutraut…«

Schlagartig wurde Diana wach. Oder zumindest schien sie nicht mehr ganz so tief zu schlafen. »Das stimmt! Du hast recht! Sie war doch diejenige, die mit Chocolate Chips M-Lektionen trainiert hatte. Und das ziemlich feinfühlig! Was schreibt sie denn noch?«

»Nichts«. Tanja schüttelte den Kopf und hielt ihre schwarze Stute Midnight Beauty an, die bei der Gelegenheit über einen winzigen Stein stolperte. »Na, auch ein bisschen kaputt?«, tätschelte sie ihrem Pferd wohlwollend den Hals und erntete ein müdes Schnauben.

Ihre beiden Greyhounds Charles und Mortimer setzten sich brav zu Boden, um zu warten.

Just in diesem Moment ertönte das Handy ein weiteres Mal. Und nochmals.

Tanja zog es wieder aus der Tasche hervor und betrachtete andächtig das Foto eines traumhaft schönen Pferdes. Dunkelbraun, perfekt gebaut, ungefähr einen Meter siebzig Stockmaß, vier weiße Fesseln, auf diesen an den Hinterbeinen schwarze Punkte.

»Ein Dalmatiner…« Sie klang verklärt.

»Was? Ich dachte, ein Trakehner???« Diana wirkte in ihrer Schläfrigkeit niedlich.

Aber auch etwas begriffsstutzig.

»Er hat Dalmatinerpunkte auf seinen Söckchen hinten! Guck mal!«

Diana trieb ihre Stute Patsy an und erreichte endlich Tanja und Beauty. »Oooh! Der ist aber wirklich zauberhaft schön! Ein echtes Edeltier!«

»Ein echter Trakehner eben! Zum Schwachwerden!«

»Zum Dahinschmelzen! Wann kommt er? Da musst du aber ernsthaft aufpassen, dass du ihn nicht gleich für dich behältst!«

Tanja grinste. »Ich werde ein Auge auf mich haben, versprochen! Zur größten Not musst du mich in den Allerwertesten treten. Ja, ja, ich weiß schon! VERSPROCHEN!!!«

»Ich erinnere dich noch daran! Der Zeitpunkt ist absehbar… Na los, lies vor, was sie sonst schreibt!«

»Donauzauber - was für ein schöner Name, wirklich standesgemäß! - verhält sich mir und meiner Reitlehrerin gegenüber leider völlig unkooperativ. Egal, was wir ausprobieren - er wirkt unnahbar. Im schlimmsten Fall erstarrt er zur Salzsäule. Einmal ist er daraus explosionsartig gestiegen und hat mich umgerannt. Seitdem bin ich sehr vorsichtig geworden. Aus tierärztlicher Sicht ist nichts auffällig. Ich will ihn auch nicht zurückgeben. Die einzige Hoffnung, die ich nun noch habe, bist du. Kannst du uns helfen? Das wäre echt toll!« Tanja ließ das Handy sinken und wirkte fassungslos.

»Na, das nenne ich aber mal eine Herausforderung!«, lachte Diana und blickte Tanja an.

Doch deren Gesichtsausdruck wirkte weit weniger fröhlich. »Ob ich das hinbekommen kann? Mein Job ist doch eigentlich die Leitung dieser herrlichen Reitanlage, nicht das Korrigieren von Pferden, die schon etwas - Merkwürdiges erlebt haben…«

»Klar doch! Wenn das jemand schafft, dann du! Vergiss nicht, du hast nicht nur Stanis und die beiden Lehrlinge Erik und Peter zur Unterstützung, sondern vor allem noch Elinor, unsere Tierkommunikatorin. Und nicht zuletzt auch meine Wenigkeit!«

Nun musste Tanja doch ein wenig grinsen. »Ja, an deiner Schulter kann ich mein niedergetrampeltes Ego wieder aufrichten! Mal sehen. Ich antworte ihr mit einem klaren Ja! Wie heißt es so schön: Wir bekommen nur die Aufgaben, die wir auch erfüllen können! Und an jeder Herausforderung wächst man! Auch wenn Elinor erst in einem Monat wiederkommt.«

Die Pferde hatten sich wie magisch angezogen in Bewegung gesetzt und näherten sich mehr und mehr einer Ansammlung bunt angestrichener Häuschen, dem Künstlerdorf. Dort gab es Bungalows für die Kursteilnehmer der Reitlehrgänge sowie ein großes Haus mit Küche, Speisesaal, Terrasse und Räumen für Beschäftigungen an nassen oder kalten Tagen, wie die Bibliothek oder einen Kunstraum. Der Teilzeitarbeitsplatz von Diana, die als Künstlerin auf einem nahegelegenen typisch italienischen Gehöft lebte.

Der Swimmingpool blitzte ihnen lebhaft und verführerisch entgegen, die Sonne ließ ihre Strahlen darauf tanzen.

»Na, erst noch eine Runde schwimmen, bevor du nach Hause reitest? Die Pferde könnten wir vorher abduschen und in den kleinen Paddock stellen!«

»Sei mir nicht böse, aber ich falle schon fast vom Pferd. Wenn ich Patsy jetzt abstelle, legt sie sich sofort hin und ich kriege sie nicht mehr hoch. Dann muss ich sie auch noch nach Hause tragen!« Diana schüttelte kategorisch ihre kastanienbraunen Locken. Ein leises Seufzen entkam aus tiefstem Herzen.

Tanja musste losprusten. »Du Ärmste! So geschlaucht durch ein bisschen Reiten, zwangsweise wohlgemerkt!«

»Haha. Wir hätten auch ein wenig am Meer plantschen können…«

»Ich muss das schon ausnutzen, wenn du mal frühmorgens ausreiten willst! Sonst schläfst du immer bis in die Puppen!«

»Das merk ich mir! Für das nächste Mal…« Diana zog einen beleidigten Flunsch und gackerte gleich darauf los. »Man, was geht es uns doch gut! Andere beneiden uns um unser herrliches Leben!«

Tanja stimmte in das Lachen ein. »Das darfst du aber laut sagen!«

»Themenwechsel - was rieche ich denn da? Mmh, das duftet aber auch allzu fein!« Diana hatte ihre Nase wie ein Spürhund erhoben.

Auch Charles und Mortimer war dieser Hauch nicht entgangen.

Ohne weitere Befehle abzuwarten, schossen sie davon, in Richtung Küche. Dort trat gerade Elvira, die wohlbeleibte Köchin, vor die Türe, um sie beim Anblick der heranstiebenden Hunde blitzschnell zu schließen und die Fellnasen mit wedelnden Armen energisch abzuwehren.

Die Stuten zogen nun in Richtung Heimat mehr an, bald hatten die vier das Gelände des Künstlerdorfes erreicht.

»Elvira, hallo! Sagen Sie, was haben Sie denn schon wieder Leckeres am Vorbereiten? Das duftet ja himmlisch!« Tanja inhalierte den Duft regelrecht.

»Hallo Signora!« Der gewichtigen Italienerin war der Stolz anzusehen. Sie platzte förmlich davon. »Ich habe ein Gericht ausprobiert, ein Rezept meiner Tante. Aus

Catania. Sie wissen doch, aus Sizilien! Zum Mittagessen, für die Mannschaft.«

»Prima! Dem Geruch nach ausgesprochen unterstützenswert! Und was genau ist es?« Diana lief sichtbar das Wasser im Munde zusammen. Sie musste mehrfach schlucken.

»Arancini. Das sind golden gebackene Reisbällchen mit einer Füllung aus Ragout, Mozzarella und Erbsen. Wollen Sie probieren? Ich habe schon einige in der Pfanne!«

Diana und Tanja wechselten einen Blick und nickten. Mehr war nicht nötig. Eilends wendeten sie ihre Pferde zum Paddock, um sie abzusatteln und zu duschen. Die Tränke war sofort von Beauty belegt, Patsy wartete höflich, bis sie an der Reihe war und interessierte sich in der Zwischenzeit für den Inhalt des eilends aufgehängten Heusacks.

Doch das bekamen die beiden Freundinnen schon nicht mehr mit. Sie saßen bereits im Schatten auf der Terrasse und betrachteten hungrig die dampfenden goldenen Bällchen, die Elvira ihnen gerade stolz kredenzte.

»Echte Prachtstücke, das kann man gar nicht anders sagen!«, lobte Tanja die tatsächlich an sonnenverwöhnte Orangen erinnernden Arancini.

»Eigentlich viel zu schön, um sie zu essen. Aber wie sagte schon Oscar Wilde: ›Versuchungen sollte man nachgeben. Wer weiß, ob sie wiederkommen‹…«

»Ich bewundere dein Wissen. Deine Tapferkeit. Und deine Standhaftigkeit. Aber - bitte nicht böse sein - jetzt habe ich eindeutig Wichtigeres zu tun…« Tanja hatte die erste Reiskugel geöffnet und fächelte sich den duftenden Dampf, der daraus entwich, mit geschlossenen Augen zu.

Im nächsten Augenblick war ihre Aufmerksamkeit jedoch zu Boden gerichtet, von wo ein entsetzliches, aber dezent leises Heulen zu hören war. Mortimer saß dort mit herzzerreißendem Blick und schien Höllenqualen zu erleiden.

»Oh nein! Nein, nein, nein! Ich teile nicht, zumindest nicht den ersten Bissen! Außerdem solltest du genau wissen, dass ich bettelnde Hunde nicht leiden kann! Schon gar nicht am Tisch! - Elvira, könnten Sie mir bitte noch zwei Teller mit jeweils einem - EINEM! - Arancino für die beiden Hungerleider bringen? Sonst wird das heute nichts mehr mit dem Essen...«

Diana lachte sich mit vollem Mund ins Fäustchen. »Megalecker, ich kann dir sagen!«, brachte sie trotz prall gestopfter Backen hervor, um sich mit Hingabe gleich dem nächsten Ball zu widmen.

»Haha. Wolltest du nicht eigentlich nach Hause reiten? Schon wieder vergessen, was? Aber warte nur, meine Rache wird fürchterlich sein!« Mit dieser düsteren Prophezeiung inhalierte Tanja ein weiteres Mal den Duft, um sich dann das erste Stückchen pure Verführung in den Mund zu schieben.

In der Zwischenzeit hatte Elvira gekonnt abgekühlte Arancini für die Hunde in kleine Stückchen zerteilt, diese weitmöglichst auseinandergeschoben und vorsichtig den Hungerleidern hingestellt. Die Teller schrammten über den Boden, während sie gierig abgeleckt wurden.

»He, nicht das Porzellan fressen! Das schmeckt nicht!«

Tanja grinste, während sie nach den nächsten Reisbällchen fasste. »Aber verstehen kann ich euch!«

»Immerhin wissen die beiden, dass jetzt Schluss ist. Meine Katzen würden mich terrorisieren, indem sie auf den Schoß oder gar auf den Tisch springen und zur Selbstbedienung übergehen!«

Tanja nickte zufrieden. »Charles und Mortimer müssten sonst ganz von hier weg und sich schämen. Nicht, dass sie das tun würden«, Diana kicherte, »aber immerhin finden sie es auch nicht toll, nicht mehr dabei sein zu dürfen!«

»Signora, ich muss jetzt in die Küche zurück. Hier ist nochmal eine Schüssel. Und Salat dazu. Reicht Ihnen das?« Elvira musterte die beiden Frauen mit ihren dunklen Augen.

»Für mich sicher, aber ob das für Diana langt?«

Schnell musste sich die Reitanlagenbesitzerin zur Seite ducken, schon landete die Serviette der Freundin dort, wo sie sich gerade noch befunden hatte.

»Du bist ja so gemein!«, schmollte diese nun, um sich mit strahlenden Augen sofort wieder an Elvira zu wenden. »Danke, das genügt. Es schmeckt halt einfach so herrlich!«

Stolz zog die Köchin ab.

Eines nach dem anderen verschwanden die Arancini in den Mündern der Freundinnen. Schweigen hatte sich ausgebreitet, bis sich schließlich Tanja seufzend über den prall gespannten Bauch strich und die Gabel klappernd fallen ließ. »Lecker! Ich bin absolut satt! Da geht leider nichts mehr rein…«

»Ja, nicht wahr? Das Leben kann so schön sein!«

»Das sagst du immer, wenn es dir gut schmeckt!«

»Echt? Ist mir noch nie so aufgefallen…« Diana wirkte etwas verwundert.

»Na, letzten Endes hast du doch recht! Gutes Essen hält Leib und Seele zusammen! Und wenn es dann noch so lecker ist…«

Die Freundinnen lachten.

»Wir sind schon zwei! So, jetzt muss ich aber los, ich muss noch arbeiten.«

Just in diesem Augenblick meldete das Handy wieder eine eingehende Nachricht.

Tanja blickte auf das Display. »Nanu! Schon wieder Kathrin… Die hat es aber eilig! Jetzt schreibt sie, dass sie einen Pferdetransporteur kontaktiert hat. Der hat für morgen eine Fahrt in die Gegend geplant und einen Platz frei! Ankunft Montag im Laufe des Vormittags! Das ist ja ein Tempo!«

»Wow! Mal gut, dass du diese Woche keinen Kurs hast! Dann kannst du dich bestens um Donauzauber kümmern! Kommt Kathrin auch?«

»Nein, wohl noch nicht. Sie kann sich nicht freinehmen, möchte aber am Wochenende darauf hier vorbeischauen.«

»Okay, dann weißt du ja, was auf dich zukommt! Ich muss jetzt wirklich los, wir sehen uns spätestens am Montag. Bis denn, ich bin weg!«

Tanja umarmte ihre Freundin. »Ich warte noch auf Stanis, der müsste bald kommen. Dann kann ich das Thema mit ihm besprechen. Was er so meint. Tschüß, wir telefonieren.«

Anschließend blickte sie wieder gedankenverloren auf die Fotos des bildschönen Pferdes. Was mochte ihm wohl geschehen sein? Auf jeden Fall musste sie am Nachmittag mit Kathrin telefonieren, sobald diese Dienstschluss hatte. Auch Elinor sollte schnellstens in die Sache eingeweiht werden.

Am leicht schlurfenden Schritt erkannte sie einige Minuten später ihren Angestellten Stanis, ein schwuler Reitlehrer aus Polen, der dank seiner Schulbildung hervorragend Deutsch sprach und - willkommener Zusatzbonus zu seinen hervorragenden Reitkenntnissen und Pferdesense - keine Probleme mit den zahlreichen Kursteilnehmerinnen verursachte wie damals sein Vorgänger. Allerdings wuchsen sich seine beiden Lehrlinge Erik und Peter allmählich zu kleinen Schwerenötern aus, was sicherlich nicht nur der Möglichkeit, sondern auch dem italienischen Flair der Umgebung geschuldet war. Die beiden trotteten in einiger Entfernung ihrem Meister hinterher.

»Hallo Chefin, na, schon gegessen?« Ein verlangender Blick strich über Tanjas Teller. Dem ein leises Magenknurren folgte. Unwillkürlich strich sich Stanis über den Bauch. Und grinste.

Da erschien auch schon Elvira mit einer neuen Schüssel dampfender Arancini.

Die Jungs griffen sich Teller und Besteck von der Anrichte und brachten für Stanis ein Gedeck mit. Allerdings verzogen sie sich schnell in eine andere Ecke, möglichst weit weg von den Erwachsenen.

So konnte Tanja das Wenige, was sie bisher über Donauzauber erfahren hatte, in aller Ruhe darlegen. Stanis war zum einen ohnehin ein guter Zuhörer, der erst spät seine Fragen stellte, zudem war er hinreichend mit den Leckereien beschäftigt.

Als Tanja fertig war - auch ihre Bedenken hatte sie ausgiebig geschildert -, nahm der Meister seine Serviette, wischte sich umständlich über den Mund und trank erst noch einen Schluck Wasser.

»Also, wenn ich das richtig verstanden habe, bekommen wir in zwei Tagen einen Freak. Einen armen Teufel, der weiß Gott was mitgemacht hat und nicht damit klargekommen ist. Oder es sich einfach nicht hat gefallen lassen, weil er viel zu klug dafür ist. Ein Trakehner halt. Das können leider die meisten Reiter nicht richtig einschätzen… Und jetzt hat das Bürschchen einen Knacks weg…«

»Und meistens verfügt diese Rasse auch noch über ein wahres Elefantengedächtnis«, setzte Tanja seufzend hinzu.

»Das sie leider ebenso oft ausdehnen auf alle Vertreter der menschlichen Rasse«, ergänzte Stanis trübsinnig.

»Na prima. Du machst mir gerade richtig Mut! Eigentlich hatte ich etwas anderes von dir erwartet!« Tanja begann, unruhig zu werden.

Da grinste Stanis unerwartet von einem Ohr zum anderen. Ein regelrechter Sonnendurchbruch inmitten dunkelster, schwärzester Gewitterwolken. »Das hat schon alles seine Gründe! Vielleicht ein sehr interessantes Abenteuer für dich! Auf jeden Fall wirst du ganz neue Erfahrungen sammeln! Und daran wachsen!«

Sie musterte ihn mit trüben Augen. »Oder aber auf immer daran zerbrechen!… Überleg doch nur, ich habe überhaupt gar keine Ahnung von der Korrektur solcher Pferde! Und ganz ehrlich - eigentlich will ich doch nur das Leben genießen, wie es ist! Meine Anlage leiten, schöne Kurse geben, meine Gäste zufriedenstellen…«

»… und deine Angestellten, nicht zu vergessen!…«

Dafür erntete Stanis einen Knuff in die Seite. Das Lachen vertrieb es ihm trotzdem nicht aus dem Gesicht.

»Schau mal, bessere Bedingungen kannst du doch gar nicht für dieses Abenteuer haben! Den Pferden geht es blendend hier! Jedes hat einen Paddock vor der Box, alle gehen jeden Tag zumindest für vier Stunden auf Koppel, wenn gerade Lehrgang ist. Ansonsten den ganzen Tag. All diese glücklichen Pferde werden auch einen beruhigenden Einfluss auf Donauzauber haben, da bin ich mir ganz sicher. Lass ihn doch einfach mal hier ankommen, dann sehen wir weiter! Ein paar Tage Ruhe, nur etwas putzen und herumtüddeln, und dann beginnst du mit Laufenlassen in der kleinen Halle. Vielleicht besuchst du mit ihm und einem entspannten Pferd den Spielplatz. Da kann Erik dich begleiten.«

»Und wenn er mich da schon im Regen stehen lässt?« Zweifelnd blickte Tanja ihren Reitlehrer an.

Der zuckte die Achseln. »Dann benutzt du - oder eben Erik - das Handy. Ich komme dann, so schnell ich kann. Aber ganz ehrlich - ich glaube fest daran, dass du das hinbekommst!«

Ganz so überzeugt wie Stanis war Tanja jedoch nicht, als sie wenig später Beauty sattelte und mit ihr an der Hand hinüber zur Anlage lief. Die Schritte der beiden waren auf dem mit Holzschnitzeln bestreuten Weg kaum zu hören. Nur das Hecheln von Charles und Mortimer, die bereits wieder neue Kraft getankt hatten, durchbrach die mittägliche Stille. Ein, zwei Grillen versuchten sich abseits im Gebüsch mit einem sparsamen Konzert. Die Platanen beidseits des Weges spendeten erquicklichen Schatten.

Schon kam Tanja an die Kreuzung. Rechts konnte sie hinter den Bäumen die Umrisse ihres Hauses ausmachen, links ging es auf den großzügigen Hof, in dessen Mitte ein plätschernder Brunnen mit einer Bronze-Darstellung von Stute und Fohlen stand. Dahinter sah man über einen mit Bögen durchbrochenen Verbindungsweg zwischen den beiden Reithallen auf das große Dressurviereck mit sechzig Metern Länge.

Die beiden zog es, im Hof angekommen, magisch nach rechts, in den privaten Stalltrakt. Hier residierten Tanjas Reitpferde, die Zuchtstuten mit ihren Fohlen und der auszubildende Nachwuchs.

Viel blieb nicht zu tun - absatteln, mit einer groben Bürste über das leicht sandpanierte Fell, eine Kelle Futter als Dankeschön. Und nach dem Füttern - in dieser Zeit räumte Tanja alles auf, spülte das Gebiss sorgfältig aus, putzte das Leder des Reitzaums mit Sattelseife - auf die Weide, zu den anderen Pferden. Beauty trottete zufrieden zu ihrer Herde, während Tanja noch eine Weile am Koppelzaun stand, tief in ihre Gedanken versunken.

Schon wieder schrillte das Handy - ein besonderer Ton, der ihr ein Lächeln ins Gesicht zauberte.

»Elinor! Das ist ja schön! Dich wollte ich gerade anrufen!«

Automatisch stellte sie die Lautstärke niedriger.

»Hallo meine Süße!« Eine tiefe, kehlige Stimme, die immer ein wenig zu lachen schien, auch wenn man die füllige Frau am anderen Ende der Leitung nicht sehen konnte. »Das nennt man Gedankenübertragung! Du praktizierst schon fleißig, wenn ich das mal anmerken darf!«

Tanja schmunzelte. »Nun ja. Wie dem auch sei - schön, dass es geklappt hat! Auch wenn ich es eher als Zufall bezeichnen würde…«

Elinor unterbrach sie: »Du weißt ja, Zufälle sind die Gegebenheiten, die einem zufallen! Also, Schätzchen, wie geht es dir denn? Ich habe so das Gefühl, dir steht ein Abenteuer bevor!«

Alle Alarmglocken begannen zu schrillen. Tanja stöhnte aus tiefstem Herzen.

»Tja. So könnte man es auch nennen. Aber wie du das schon wieder ahnen kannst…«

»Fleißiges und angewandtes Praktizieren! Du sagst doch auch immer, Reiten lernt man nur vom Reiten und nicht aus den Büchern! Das ist bei Tierkommunikation und anderen spirituellen Techniken nicht anders! Apropos - wie geht es meinem Dicken denn?«

»Nanu? Ich dachte, du kommunizierst mit Lafayette anders?« Die Rede war von dem schweren, braunen Wallach, der den Teilnehmern der Kurse als Schulpferd zur Verfügung stand und der erklärte Liebling Elinors war.

»Natürlich stehe ich mit ihm geistig in Verbindung. Aber so kann ich ihm keine saftigen Birnen geben! Dafür brauche ich dich als Assistentin vor Ort!«

»Ach! Deswegen rufst du an! Und ich hätte es dir fast geglaubt, mit dem Abenteuer und der Gedankenverbindung…«

Wieder ein tiefes Lachen auf der anderen Seite. »Also. Was ist nun? Was steht an? Wie kann dir die dicke Elinor denn helfen?«

Einen winzigen Protest verdrängte Tanja schnell aus ihren Gedanken, immerhin hatte ihre neue Angestellte recht - zudem stand diese überhaupt nicht auf nett gemeinte Höflichkeiten. »Kathrin aus dem ersten Kurs, bei dem du auch als Teilnehmerin dabei warst, hat sich ein - problembehaftetes junges Pferd gekauft. Dieses Edeltier kommt am Montag hier bei uns an. Hast du Zeit?«

Schweigen am anderen Ende.

Endlich kam ein entschiedenes »Hm!« an.

Wieder Schweigen.

»Also? Was meinst du? Kannst du außerplanmäßig früher kommen?« Tanja merkte, wie ihre Stimme mit jedem Wort zunehmend zittriger und hilfloser wurde.

»Tjaaaaa….«

»Ja?«, hakte sie vorsichtig nach. Ihr schwante Schlimmes.

»Also. Eigentlich eher nicht..«

»Eigentlich ist wie ein bisschen schwanger. Das gibt es nicht!«, flehte sie.

»Nein, Schätzchen, das tut mir jetzt echt leid, aber wir fliegen morgen in den Urlaub. Hat sich spontan so ergeben, sorry! Mein Mann nimmt ja nie frei, aber gestern haben wir spontan gebucht. Gran Canaria.«

»Ihr seid weg?«, echote Tanja kraftlos.

»Nicht völlig aus der Welt, es gibt ja Telefon!«, versuchte Elinor, sie aufzumuntern.

»Wie lange denn?«

»Ich trau mich jetzt kaum, das zu sagen - drei Wochen…«

»Oh Gott!!! Was mach ich denn jetzt bloß?!«

»Komm Kindchen, das schaffst du schon! Und wir können immer telefonieren! Naja, fast immer…«

Tanja war kurz vor dem Losheulen. Sie hatte so fest mit der Hilfe ihrer Freundin gerechnet. Weniger praktisch - Elinor war reiterlich gesehen gerade mal ambitionierte Anfängerin -, aber zumindest im seelischen Bereich. Immerhin konnte sie auf geradezu unheimliche Weise mit Tieren kommunizieren, aber auch die Bereiche der menschlichen Seele waren für sie kein Tabuthema.

»Ich glaube, ich habe mir zuviel zugemutet…«, jammerte Tanja.

»Ein ganz klares Nein! Wenn du das nicht schaffen könntest, hättest du nicht zugesagt! Ganz abgesehen davon wäre dieses Geschehen gar nicht erst an dich herangetreten! Nein, Schätzchen, du schaffst das! Allerdings - Lehrjahre sind keine Herrenjahre, das gilt übrigens für das ganze Leben! Könnte schon sein, dass es dir die ein oder andere Zierfeder verbiegt. Aber das Geschenk am Ende wird die verlorenen Eitelkeiten weit aufwiegen, das glaube mir!«

Tanja musste bei den letzten beiden Sätzen doch ein wenig schmunzeln. Das war wieder typisch Elinor!

»Nun. Gläubig bin ich ja nicht gerade, deswegen bin ich schon vor Jahren aus der Kirche ausgetreten. Aber gut - ich werde es versuchen! Und mein Bestes geben!«

»Schön! Schönschönschön!« Elinor hörte sich zufrieden an. »Wie gesagt - du kannst mich immer erreichen. Ruf nur nicht zu oft an!«

Mit einem tiefen Seufzer ließ sich Tanja auf eine der Bänke der Aussichtsplattform plumpsen, die einen weiten Blick über die Weiden bis hin zum Waldrand und dem dahinter schimmernden Meer erlaubte. Während der Kurse verbrachte sie mit den - meist weiblichen - Teilnehmern etliche Stunden hier, um Pferde und Menschen zu beobachten und eigene Strategien aus dem Verhalten letzterer zu entwickeln.

Sie erinnerte sich an jenen Kurs, an dem sie sowohl Kathrin als auch Elinor kennengelernt hatte. Mit einem deftigen Paukenschlag hatte alles genau hier begonnen. Wie weit schien das mittlerweile her zu sein! Dabei waren lediglich einige Monate vergangen, in denen sie bisher immerhin einen weiteren spirituellen Kurs - den aber mit vollem Erfolg und reger Hilfe durch Elinor - durchgeführt hatte. Zu sparsam waren noch die Reaktionen und Nachfragen der Reiterklientel.

Während sie ihre Augen schloss und sich im Schatten des Sonnenschirmes zurücklehnte, um sich schließlich gänzlich hinzulegen, fragte sie sich, wie sie wohl diese Kurse besser vermarkten könnte. Es gab mit Sicherheit viele Menschen, die sich mehr mit der Persönlichkeit der Pferde beschäftigen wollten. Und selbst daran heilen konnten. Auch wenn sie sich bis dahin gar nicht bewusst waren, wie schwer sie innerlich verletzt waren. Wie massiv sich das in ihrem Verhalten, ihrem Erfolg im Leben auswirkte.

Unvermutet spürte sie warme Lippen auf den ihren. Verdutzt öffnete sie die Augen und blickte in die strahlend blauen Iris von Max.

»Du bist eingeschlafen, mein Schatz! Ich habe dich vermisst, und dachte mir, ich finde dich, wenn schon nicht im Stall, dann doch hier.«

»Oh«, staunte Tanja, »ich habe dich nicht mal kommen gehört! Und die Hunde…« Ihr Blick schweifte zu Boden, wo die beiden Greyhounds brav und anständig zu Füßen ihres Herrchens lagen.

»Da habe ich auch gestaunt! Die beiden haben einen wahren Affentanz aufgeführt, als sie mich gesehen haben!«

»Wie halt immer. Und das habe ich verpennt…«

»Du hast ganz offensichtlich geschlafen wie ein Stein. Wie war denn euer Ausritt?«

Tanja streckte und reckte sich, bevor sie sich aufrichtete, um Platz für ihren Mann zu machen. Kaum saß er, schmiegte sie sich an ihn wie ein Kätzchen. ›Fehlt nur noch, dass ich schnurre‹, grinste sie innerlich.

»Der war supertoll, allerdings auch wesentlich länger und anstrengender als geplant. Diana wollte unbedingt noch hoch bis zur Quelle. Und das bei der Hitze…«

»Oh du Arme! Fast bekomme ich noch Mitleid mit dir!« Max wuschelte ihr durch das blonde Haar und küsste sie gleich nochmal auf die widerspenstig hochgereckte Nase.

Max. Ihr Mann. Der Mann, der damals aus Liebe zu ihr die Reitanlage verwirklicht hatte. Der Mann, der nach wie vor ihr wahr gewordener Traum von einem Lebenspartner war.

Der allerdings doch wieder erheblich mehr arbeitete, als er sich vor einem halben Jahr erst vorgenommen hatte.

Kurz verdüsterte sich ihre Miene bei diesem Gedanken, doch schnell gewann der Frohsinn wieder Oberhand.

»Haha. Da fällt mir ein - wollten wir nicht morgen eine kleine Wanderung in die Berge machen?«

Max zuckte sichtbar zusammen. »Mh. Ja. Ähm. Also. Das müsste dann aber eine sehr kleine Tour werden. Ich könnte dich alternativ aber auch zum Frühstücken nach Campanola ausführen, was hältst du davon?«

Er strahlte sie auffordernd an. »Heute war doch dann genug Gebirge, meinst du nicht?« Wie um sie von dieser überraschenden Wende zu überzeugen, beugte er sich zu den Hunden hinunter. »Ihr wollt doch sicher auch viel lieber lecker frühstücken gehen, hab ich recht?«

Charles und Mortimer reckten sich nach oben, beide wischten sie mit ihren Zungen über die Mäuler.

»Siehst du, die beiden wollen auch viel lieber nach Campanola!« Siegessicher drehte sich Max mit triumphierenden Lächeln zurück zu Tanja.

Diese verzog den Mund, konnte ein Schmunzeln aber nicht unterdrücken. »Das nennt man Bestechung, mein Liebster!«

»Das war eine klare Meinungsbefragung, mein Herz!« Unschuldig musterte er sie aus blauen Augen.

Gleichzeitig fixierten auch die hechelnden Hunde Tanja.

»Du willst dich nur vor dem langen Aufstieg drücken! Naja, war heute mit den Pferden schon anstrengend genug… Okay, ihr drei, ihr habt mich rumgekriegt! Wir fahren morgen zum Frühstücken!«

Als Dankeschön bekam sie einen langen Kuss von Max, in den Mortimer ungeniert hineindrängelte. Schon landete die rosa Zunge des Hundes erst am Kinn von Tanja, dann am Hals von Max. Gleichzeitig sprang nun auch Charles, der nicht länger zurückstehen wollte, in die Menge hinein. Beide Menschen verloren das Gleichgewicht und kullerten zu Boden, wo sie wechselweise von Charles und Mortimer hingebungsvoll abgeschleckt wurden.

Endlich ließen die Hunde von ihnen ab. Allerdings auch nur, weil eine Bewegung auf der Weide ihre Aufmerksamkeit erregt hatte.

Tanja versuchte seufzend, sich wieder auf die Bank zu ziehen. Max dagegen blieb am Boden sitzen, um sich an den Beinen seiner Frau anzulehnen. Die Hunde hatten sich auf die Koppel verzogen, um Kaninchen nachzustellen.

Nachdem sie sich mehrfach über den mit Erdkrumen beschmutzten Mund gefahren war, küsste sie ihren Mann schließlich auf den Kopf.

»Chaotenbande!«, schimpfte sie leise in sich hinein.

Max drehte sich halb zu ihr um. »Ich hoffe, du sprichst nur von den Hunden!«

Ein spöttischer Blick traf ihn. »Ausschließlich!«, wurde ihm prompt mit hochgezogenen Brauen wenig überzeugend versichert.

»Hm. Ich nehme das jetzt mal so hin…«

»Apropos - ich habe dir noch gar nicht die neuesten Nachrichten erzählt! Kathrin - aus unserem ersten Kurs mit Elinor - lässt übermorgen ihr neues Pferd hierherbringen…«

Nach einem auffordernden Nicken von Max berichtete Tanja über die Entwicklungen des Tages. Auch ihre Zweifel ließ sie nicht aus.

»Vielleicht trifft es sich ganz gut, dass ich diese Woche auswärts zu tun habe. Dann hast du genug Zeit, um dich diesem Pferd zu widmen.«

»Ach! Du bist auch nicht da?«

»Auch nicht? Wer denn noch nicht?«

Tanja ächzte vernehmlich. »Elinor. Sie verreist für drei Wochen nach Gran Canaria. Ausgerechnet jetzt!«

»Tja. Mein Vertreter ist, wie du weißt, unerwartet Vater von Vierlingen geworden. Der braucht gerade ganz dringend Vaterschaftsurlaub. Nun muss ich mich doch wieder selbst um das Geschäft kümmern. So war das eigentlich nicht geplant…« Max schmiegte sich an die Beine seiner Frau und genoss hinlänglich die Schmuseeinheiten, die sie seinem Kopf gönnte.

Ein Seufzen entfuhr ihr. »Ich habe ganz schön Angst, dass ich versage! Jämmerlich versage! Und du bist unterwegs. Elinor weit weg. Oh je…«

Max richtete sich bei diesen Worten nun doch ganz auf und setzte sich auf die Bank, um sie in den Arm zu nehmen und sanft zu wiegen. »Schau, mein Herz, wenn Kathrin denkt, du schaffst das - du und nur du! -, dann sehe ich keinen Grund, warum das anders sein sollte! Ja, du schaffst das, da bin ich mir ganz sicher! Immerhin hätte sie auch jeden anderen fragen können. In Deutschland wimmelt es von Profis und insbesondere von Pferdeflüsterern, das kann ich dir garantieren! Einer besser als der andere!«

Ein Lächeln stahl sich auf Tanjas Lippen. »Mh. Die besten Trainer stehen immer an der Bande, nicht wahr? Experten über Experten in den vielen Ställen…«

»Einfach eine Sache des Marketings. Und des Selbstbewusstseins. Vielleicht kommt dieses Pferd ja, um deines endlich einmal aufzubauen.« Mit diesen Worten umschlang er seine Frau und küsste sie inniglich.

MONTAG

Die Zeit bis zur Ankunft von Donauzauber schien zu verfliegen.

Samstag hatten Tanja und Max noch ein kleines kaltes Abendessen genossen, um sich Sonntag mit Hingabe einem reichlichen Frühstück direkt an der Mole von Campanola widmen zu können. Die Zeit war nur so verstrichen, als Bekannte sie dort entdeckt und sich zu ihnen an den Tisch gesellt hatten. Den Nachmittag hatten sie - wieder alleine - am Stadtstrand verbracht, um abends noch ein kleines Menü in einer Fischtaverne einzunehmen.

Montag Morgen hatte Max Abschied von Tanja genommen, um mit dem Zug nach Deutschland zu fahren und seine Buchhaltungssoftware, von der sie gut leben konnten, in verschiedenen Firmen einzupflegen sowie deren Mitarbeiter daran zu schulen.

Tanjas Handy gab einen Ton von sich.

Eine eingehende Nachricht des Spediteurs!

Seit gestern Mittag, dem Verladezeitpunkt von Donauzauber, bekam sie immer wieder Fotos und Videos über den Zustand des Wallachs. Ebenso von der Unterkunft, in der er die Nacht verbracht hatte. Mit ihm reisten elf andere Pferde, jeweils in unterschiedliche Orte. Damit erklärte sich auch die lange Fahrt.

Nun aber sollte er in etwa einer halben Stunde ankommen! Ab sofort konnte sie den genauen Standort live auf ihrem Handy mitverfolgen. Eine Gänsehaut überzog ihre Arme.

Aufgeregt rief sie bei Diana an. »In dreißig Minuten ist Donauzauber da! Kommst du rüber?«

»Puh, ich weiß nicht, ob ich das rechtzeitig schaffe! Der Klempner versucht gerade, meinen Gulli im Hof zu reparieren. Der ist seit vorgestern nicht mehr abgelaufen, nachdem ich Patsy geduscht hatte.«

»Oh.«

In diesem einen Seufzer musste so viel Enttäuschung gelegen haben, dass Diana tröstend meinte: »Ich versuche mein Möglichstes! Kann dir aber nichts versprechen, ja? Vielleicht kann der Klempner schon einschätzen, wie lange er noch braucht. Ich geb dir Bescheid, sobald ich es weiß, ja?«

»In Ordnung. Dann soll das wohl so sein…«

»Wie sagt Elinor immer so schön: Das Beste für uns geschieht! Immer!«

»Berufsoptimistin! Naja, wird schon klappen!«

»Ich komme, sobald ich kann! Versprochen!«

Tanja schob eine widerspenstige Locke hinters Ohr und starrte auf ihr Handy, nachdem sie den Anruf beendet hatte. Was war das nur für eine Sache mit diesem Wallach? Fast schon schien es ihr, dass es eine sehr direkte und persönliche Angelegenheit werden würde. Keiner da, der ihr vom Herzen her nahe stand. Sie schluckte trocken und erhob sich, um sich für die baldige Ankunft von Donauzauber fertigzumachen.

In einer Staubwolke kam der große LKW sanft mitten im Hof zum Stehen. Sofort ertönte aus den Ställen und von den Weiden lautes Wiehern, das aus dem Inneren des Transporters hektisch erwidert wurde. Gleichzeitig geriet der riesige Aufbau ganz leicht ins Wanken durch die nervös herumzappelnden Passagiere.

Die Tür der Fahrerkabine öffnete sich, ein sympathisch lächelnder Mann kletterte zu Boden. Er strahlte viel Ruhe aus, die er bei dem Job wohl auch dringend benötigte. Spätestens bei seiner Begrüßung wurde klar, dass er aus dem Osten, vermutlich aus Russland, stammte.

»Hallo! Ist schön hier!« Bewundernd blickte sich der Fahrer um.

»Ja, danke! Ist die Fahrt gut verlaufen?« Neugierig fixierte Tanja die Heckklappe, hinter der es stampfte.

»Oh, ist sich alles gut. Der Bub ist etwas aufgeregt, ich denke. Aber ist sich brav, und versucht mitzumachen. Dann mach ich mal auf.«

Unwillkürlich trat Tanja einen Schritt zurück, ebenso wie Stanis, der aus dem Nichts neben ihr aufgetaucht war.

»Die Jungs sind gerade am Reiten. Ich wollte hier kein großes Aufgebot haben«, erklärte er seiner Chefin, ohne dass sie fragen musste.

Dankbar nickte sie, weiterhin den Blick auf die nun herunterfahrende Ladeklappe geheftet.

Und da stand er - schön wie ein Denkmal! Schweißüberströmt, jede einzelne Ader an seinem edel geformten Körper heraustretend, die Augen weit aufgerissen.

Schon war es vorbei mit der Ruhe. Ein lautes Wiehern erschütterte den Körper von Donauzauber und damit den gesamten LKW. Antworten kamen von überall her. Doch er stand weiterhin ruhig, ließ sich vom Fahrer am Halfter ergreifen und folgte ihm brav die Rampe hinunter.

Kaum stand Donauzauber auf festem Boden, ergriff Tanja den ihr entgegengestreckten Strick und öffnete gleichzeitig ihre Handflächen in Richtung Nüstern, damit er ihren Geruch aufnehmen konnte.

Doch er zeigte keinerlei Interesse, als wäre die Frau vor ihm gar nicht vorhanden. Reglos musterte er seine

Umgebung. Nur das durch das Fell sichtbar pochende Herz verriet seine starke Aufregung.

Währenddessen ging Stanis mit prüfendem Blick um den Wallach herum. Als er zufrieden nickte, da ihm keine sichtbaren Verletzungen aufgefallen waren, wendete Tanja den Neuankömmling, um ihn in der Box neben Beauty unterzubringen. Die musste heute auf ihren neuen Nachbarn warten, statt auf der Weide herumzutollen. Auch Sahara, die Goldfuchsstute auf der anderen Seite, war zum Beruhigen des jungen Wallachs auserkoren. Zumindest diese war vom Wesen her tiefenentspannt, um nicht zu sagen mütterlich.

Genau die richtige Medizin für Neuankömmlinge, stellte Tanja nun beim Beobachten fest. Während sich Beauty nach schrillem Quietschen in Pose warf, um heftigst mit Donauzauber zu flirten, brummelte die alte Zuchtstute dunkel und beruhigend. Der Wallach erkundete vorsichtig die neue Box, blickte über die verschlossene Tür hinaus auf das davorliegende Paddock und wandte sich wieder abwechselnd den beiden Stuten zu.

Zufrieden verließ Tanja den Stall, um die Papiere des Pferdes entgegenzunehmen und ihre Unterschrift zu leisten.

Stanis war im Hof beim Fahrer geblieben, der sich gerade den Kaffee und eines der Panini gönnte, die Tanja von zuhause fürsorglich für ihn mitgebracht hatte. Sie bemerkte, dass sich die beiden in einer slawischen Sprache unterhielten, vermutlich russisch, denn ihr Reitlehrer bediente sich entgegen der sonstigen Angewohnheit seiner Hände und Füße.

»Na«, zwinkerte sie ihm zu, »mal wieder einen Ausflug in die Jugend unternommen?«

Stanis grinste zurück. »Ja, da konnte ich tatsächlich

mal russisch. Sogar richtig gut. Aber heute…« Mit einem Lachen zuckte er die Schultern.

»Ach, hast du gemacht ganz gut!«, kam es generös vom Fahrer.

»Apropos gut - welchen Eindruck haben Sie denn von - unserem Pferd?« Tanja war wirklich gespannt und wissbegierig.

»Nun, ist sich anständiges Pferd. Brav. Aber nur höflich. Will nicht viel von Menschen wissen.« Hilflos hob der Fahrer die Arme. Sein Wortschatz reichte offensichtlich nicht zum Beschreiben dessen aus, was er in den letzten Stunden beobachtet hatte.

»Hm. Okay. Wo geht es denn jetzt hin?«

»Noch über viele Dörfer, bis abends in Rom. Dort wieder Pause, und letzte Tour bis Brindisi. Dann nur fünf Pferde zurück nach Österreich und Deutschland.«

»Ist gerade viel los im Transport?«, wollte Stanis wissen.

»Oh ja, Italiener wollen kaufen Menge deutsche Pferde. Möglichst mit viele - wie sagt man - Erfolge?« Fragend blickte der Fahrer zwischen Tanja und Stanis hin und her.

Der Reitlehrer nickte. »Ja. Das habe ich in der letzten Zeit auch schon beobachtet. Wir müssen mehr auf Turniere mit unserem Nachwuchs.« Er blickte seine Chefin an.

Die zuckte angesichts der drohenden Verkäufe etwas zusammen, wandte den Blick lieber in Richtung Stall, wo Beauty einmal mehr laut quiekte. Ansonsten waren keine Geräusche von dort zu vernehmen.

»Gut, ich dann muss weiter. Hier ist Pferdepass. Alles Gute!« Der Fahrer schnappte sich den Kaffeebecher, um ihn zu leeren, und warf einen verlangenden Blick auf die restlichen Panini. Tanja reichte ihm diese mit Wünschen für eine gute Weiterreise, zusammen mit ein, zwei Geldscheinen, dann verschwand der Fahrer in der Kabine, ließ den Motor an und wendete vorsichtig im Hof.

Als sich Abschiedsgewieher und Staubwolken wieder gelegt hatten, blickten sich die Zurückgebliebenen an.

»Jetzt wird es ernst«, meinte Stanis und nickte zum privaten Stall hinüber.

»Mh«, kam es von Tanja zurück, bevor sich beide dorthin in Bewegung setzten.

Der Wallach hatte sich in den wenigen Minuten zumindest schon so weit beruhigt, dass er zu schwitzen aufgehört hatte. Dank der warmen Temperaturen war er bereits trocken. Auch sein Herzschlag war nicht mehr sichtbar.

»Scheint ihm ganz gut hier zu gefallen, nicht wahr?«, wandte sich Tanja erleichtert an Stanis.

»Sind ja auch zwei entzückende Ladies bei ihm«, grinste dieser zurück.

»Ja, ich glaube, das war der richtige Riecher. Beauty kann zwar ganz schön zickig sein, aber wenigstens Sahara ist ein wahrer Schatz an Ruhe und Zuverlässigkeit!«

»Zickig ist auch interessant. Da hat er zwei Pole«, sinnierte der Reitlehrer.

»Ich glaube, ich putz ihn mal über, damit er die Schweißkruste verliert. Was meinst du?«

»Ist gut. Ich setze mich vorne auf die Bank. So bin ich da, falls was aus dem Ruder läuft, störe aber andererseits nicht.«

»Und du kannst in aller Ruhe deinen heiß geliebten Latte macchiato genießen«, lachte Tanja rundheraus.

Stanis verzog sich mit einem Schmunzeln in die Sattelkammer, in der die Gastro-Kaffeemaschine auf ihren ziemlich häufigen Einsatz wartete. Währenddessen holte sich Tanja frisches Putzzeug von der Seite, das sie bereits in einer eigenen Kiste mit der Aufschrift ›Donauzauber‹ bereitgelegt hatte. Alles frisch desinfiziert, damit sich keine Krankheiten wie Pilz oder ähnlich Unerfreuliches verbreiten konnten.

Leise murmelnd trat sie an die Boxentür und versuchte, die Aufmerksamkeit des edlen Pferdes zu gewinnen. Der jedoch ließ sie buchstäblich links liegen. Oder besser: stehen.

Dafür begeisterte sich Beauty umso mehr. Mit viel Enthusiasmus strebte sie möglichst dicht an ihr Frauchen heran, machte ihr schöne Augen. So sehr, dass Tanja lachen musste und ihr ein wenig von den Leckereien, die sie für Donauzauber in die Tasche gesteckt hatte, abgab.

Und tatsächlich - der erst in die entgegengesetzte Ecke zurückgezogene Wallach wurde neugierig, wandte sich um. Erst einen, dann zwei Schritte, bis er schließlich bei Tanjas bereitwillig geöffneter Hand angelangt war und sich einen Apfelschnitz ergatterte.

Tanja fuhr ihm freudig strahlend über den Hals. »Wie schön, du herrlicher Zauberer, du bist bestechlich! Das erleichtert unser Zusammenleben aber erheblich!«

Schon schnappte der Verschluss des Führstricks in den Ring des Halfters. Vorsichtig brachte Tanja das neue Pferd hinaus in die Stallgasse, um ihn dort beidseitig anzubinden.

Donauzauber ließ die Putzprozedur teilnahmslos über sich ergehen. Er zeigte keine Regung, nicht einmal, als sie ihn mit Hingabe in der Sattellage kraulte, was bei den meisten Pferde für wollüstige Verrenkungen des Halses sorgt. Schließlich ließ sie enttäuscht von dem Versuch ab, brachte ihn in die Box zurück.

Stanis stand auf und kam heran, fürsorglich mit einem zweiten Becher dampfenden Kaffees in der Hand. »Hat doch ganz gut geklappt für das erste Mal, oder?«

Zufrieden reichte er ihr die Tasse.

»Mh. Danke für die Stärkung! Ich weiß nicht. Irgendwie glaube ich, dass der Fahrer recht hatte mit seiner Bemerkung. Er ist höflich und gut erzogen. Aber ein wahrer Menschenfreund - nein, dafür halte ich ihn auch nicht.« Traurig schüttelte Tanja ihren Kopf.

»Na was denn, schon so schnell entmutigt?«, kam es postwendend von Stanis zurück.

Tanja nahm einen Schluck von dem schwarzen Wundertrank, drehte sich wieder zu dem Pferd. Donauzauber hatte sich in die hinterste Ecke verzogen und ließ sich von Sahara warm anhauchen.

»Immerhin steht er auf Leckerlis. Das ist doch schon mal was! Vielleicht kann ich ihn darüber gewinnen...«

»Wirst du sehen. Aber Kathrin hat das vermutlich auch schon versucht. Ich glaube eher an Sahara. Oder vielleicht Beauty.« Sein Blick schweifte hinüber zu der schwarzen Stute, die sichtlich beleidigt an der Trennwand auf- und abmarschierte. Schließlich blieb sie wieder bei Tanja stehen und versuchte, sich erneut ein Leckerli zu erschnorren.

Mit Erfolg.

Tanja musste lachen, während sie ihren zufrieden knurpsenden Liebling kraulte. »Du bist und bleibst einfach ein Unikum! Wie könnte ich diesem Blick widerstehen?!«

Dieses Mal aber blieb Donauzauber auf Abstand. Nur ein Ohr, das leicht in Richtung der Geräusche zuckte, zeigte ein sehr entferntes Interesse.

Seufzend wandte sich Tanja ab. »Komm, wir lassen ihn jetzt in Ruhe. Die erste Kontaktaufnahme war immerhin - ...«

»Erfolgreich«, ergänzte Stanis zuvorkommend und öffnete in selber Manier das Stalltor für seine Chefin, um sie an sich vorbei in den Hof gehen zu lassen.

»... oder so...«

Noch bevor sie ganz in den Hof getreten war, wurde Tanja quasi von einem Wirbelwind überrannt. Und zwar in Form ihrer besten Freundin Diana, die ihr ohne Vorwarnung aus dem Nichts um den Hals flog.

»Huch!«, erschreckte sie sich.

»Männlich-markantes Wort mit vier Buchstaben!«, lachte Diana aus vollem Hals und warf einen schuldbewussten Blick zu Stanis hinüber, der ihr grinsend mit dem Finger drohte.

»Ja, ja, der Lieblingswitz von uns Schwulen! Dass du dir immer wieder Anleihen von uns nehmen musst!«

»Da kann ich einfach nicht umhin.... Ist ein wenig später geworden, sorry! Dafür ist der Gulli wieder frei. Wo ist er denn, der Zaubermann?« Diana versuchte, um den Rücken von Stanis herum einen Blick in den Stall zu werfen.

»Na komm, ich stelle euch einander vor«, erbot sich Tanja, während Stanis hinüber zur Reithalle marschierte.

Diana folgte ihrer Freundin in das kühle Halbdunkel des Stalles. Beauty freute sich einmal mehr und drängte wiehernd an die Boxenwand heran.

»Na du, musst du heute den Neuen adoptieren statt draußen auf der Weide zu grasen?«

»Nun unterstütz sie bitte nicht auch noch in der Auflehnung!«, kommentierte Tanja säuerlich.

»Oh. So schlimm?« Ein prüfender Blick traf die Freundin.

»Nein. Beauty und Sahara machen das schon ganz gut. Klar, sie wären beide lieber draußen. Aber das dürfen sie nachher auch noch. Jetzt soll erstmal der Zauberer ankommen. Sich etwas heimisch fühlen.«

»Na du Schöner, wie geht es dir? Gute Reise gehabt?« Wieder hatte sich Donauzauber in die am weitesten entfernte Ecke zurückgezogen.

»Hm. Leichte Kommunikationsprobleme, was?«

»Nicht mit den beiden Stuten. Die findet er klasse.«

»Mag er denn eine mehr?«, erkundigte sich Diana.

»Das ist wohl noch etwas früh zu sagen. Aber wenn er keine Lust auf Menschen hat, verzieht er sich in die Ecke zu Sahara. Als wir draußen waren, hat er dafür mit Beauty geschäkert.«

Noch einmal versuchte Diana, die Aufmerksamkeit des Wallachs auf sich zu ziehen.

Und scheiterte erneut.

»Aber bildschön ist er, noch schöner sogar als auf den Fotos!«, stellte sie fest. »Kein Wunder, dass Kathrin ihn nicht zurückgeben möchte.«

»Jetzt muss er nur noch die freundliche Seite von Menschen entdecken…«, sinnierte Tanja trübe.

»Ach, das wird schon! Dafür ist er ja hier! Und du hast eine spannende Zeit vor dir!«

»Jo. Das fürchte ich auch… Vergiss nicht, ich bin nur eine einfache Sparkassenangestellte!«

»Quatsch! Das ist eine lang entfernte Vergangenheit! Seit einigen Jahren leitest du diese herrliche Reitanlage! Du hast jede Menge an Erfahrung gewonnen! Komm, wir gehen jetzt erstmal rüber ins Künstlerdorf und essen etwas Leckeres! Das hebt unser Energieniveau und damit unsere positive Ausstrahlung immens! Danach bringen wir die Pferde raus und machen den Buben richtig glücklich!«

»Künstlerdorf fällt heute aus. Die Küche bleibt kalt, weil Elvira einen Termin in der Stadt hat. Aber Marianna, meine Haushälterin, hat für heute Mittag etwas vorbereitet.«

»Umso besser! Da freue ich mich gleich noch mehr, denn dann haben wir außerdem einen wunderschönen Blick über den Garten auf das Meer!« Diana zog ihre Freundin heftig am Arm, während diese noch das Stalltor schloss.

Auf einen Pfiff hin stürmten aus Richtung der Weiden auch die beiden Hunde heran.

»Charles! Mortimer! Hallo, ihr beiden Süßen!« Freudig wurde Diana von ihnen umtanzt. »Nein, keine Zungenküsse! Das will ich nur von meinen beiden Männern!«

Tanja warf ihr einen Seitenblick zu. Dianas zwei Liebhaber. Das war auch so eine Story… Wie sie es schaffte, zwei leidenschaftliche Italiener, dazu noch Halbbrüder, zu einer einvernehmlichen Beziehung zu bewegen, das wollte Diana selbst ihrer besten Freundin nicht verraten.

»Ach ja. Wie war denn dein Wochenende?«, wollte Tanja sogleich interessiert wissen.

»Schön! Am Samstag war zwar nicht mehr viel drin. Da bin ich nur noch auf meiner Schaukel gelegen und habe das Leben genossen, wie es ist. Zu deutsch - ich habe eigentlich nur geschlafen. Abends kam dann Giovanni vorbei und hat mich mit leckerem Essen verwöhnt…«

»Warst du denn überhaupt in der Lage aufzustehen?« Mit mildem Spott betrachtete Tanja ihre Freundin.

»Also. Nein. Genau genommen hat Giovanni erst

Pferde und Katzen gefüttert, und dann anschließend mich.«

Die Antwort war ungerührt gekommen, Dianas Mimik wirkte unbeteiligt. Ein Grinsen stahl sich über Tanjas Gesicht.

Mittlerweile waren die beiden an der Gartenpforte angekommen, die Hunde warteten dort auf sie.

»Na guck, sie können auch auf superbrav und anständig machen!«, kommentierte Tanja zufrieden.

Das war zuviel.

Auf jeden Fall für Mortimer.

Postwendend sprang er an seinem Frauchen hoch und versuchte, sie mit seiner langen rosa Zunge im Gesicht zu erwischen.

»Nein, nein, NEIN! Nun lass doch, du kleiner Clown!«

Während Diana vor Lachen in die Knie sank und sich die Tränen wegwischte, entdeckte Mortimer sein nächstes Opfer. Dieses Mal tatkräftig unterstützt von Charles. Endlich konnten sie das vorhin verwehrte Wiedersehen mit Diana feiern!

Nun stand Tanja lachend daneben, während ihre Freundin Bekanntschaft mit dem Boden machte, die Hunde in ständig wechselndem Geknäuel über sich.

»HILFE!«

»Genug, ihr beiden Clowns! Lasst Diana wieder aufstehen! Sonst ist das nächste Wiedersehen mit etwas weniger Freude von ihrer Seite verbunden…«

Diana ächzte, während sie sich aufrappelte und die beiden Hunde, die nun wieder brav neben dem Gartentor saßen, fest im Blick behielt.

»Na, versuchst du es jetzt mit Hypnose?«, konnte Tanja sich nicht verkneifen zu fragen.

»Ich buche noch heute einen Kurs!«, bestätigte Diana,

während sie versuchte, sich Sand aus dem Mund zu pulen.

»Na denn. Wenn du was Passendes gefunden hast, dann lass es mich wissen. Wäre vielleicht auch das Richtige für Donauzauber…«

»Jetzt stehen erst einmal die wichtigen Dinge im Leben an - lass uns endlich reingehen und etwas Leckeres essen!« Mit diesen Worten öffnete Diana die Pforte, die Hunde stoben davon in Richtung Haustür, die beiden Freundinnen folgten ihnen in ähnlicher Geschwindigkeit.

Schon öffnete sich der Eingang, und eine füllige, fast schon quadratisch wirkende Italienerin blickte ihnen entgegen.

»Hallo Marianna!«, riefen beide Frauen gleichzeitig, mit mehr und weniger Enthusiasmus.

»Hmpf! Was für ein Lärm!«, kam es von der Haushälterin zurück, die ihre Arme demonstrativ vor ihrer mächtigen Brust verschränkte.

»Ach Marianna, ich bin - gestolpert und zu Boden gegangen. Das haben die Hunde einfach schamlos ausgenutzt. Bin ich noch sehr dreckig?« Diana konnte Tanjas Angestellte immer mühelos um den kleinen Finger wickeln. Eine Fähigkeit, um die Tanja sie von Herzen beneidete…

Sofort watschelte Marianna auf die Fragende zu, um sie mit kritischem Auge abzusuchen und liebevoll ein paar Dreckstückchen zu entfernen. »So, alles wieder gut! Sie sehen aus wie frisch gewaschen!«

Sofort anschließend wandte sie sich mit strafendem Blick an Tanja. »Sie müssen einfach besser auf Ihre Hunde aufpassen! Kann doch nicht angehen, dass Ihre Freundin unter Ihrer schlechten Erziehung leidet!«

»Ähm. Ja. Nun. Dann wollen wir doch mal reingehen. Hätten Sie auch etwas für Diana zu essen?«, fragte Tanja verwirrt und reumütig.

Währenddessen winkte Diana lachend ab. »Ach, ist doch alles nur halb so schlimm! Wenn ich mich so paddelig anstelle, dann muss ich mich nicht wundern! Außerdem sind Charles und Mortimer im Großen und Ganzen doch ganz gut erzogen! Sind halt auch nur Menschen! Nicht wahr?« Mit strahlendem Lächeln wandte sie sich von Marianna zu Tanja, die nun befriedigt nickte.

»Na gut. Meistens. Wenn Sie es so sehen... Und natürlich habe ich genug zu essen für Sie beide! Obwohl...« Marianna legte feixend den Kopf schief.

»Bei meinem Appetit!«, platzte es aus Diana heraus.

»Und meinem guten Hunger«, grinste Tanja. »Na, denn man rein in die gute Stube. Wir helfen Ihnen beim Raustragen, Marianna!«

Flugs zog die Schar erst in die großzügige, modern eingerichtete Küche, die vor Sauberkeit nur so blitzte, dann voll bepackt durch das Wohnzimmer hinaus auf die großzügige Terrasse. Ein weiter Blick über den sommerlichen, gepflegten Garten und auf das dahinter funkelnde Meer belohnte das Auge.

Glücklich ließen sich die beiden Freundinnen auf das Sofa sinken, nachdem sie Teller, Besteck, Gläser und Wasserkaraffe auf dem Tisch verteilt hatten. Marianna folgte mit einer großen Salatschüssel und verführerisch duftender Lasagne.

»Mmmh! Was werden wir wieder verwöhnt! Danke sehr, Marianna!« Diana strahlte übers ganze Gesicht.

»Oh ja, dem kann ich mich nur anschließen! Danke fürs Verwöhnen!«

Tanja hatte bereits ihren Teller in Richtung der Auflaufform geschoben. Prompt bekam sie auch die erste

Portion aufgetürmt, während Diana sich am Salat bediente.

Als Marianna in den Tiefen des Hauses verschwunden war, machten sich die beiden schweigend über das leckere Essen her.

Erst nach einer Weile bemerkte Diana: »Gefräßiges Schweigen nennt man das wohl, oder?«

Tanja grinste. »...so was von...«

»Tja. Das sind mal wieder die Momente, in denen ich dich um dein Leben beneide...«

»Warum? Du nimmst doch voll Anteil daran. Besser noch - du hast den Vorteil, das alles genießen zu können, ohne die Verantwortung dafür zu tragen! Dafür kannst du dich immer wieder zurückziehen, während mir das hier manchmal zuviel wird.«

»Hm. Da hast du wahr. Die Kirschen in Nachbars Garten...«

»Da fällt mir ein - am Samstag kommt der neue Kurs. Bist du schon vorbereitet?«

Ein verletzter Blick traf Tanja. »Aber selbstverständlich! Hast du ein einziges Mal erlebt, dass ich das nicht war?«

»Na ja, ich dachte halt so an die Farben. Oder Papier. Oder was auch immer du sonst für die Teilnehmer noch brauchst...«

»Die wenigen Male, wo nicht alles da war, konnte ich perfekt improvisieren!«, behauptete Diana kühn.

Und grinste ertappt, als Tanja sie mit hochgezogenen Brauen musterte.

»Nein, alles da. Aber ich schaue heute Abend vorsichtshalber nochmal nach. Und zur größten Not bestelle ich dann sofort online die fehlenden Dinge.«

Tanja legte ihren Kopf schief, ohne die Freundin aus den Augen zu lassen.

»Versprochen!«, stöhnte Diana.

Beide begannen zu lachen.

»Ja, ja, ich weiß. Ich bin halt nicht so organisiert wie du mit deinen Listen. Dafür bin ich ja auch Künstlerin! Immer spontan.«

»… und kreativ…«, murmelte Tanja, ohne in ihrem Grinsen innezuhalten.

»Sind denn bekannte Gesichter in dem Kurs?«

»Nein, lauter neue Leute. Ist auch ein normaler Lehrgang. Nur eine Frau hätte lieber unseren speziellen Kurs mit dem Einstieg in die Tierkommunikation gebucht, unser Bewusstseins-Seminar…«

»Und warum hat sie nicht?«, wollte Diana wissen.

»Konflikte mit anderen Terminen. Sie ist eine Tierheilpraktikerin, die nicht nur bekannte Pferde behandelt, sondern auch noch Lehrgänge, Aus- und Fortbildungen anbietet. Genau diese Termine stehen wohl im Wege.«

»Oh! Das hört sich ja sehr interessant an.«

»Hm. Mal sehen. Beim Schriftverkehr zeigen sich die meisten Menschen nur von ihrer besten Seite…«

»Jetzt sei doch nicht immer so pessimistisch! Elinor würde dir klipp und klar sagen, dass du mit deiner Denkweise das Negative nur so heranlockst!«

Tanja zog ihren Kopf ein. Verteidigend meinte sie: »Das nennt man Lebenserfahrung.«

»Ja. Da hast du recht. Du gehst vom Schlimmsten aus - und erntest es prompt! Aber denk doch mal zurück, wie du Max kennengelernt hast. Da hattest du dir doch alle Optionen offen gehalten, nicht wahr? Und es hat funktioniert! Mehr noch - schau dir diesen Traum an, den du hier lebst!«

Bei diesen Worten deutete Diana mit weit ausladenden Armen auf ihre Umgebung.

»Tja. Das stimmt wohl…« Mit seligem Lächeln ließ sich Tanja in die Kissen sinken.

Ihre Gedanken wanderten zurück, zu jenem ersten schicksalhaften Zusammentreffen an der Rezeption eines Hotels in Südamerika, wo der Absatz ihres Schuhs den Fuß eines attraktiven Mannes durchbohrt hatte. Was ganz offensichtlich einen bleibenden Eindruck hinterlassen und schließlich zu einem Heiratsantrag hier im Dorf geführt hatte. Als Hochzeitsgeschenk: dieses Haus und die neu entstehende Reitanlage, gezahlt aus seinem Erbe.

»Es stimmt: wenn ich mich öffne und einfach vom Zauber des Augenblicks gefangen nehmen lasse, dann passieren - traumhafte Dinge! Ja, du hast vollkommen recht: ich sollte viel weniger grübeln. Mehr geschehen lassen. Erinnere mich daran, wenn ich mal wieder in die falsche Richtung galoppiere!«

»Klar, kein Problem!«, gelobte Diana. »Dafür sind Freundinnen doch da!«

In diesem Moment steckte Marianna ihren Kopf durch die Tür. »Käffchen?«

»Oh ja«, strahlten die beiden unisono.

Flugs standen dampfende Tassen vor ihnen, daneben noch ein Teller mit selbst gebackenen Keksen.

»Marianna, Sie sind einfach die Beste!«, kommentierte Tanja.

Tatsächlich - der Drachen wurde ein wenig rot vor Freude! Auch wenn Tanja insgeheim dachte, dass dieses Verwöhnen eigentlich vor allem ihrer Freundin geschuldet war…. - Verflixt, sie wollte doch positiv denken!!! Also beschloss sie, diese Geste einfach ihrem eigenen guten Willen zuzuschreiben.

Und langte nochmal kräftig beim Gebäck zu. Hatte sie sich schließlich verdient!

Mit vollem Mund fragte Diana: »Wollen wir dann gleich los? Zum Zauberer?« Lachend fing sie die paar Krümelchen, die vor Aufregung das Weite gesucht hatten, wieder ein.

»Ja klar. Nimmst du die beiden Stuten und ich komme mit dem Wallach hintendrein?«

»So machen wir das. Auf die beiden Koppeln direkt hinter dem Stall, nehme ich an?«

»Ja. Lass sie bitte erst vom Strick, wenn ich den Zauberer drinnen und das Tor geschlossen habe. Damit die Damen nicht schon durchstarten und der Zauberer mitmachen möchte, während ich noch am Strick hänge. Sonst habe ich keine Kontrolle mehr über ihn. Am besten machen wir sie gleichzeitig los.«

Diana nickte Verständnis. »Klar. Also. Auf gehts!«

Das Herausbringen auf die Koppel gestaltete sich problemlos. Auch hier zeigte sich wieder die gute Erziehung und das höfliche, allerdings deutlich distanzierte, um nicht zu sagen herablassende Wesen von Donauzauber.

Die Frauen stellten sich vor den Zaun, um die Pferde zu beobachten. Während Beauty vor Begeisterung mit aufgestelltem Schweif über die kleine Wiese fegte, senkte Sahara sofort ihren Kopf, um zu grasen.

»Guck mal, unsere Mutti! Bleibt ganz dicht am Zaun beim Zauberer, damit er sich nicht alleine fühlt!« Tanja war hingerissen von der unaufdringlichen Fürsorglichkeit der älteren Stute.

»Ja. Er scheint das aber auch zu genießen! Pass auf, bald grasen sie Nase an Nase.«

»Und meine Süße muss angeben! Aber er beachtet sie gar nicht!«

»Das würde ich so nicht sagen. Wenn du genau hin-

schaust, siehst du, wie er sie immer im Auge behält -
und wenn er dabei schielen muss!«

Tanja prustete los. »Ein Pferd und schielen! Da gehst
du jetzt aber eindeutig zu weit!«

»Nein! Guck doch! Jetzt zum Beispiel!«

»Hm. Naja. Mit viiiel Einbildung... oder gutem Willen... okay. Okay, okay, okay. Du hast recht! Er schielt
tatsächlich! Ja glaub ich es denn?!«

Jetzt war es Diana, die sich die Seiten vor Lachen
hielt. Wegen des schielenden Wallachs. Und wegen des
Anblicks ihrer verblüfften Freundin.

Gut, sie wirkte gerade nicht so souverän wie gewohnt. Tanja bemühte sich, ihre Gesichtszüge wieder
einzusammeln. Aber so etwas hatte sie tatsächlich noch
nie wahrgenommen! Zumindest nicht bewusst.

Schließlich glückste auch sie vor Lachen.

Irritiert hob Donauzauber seinen Kopf. Als würde die
gute Laune ansteckend wirken, drehte er mit erhobenem Schweif ein, zwei Runden. Sehr zur Freude von
Beauty, die daraufhin noch mehr ihre Beine warf.

»Oooh... der kann sich aber auch bewegen! Mann!«
Tanja machte große Augen.

»Sapperlot!«, kommentierte Diana beeindruckt.
»Wenn Stanis das sieht, gibt er ihn nicht mehr raus!«

»Naja. Dem steht aber noch einiges im Wege...«

»Bist du schon wieder so negativ eingestellt?! Sieh
das Ganze doch mal als - Übung! Nicht als Prüfung
oder gar Strafe! Wenn man dich so reden hört...« Diana
wandte sich mit grimmiger Miene an ihre Freundin.
Dabei stützte sie nachdrücklich die Arme in die Seite.

»Woah! Ist ja schon gut, du hast es mir eindrücklich
bewiesen! Ich freue mich auf die Zeit mit Donauzauber,
auf die vielen Dinge, die ich mit und von ihm lernen
kann!«

Diana neigte ihren Kopf zur Seite, eine Augenbraue hochgezogen, Tanja fest im Blick.

»Nicht gut?«

»Dooooch«, kam es langgezogen zurück. »Du musst nur noch daran glauben! Und es umsetzen!«

Beim Hereinholen machte Tanja den Fehler, zuerst Donauzauber einfangen zu wollen.

Diana hielt sich im Hintergrund, um nicht zu stören.

Kaum näherte sich Tanja, drehte Donauzauber entspannt grasend um und trottete davon, die Nase weiterhin am Boden. Nach drei vergeblichen Versuchen blieb sie stehen.

»Kannst du bitte mal die beiden Damen an die Stricke nehmen?«, rief sie zu Diana hinüber.

Die nickte und trat zu den Stuten, die mit hochgereckten Hälsen die Vorgänge auf der Nachbarkoppel verfolgten. Brav ließen sie sich die Führleinen anklipsen.

Doch der Wallach zeigte sich unbeeindruckt. Weiterhin ließ er Tanja in unmittelbare Nähe kommen, um dann angelegentlich weiterzuschlendern.

»Geh doch bitte mal zum Ausgang. Mal sehen, was er dann macht«, rief Tanja.

Mit einem Auge behielt Donauzauber seine Damen im Blick. Aber er dachte nicht daran, dieses nette Fangspiel zu beenden.

»Okay«, rief eine mittlerweile schwitzende Tanja. »Geh mit den beiden Stuten vor das Tor. Und schließe es.«

Jetzt wandte der Wallach seine Aufmerksamkeit ganz unverblümt zum Zaunende. Brummelnd trottete er zu den Stuten. Und ließ sich brav und anständig den Führstrick am Halfter befestigen.

»Puh«, stöhnte Tanja. »Das kann ja heiter werden!«

»Ich glaube eher, du wirst kreativ werden müssen«, antwortete Diana grinsend. »Er ist doch ganz gut erzogen. Er möchte nur verstanden werden!«

»Ein wahres Wort, gelassen ausgesprochen!«, knirschte Tanja zwischen ihren Zähnen hindurch. Doch dann strahlte sie über das ganze Gesicht. »Braver Bub! Hier, schau mal, ein Leckerli als Dankeschön! Vielleicht hilft das ja doch auf Dauer!«

»Hey! Das ist ja schon die erste Veränderung! Tanja wird freigiebig mit Leckerlis!« Diana grinste breit bis zu den Ohren.

»Hm. Bei Beauty darf ich damit gar nicht erst anfangen! Die wird sofort zum Taschenkrokodil!«

Tatsächlich, schon drängte die Rappstute aufgeregt heran. Ganz klar - auch sie wollte ihren Teil! Immerhin hatte sie sich - im Gegensatz zu Donauzauber - sofort einfangen lassen! Eindeutig verdient!

Tanja stöhnte. »Das meinte ich damit…« Und streckte den beiden Stuten automatisch Leckerlis entgegen. Sahara nickte wohlwollend, während sie genießerisch kaute. Beauty dagegen inhalierte und bettelte nachdrücklich um mehr.

»So. Genug jetzt! Diana, schau, dass du vorankommst! Sonst machen die mich hier noch alle!«

Diese gluckste. »Im wahrsten Sinne des Wortes! Na, denn kommt mal, meine Damen!«

Einträchtig lief die Gruppe in Richtung Stall, wo bereits das Abendessen wartete.

Was die Stuten natürlich genau wussten…

DIENSTAG

Am nächsten Morgen spürte Tanja die Aufregung nur so in sich wabern und brodeln. Sie konnte nicht einmal frühstücken, sondern stürzte lediglich eine Tasse Kaffee hinunter, an dem sie sich vor lauter Hektik auch noch verbrannte. Egal. Heute wollte sie mit dem Training von Donauzauber beginnen.

Am Vorabend hatte sie natürlich Kathrin Bericht erstattet, dazu einige Fotos von dem Wallach auf Weide und in der Box geschickt.

Später hatte sie mit Max telefoniert, der ihr versichert hatte, wie sehr er sie schon vermisste. Oh ja. Sie ihn auch... Plötzlich hatte sie wieder eine ziehende Sehnsucht nach ihrem Mann verspürt. Nur einen Tag war er weg - besser gesagt noch nicht einmal vierundzwanzig Stunden. Eigentlich schön, hatte sie lächelnd sinniert, während sie mit diesem Gedanken eingeschlafen war.

Fröhlich stürmte sie nun in den Stall, fiel Beauty um den Hals, die angesichts ihres Elans etwas zurückzuckte, und wandte sich an Donauzauber.

Der sie ignorierte.

War ja klar. Was hatte sie erwartet?

Dafür freute sich Sahara, die Tanja leise brummelnd empfing und dafür einige Streicheleinheiten und eine Möhre erhielt. Während sie der Stute liebevoll den Schopf glättete, meinte sie aus den Augenwinkeln eine Ohrbewegung bei Donauzauber zu sehen. War er doch nicht mehr so uninteressiert?

Doch kaum wandte sie sich zu ihm hin, war nur Ablehnung zu verspüren. Tanja seufzte. Dann holte sie sich Putzzeug, ging vorsichtig in die Box, an seinem abweisenden Hinterteil vorbei zum Kopf hin und streifte ihm das Halfter über. Sie band den Wallach draußen an, um ihn gründlich zu putzen. Jede Regung, jedes Muskelzucken beobachtete sie genau. Nicht dass da so viel gewesen wäre…

Schließlich nahm sie eine Longe, hakte diese in das Halfter und wollte mit dem Wallach zur kleinen Halle hinübergehen.

Dachte sie.

Donauzauber dachte anders.

Er bewegte sich nicht.

Gar nicht.

Ignorierte sie.

Stand felsenfest auf seinen vier Beinen.

Und blickte angelegentlich in die Luft.

»Na komm schon! Wir wollen uns doch nur ein wenig die Beine vertreten!«

Nichts.

Wieder zog Tanja.

Ein belustigter Blick traf sie.

Von Donauzauber.

Dann stierte er wieder in die Luft.

Ohne sich zu bewegen.

»Jetzt komm! Was ist denn eigentlich dein Problem?!«

Sie zog wieder und klatschte gleichzeitig leicht mit der Longe nach hinten, in Richtung Schweif des Pferdes. Donauzauber machte einen Satz nach vorne. Ganz kurz legte er die Ohren an, dann wurde er wieder gleichmütig. Immerhin folgte er Tanja nun die Stallgasse hinunter.

Bis zum Tor.

Dort blieb er wieder stehen.

Er äugte nach hinten, zu den beiden Stuten, die genau beobachteten, was vor sich ging. Beauty nickte heftig mit ihrem Kopf, während Sahara beruhigend blubberte.

Anscheinend war das ein Startsignal. Donauzauber setzte sich wieder in Bewegung. Während sie über den Hof liefen, hob er den Kopf und inspizierte die Umgebung. Brav folgte er Tanja am Brunnen vorbei, lief unter den Torbögen, die die beiden Hallen verbanden, hindurch und betrat die kleine Reithalle. Tanja öffnete den Schnappverschluss der Longe, damit der Wallach sich frei bewegen konnte.

Ohne erkennbare Angst schritt er die vierzig Meter Bahnlänge ab, blickte aus den offenen Bögen in Kopfhöhe hinaus auf die weite Ebene hinüber Richtung Künstlerdorf, inspizierte die kurzen Seiten mit den jetzt verblendeten Spiegeln und die gegenüberliegende Tribüne. Tanja ging auf ihn zu.

Und erlebte das Phänomen des gestrigen Tages.

Jedes Mal, wenn sie dicht bei dem Wallach war, trat er, ohne sie anzublicken, zur Seite und spazierte gelassen davon.

»Okay. Ich habe keine Ahnung, warum du dich so verhältst. Aber es wäre schön, wenn du mich wenigstens wahrnehmen würdest. Vielleicht fangen wir einfach mal mit etwas schnellerer Bewegung an. Komm! Teeerab!« Tanja ließ die Longierpeitsche, die sie von der Bande genommen hatte, schnalzen.

Ein Ruck ging durch Donauzauber. Wieder vermeinte Tanja, den Wallach für den Bruchteil einer Sekunde die Ohren anlegen zu sehen. Doch schon trabte er mit weit ausladenden Tritten die lange Seite entlang. Fast schon schien er es zu genießen, sich zu präsentieren und dabei von Tanja bewundert zu werden.

Diese lachte fröhlich, ihr schien es, als würde das Eis

langsam schmelzen. Sie lief mit dem Braunen, animierte ihn zum Galoppieren, tobte mit ihm, bis er endlich langsamer wurde und sich auslief.

Zufrieden ging Tanja auf den Wallach zu, um ihn in die Box zu bringen. Er drehte sich weg.

»Oh nein. Du willst doch nicht schon wieder Fangen spielen?«

Doch. Genau das wollte Donauzauber.

Zumindest sah er keinen Grund darin, sich von Tanja am Halfter nehmen zu lassen.

Tanja fühlte sich - hilflos.

Machtlos.

Verraten.

Und verkauft.

Eine gefühlte Ewigkeit später erschien Peter, der Auszubildende, am Tor und linste herein. Tatsächlich war höchstens eine Viertelstunde vergangen, in der Tanja alleine gewesen war mit ihren Gedanken. Ihren Selbstzweifeln.

Erleichtert rief sie: »Peter! Das ist ja großartig! Sei ein Schatz und hole Beauty - nein, besser Sahara mal schnell rüber! Aber nicht reinkommen, sondern vor dem Tor warten, ja?«

Der nickte und schnürte davon.

Wenig später hörte Tanja den Hufschlag der alten Stute. Auch Donauzauber blickte mit gespitzten Ohren in die Richtung, um sich dann zum Tor hin aufzumachen. Peters und Saharas Kopf erschienen über dem Einlass. Die Stute brummelte beim Anblick des Wallachs, der mit einem kleinen, dunklen Wiehern antwortete.

»Bleib einfach dort stehen, aber lass sie nicht schnuppern!« Tanja trat vorsichtig an die Seite von Donauzauber. Nun war es kein Problem mehr, die Longe im Halfter einschnappen zu lassen.

Tanja fiel entschieden ein Stein vom Herzen. Sie seufzte erleichtert auf und klopfte den Wallach am Hals.

»Okay, Peter. Du kannst dich schon mal umdrehen und ein kleines Stück vom Tor weggehen. Dann öffne ich und wir laufen rüber zum Privatstall.«

Der Azubi bejahte, wendete Sahara. Kein Problem mehr mit Donauzauber.

›Was für ein Problem?!‹, fragte Tanja sich kopfschüttelnd, während sie zu viert den Hof überquerten und die Pferde in die Boxen brachten. Das Halfter ließ sie lieber oben; bald würden sie ohnehin die Pferde auf die Koppeln bringen.

Sie brauchte jetzt jedenfalls erstmal einen Kaffee. Nein! Besser eine heiße Schokolade! Für die Nerven. Sollte ja beruhigend wirken. Eine der größten natürlichen Magnesiumquellen. Zudem Endorphine ausschütten. Für die gute Laune. Eine medizinische Indikation sozusagen. Ja!

Dazu süße Teilchen.

Und sie brauchte eine Pause. Zum Nachdenken…

Just in dem Moment, in dem sich Tanja zum Haus hin aufmachen wollte, öffnete sich das Tor und Diana lugte herein.

»Hey, da bist du ja! Na, alles klar?« Kurz musterte sie das trübe Gesicht der Freundin. »Hm. Offensichtlich nicht so… was ist schiefgelaufen? Der Zauberer?«

Tanja seufzte tief auf. Holte Luft und ließ ihrem Frust freie Bahn.

Sie endete mit der Schlussfolgerung: »Als hätte ich das nicht ahnen können! Mann, manchmal bin ich echt mit Blödheit geschlagen! Aber zumindest weiß ich jetzt, dass ich Donauzauber in Zukunft mit einer der beiden Stuten gleichzeitig trainiere!«

Diana hatte ihrer Freundin gelauscht, ohne sie ein einziges Mal zu unterbrechen. Beim letzten Satz nickte sie zustimmend. »Der Ansatz klingt gut. Nur - wieso solltest du alles vorauswissen? Bist du nun unter die Hellseher gegangen?«

Tanja musste auflachen. »Nein, das ganz sicher nicht. Aber wenn er sich gestern schon so verhalten hat, sollte ich doch eins und eins zusammenzählen können, oder?« Wieder wurde ihre Miene ernst.

»Mensch, du hast doch jetzt ein Konzept! Noch dazu ein vielversprechendes! Warum bist du denn schon wieder so negativ eingestellt?! Bleib doch einfach mal in der Gegenwart und freue dich über deine Erkenntnisse, statt immer in die Vergangenheit zu rudern und dich dort an Fehlern aufzuhängen!«

Die beiden musterten sich gegenseitig.

»Hm. Wahrscheinlich rührt das daher, weil ich mich vorhin so unendlich hilflos gefühlt habe. Es hätte nicht mehr viel gefehlt, und ich hätte Stanis angerufen, damit er mich unterstützt.«

»Umso wertvoller, dass du jetzt eine andere Lösung gefunden hast! Selbst gefunden hast, wohlgemerkt! Ich denke, das wird dich ein gutes Stück voranbringen!«

In Tanjas Augen trat wieder ein Funkeln.

»Könnte gut sein... Auf jeden Fall werde ich es heute Nachmittag gleich nochmal versuchen! Nach der Weide. Vielleicht ist Donauzauber dann auch besser gelaunt...«

»Gut. Ich helfe dir. Um vier Uhr?«

Tanja warf einen abschätzenden Blick auf die Uhr. Gerade mal früher Vormittag. »Gerne! Also reite ich jetzt erstmal Beauty. Anschließend bringen wir die Pferde raus…«

Diana blickte ebenfalls auf ihre Uhr. »Ich muss sofort heim, sonst schaffe ich mein Pensum heute nicht. Aber ich bin pünktlich wieder da, versprochen?«

Das bezweifelte Tanja insgeheim, nickte aber glücklich. Die schwarzen Wolken zogen davon. Der Bedarf nach Schokolade hatte sich auch auf denkwürdige Weise verflüchtigt… Immerhin stand jetzt ein schönes Training mit Beauty in Sicht!

Aufwärmen auf der Rennbahn, die den Springplatz hinter der kleinen Halle einfasste - und dann noch ein paar schöne Sprünge. Genau das war es, was sie jetzt brauchte!

Tatsächlich hatte der Ritt Wunder gewirkt. Mit bester Laune war Tanja abgestiegen, hatte die zufriedene, dampfende Stute auf dem Hof abgespritzt, versorgt und anschließend mit Erik die drei Pferde auf die Koppeln gebracht. Nun konnte sie sich der Vorbereitung des neuen Kurses widmen, der am Sonntag mit dem Vorreiten beginnen würde.

Als sie das Tor schloss, hörte sie die Stimme von Stanis.

»Hallo Chefin! Na, alles klar?«

»Ja, soweit. Die drei Pferde sind draußen, alles gut gegangen.«

Der Reitlehrer legte den Kopf schief und musterte sie.

Aha. Peter hatte gepetzt! Hätte sie sich ja denken können.

Tanja schluckte. Wurde rot und blickte Stanis an, um gleich wieder den Blick zu Boden zu senken.

»Heute morgen wollte ich den Zauberer laufen lassen… damit er sich die Beine vertritt…«

Von unten herauf sah sie ihn an.

Stanis hob die Augenbrauen, sagte aber immer noch nichts.

Stotternd fuhr sie fort. »Erst hatten wir Spaß beim Toben. Aber dann konnte ich ihn nicht mehr einfangen. Da habe ich mich an gestern erinnert. Auf der Koppel konnte ich den Zauberer nehmen, als die Stuten startbereit vor dem Tor warteten. Deshalb habe ich Peter, der zufällig in die Halle geguckt hat, gebeten, Sahara zu holen. Das hat dann tatsächlich geklappt…«

Noch einmal schluckte sie; zumindest ihre Röte hatte nachgelassen.

Der Reitlehrer nahm seinen Blick von ihr, wendete ihn in unbestimmte Ferne und fuhr sich mit der Hand über den Mund.

»Hm. Gute Strategie. Schlechter Einstand. Wollten wir ihm nicht ein paar Tage zum Eingewöhnen geben? Bevor du mit irgendwelchen Forderungen an ihn herantrittst?«

Tanja zuckte schuldbewusst zusammen.

»Naja, Laufenlassen ist doch keine Forderung, oder?«, verteidigte sie sich schwach, während ihr gleichzeitig klar wurde, dass das vielleicht doch so war.

»Ist deine Sache. Lohnt sich aber unter Umständen, darüber nachzudenken…«

In Tanjas Kopf nahm das Geschehen überdimensionale Größen an. Sie wurde immer blasser.

»Ach! So habe ich das noch gar nicht gesehen! Oh mein Gott, was mache ich denn nur?«

»Auf jeden Fall bringt es nichts, sich Gedanken über bereits verschüttete Milch zu machen. Was passiert ist, ist passiert. Nun gilt es, das weitere Vorgehen zu planen.«

Der ruhige Ton ihres Reitlehrers entspannte Tanja

jedoch keineswegs. Im Gegenteil steigerte sie sich nun immer mehr in ihr ›Versagen‹ hinein. Mühsam hielt sie die aufsteigenden Tränen zurück.

»Käffchen?!« Das war keine Frage. Das war ein Befehl.

Sie schluckte.

Und nickte.

»Setz dich doch schon mal auf den Brunnen. Ich hole die Becher.«

Tanja gehorchte. Während sie auf dem Rand saß, spielte sie automatisch mit einer Hand im Wasser. Das hatte einen merkwürdigen Effekt auf sie: alle Emotionen schienen aus ihr heraus in das kühle Nass zu rinnen.

Sie begann freier zu atmen, während ihr Schuldbewusstsein sich allmählich auflöste. Tief atmete sie ein und aus.

Ein und aus.

Seelenfrieden durchströmte sie. Weiterhin streichelte sie die Oberfläche des Wassers.

Ein und aus.

Ruhe.

Ihr Atem wurde tief und rhythmisch, bis in den Bauch hinein konnte sie ihn nun spüren.

Stanis tauchte wieder auf, musterte sie unter heruntergeschlagenen Augenlidern und nickte. »Hier. Willst du nochmal über das Laufenlassen reden? Oder über die nächsten Tage?«

Ein letztes tiefes Einatmen.

Dann schüttelte Tanja den Kopf. »Wie du schon sagtest. Das Kind ist bereits in den Brunnen gefallen. Also reden wir über die nächsten Tage. Du meinst, nur Koppel?«

»Ja. Und zwar genau in der Konstellation, wie du sie

bereits machst. Die beiden Stuten auf die eine Seite, den Zauberer auf die andere.«

»Und putzen?«

»Ja. Kannst du auch zweimal am Tag machen. Nur fordern solltest du im Moment so wenig wie möglich. Gib ihm die Chance, von sich aus auf dich zuzukommen. Das bedeutet zwar nicht automatisch, dass du damit gewonnen und alle Möglichkeiten in der Hand hast. Aber damit zeigst du ihm, dass du ihm die Chance gibst, selbst zu entscheiden.«

»Und dadurch, dass er die Stuten beobachtet, wie sie ganz selbstverständlich mit mir umgehen, holt er sich positive Stimmung mir gegenüber«, ergänzte Tanja nachdenklich.

»So ist es. Erst, wenn er sein Verhalten ändert, geht es weiter. So läuft es nun einmal unter Pferden - sie brauchen ihre Zeit! Vor allem, wenn einer sich schon so weit vom Menschen entfernt hat…«

»Nun. Dann mache ich das so.«

Ein aufmunterndes Lächeln umspielte Stanis Lippen. »Nur Geduld! Der kommt schon. Früher - oder eben ein wenig später…«

Nachmittags erschien Diana Punkt sechzehn Uhr fünfzehn.

Die akademische Viertelstunde eben.

Tanja musste grinsen. Aber nicht über die Verspätung - die war ihr ja schon klar gewesen -, sondern darüber, dass Diana nicht mal ein Satzzeichen darüber verlor. Weshalb auch?

»So, denn wollen wir mal!« Fröhlich hakte Diana die Freundin unter und zog sie aus dem Hof in Richtung Koppeln. »Schönstes Wetter, nicht wahr?«

Sie drehte sich samt Tanja einmal um sich selbst herum und machte mit der freien Hand eine ausladende Geste, als wolle sie den Himmel umarmen.

Tanja lachte. Sie konnte sich der strahlenden Laune ihrer Freundin nicht entziehen.

»Moment. Moment mal! Hey, der Plan hat sich geändert!« Mit diesen Worten versuchte sie stehenzubleiben.

»Stimmt! Wir haben bestes Wetter statt dem vorhergesagten Gewitter! Wenn das kein Grund zum Feiern ist!«

Unwillkürlich wanderten Tanjas Augen suchend erst über das Meer, dann über den nahen Gebirgszug. Tatsächlich hingen dort erste dunkel wabernde Schleier. Spätestens in der Nacht würde das Gewitter hier sein.

»Nein. Äh. Ja! Aber jetzt geht es um den Zauberer. Ich habe mit Stanis gesprochen, und denke, ich lasse ihm noch etwas Zeit. Er soll sich an mich und seine neue Umgebung langsam gewöhnen.«

»Mit der Umgebung scheint er mir keine Schwierigkeiten zu haben.«

Tanja seufzte. »Sehe ich auch so. Aber mit mir. Oder besser gesagt mit Menschen ganz im Allgemeinen. Also bleibt er noch draußen und darf die Weide genießen. Nicht dass besonders viel Gras drauf wäre…«

»Von saftig ganz zu schweigen«, lachte Diana.

»Hm. Schon vorgetrocknet. Perfekt für die Heuernte. Braucht man gar nicht mehr wenden, nur mähen.«

»Okay. Habe ich das nun richtig verstanden? Du willst in den nächsten Tagen - nichts mit ihm machen?«

»Doch. Ich werde ihn morgens und abends putzen. Ihn auf die Koppel bringen.«

›Und warten‹, fügte sie in Gedanken hinzu. ›Um ihm Zeit und Raum zu geben.‹

Mittlerweile hatten sie die Weiden erreicht. Die Stuten freuten sich über den Besuch und kamen brummelnd heran. Beauty trabte eilends herbei, Sahara ließ sich zumindest zu einem flotten Schritt mit hoch erhobenem Kopf hinreißen.

Donauzauber blickte interessiert von seinem Grasbüschel hoch und beobachtete das Geschehen. Selbst das Kauen stellte er ein, so fasziniert war er von der Freude seiner Damen.

Die wurden nun von den beiden Frauen mit Liebkosungen und dem ein oder anderen Leckerli nur so verwöhnt.

Doch der Wallach traute dem Frieden nicht. Er blieb an seiner Stelle, senkte demonstrativ die Nase und rupfte weiter bedächtig Gras ab. Allerdings änderte er seine Position so, dass er Frauen wie Stuten bestens im Blick hatte.

Nach einer Weile verschwanden Tanja und Diana wieder. Sehr zum Missmut der Stuten. Beide hätten gerne noch weitere Wellness-Einheiten genossen.

Auch das registrierte Donauzauber.

FREITAG

Die nächsten Tage vergingen mit den normalen Abläufen. Tanja kümmerte sich um die Organisation aller notwendigen Dinge für den bevorstehenden Kurs. Gleichzeitig musste der zweite Heuschnitt eingebracht werden. Das Gewitter war glücklicherweise nur kurz gewesen, kaum Niederschlag und damit auch keine Gefahr für die Heuqualität. Zudem wollte der Bauer, der ihnen den Hafer lieferte, seine Ernte vorbeibringen. Alle Hände voll zu tun. Insofern war es Tanja ganz recht, Donauzauber nur morgens und abends zu putzen, statt ihn noch zu arbeiten. Selbst Beauty musste gerade etwas zurückstecken.

Dafür wurde Donauzauber mit jedem Tag etwas entgegenkommender. Im wahrsten Sinne des Wortes. Mittlerweile hatte er sich an den Tagesablauf gewöhnt und wusste, wann er geputzt und zur Koppel gebracht beziehungsweise von dort geholt wurde. Er begann, nicht mehr nur sein Hinterteil in der Box zu präsentieren, sondern kam im Laufe der Zeit von selbst nach vorne, um in sein Halfter zu schlüpfen. Die Leckerlis nahm er immer noch mit einer belanglosen Selbstverständlichkeit entgegen, die vor allem Beauty sauer aufstieß. Immerhin warf sie sich in Pose, machte Tanja schöne Augen - und er bekam dasselbe, ohne sich in irgendeiner Weise anstrengen zu müssen!

Auch auf der Koppel hatte sich das Verhalten des Wallachs geändert. Wurde es Abend, stand er bereits am Tor, um sich am Halfter nehmen zu lassen.

Tanja schöpfte Hoffnung. Selbst wenn sie noch keine Emotionen in seinen Augen sehen konnte.

Abgeschirmt. Ja, das war der richtige Ausdruck.

Besser noch: er hatte seine Jalousien heruntergelassen.

Aber immerhin nahm er teil an den gewohnten Abläufen, stellte sich nicht mehr dagegen.

Tanja seufzte erleichtert, als sie Max nachmittags am Telefon ein Resümee der vergangenen Woche erstellte.

»Wann kommst du wieder heim?«, wollte sie sehnsüchtig wissen.

»Tja. Das dauert noch etwas. Irgendwie klemmt es hier bei der Firma mit der Software, ich muss noch einiges ab- und angleichen. Die haben sich von dem ehemaligen Schwager des Firmenchefs eine Solution machen lassen, exakt für ihre Bedürfnisse angepasst. Völlig speziell. Leider ist der Chef mittlerweile von seiner Frau geschieden, sein Schwager redet kein Wort mehr mit ihm. Andererseits war die Software teuer, eine neue rechnet sich jetzt erstmal nicht. Also muss ich sehen, wie ich meine Buchhaltung da einbinde. Aber ich bin dran, keine Angst! Ich werde mir das übers Wochenende mal ganz in Ruhe ansehen, da arbeiten nicht so viele Leute und ich kann mich besser konzentrieren. Ansonsten kommen immer wieder wohlmeinende - ältere - Sekretärinnen, die fragen, ob ich Kaffee möchte. Oder Kekse…«

Tanja lachte. »Du Armer! Bekommst du auch noch was anderes zu essen?«

»Oh ja! Jeden Morgen tolles Buffet im Hotel, mittags Firmenkantine mit verschiedenen leckeren Gerichten, und abends werde ich regelmäßig vom Chef oder diversen Abteilungsleitern zum Essen eingeladen. Allmählich muss ich auf meine Hüften achten!«

»Da wird Marianna noch eifersüchtig werden! Wehe, wenn du heimkommst! Sie wird dich mehr denn je mästen! Nur um dir zu beweisen, dass ihre Küche die einzig wahre ist!«

»Ich fürchte auch… Mittlerweile stehe ich schon morgens um halb sechs auf, damit ich vor dem Frühstück noch joggen gehen kann. Sonst platze ich, bevor ich heimkomme.«

»Da hätte der Chef mit Sicherheit was dagegen! Zumindest vor dem Auftragsende! - Ich freue mich jetzt auf den neuen Kurs! Übermorgen ab Mittag kommen die ersten. Mal sehen. Ich bin ja vor allem gespannt auf diese Tierheilpraktikerin!«

»Was sagtest du? Sie therapiert ganz bekannte Pferde? Wäre das nicht auch was für deinen Zauberer?«

»Hm. Nja. Eigentlich möchte ich erstmal sehen, wie weit ich alleine komme. Schön wäre natürlich, wenn Elinor da wäre…«

»Noch zwei Wochen, dann fliegt sie wieder heim. Bis dahin wirst du doch einen Durchbruch erreicht haben, meinst du nicht?«

»Weiß nicht. Irgendwie… Werden sehen. Zumindest kann ich ihn im normalen Alltag schon ganz gut integrieren. Ich habe mit Stanis abgesprochen, dass wir heute Abend mal die ersten Versuche in der Longierhalle unternehmen.«

»Alleine oder mit einer der Stuten?«

»Alleine. Falls er sich wieder nicht fangen lässt, holt Stanis Sahara. Dann klappt das wohl.«

»Ich drücke dir die Daumen! Lass es mich wissen, mein Schatz, ja? Und - pass gut auf dich auf!«

»Das mache ich! Stanis ist ja auch dabei!«

Nicht nur Stanis stand gespannt an der Tür zur Longierhalle, auch Diana wollte sich das Schauspiel nicht entgehen lassen.

Tanja atmete bewusst tief ein und versuchte, mit dem Rücken zu den beiden, sich zu erden, so, wie sie es von Elinor gelernt hatte. Tatsächlich wurde sie ruhiger, spürte, wie überschüssiges Adrenalin in den Boden floss. Plötzlich hatte sie den Eindruck, dass Donauzauber sie interessiert musterte. Sie schlug die Augen auf - und tatsächlich, das erste, das allererste Mal blickte der Wallach ihr direkt ins Gesicht!

Eine heiße Welle der Freude überschwemmte Tanja. Ihr Gesicht strahlte. Sofort begannen ihre Gedanken zu rasen.

Da war es auch schon wieder vorbei. Donauzauber wandte sich ab und betrachtete stattdessen lieber angelegentlich die Wand der Longierhalle. Tanja biss sich auf die Lippen. Sie warf einen kurzen Blick hinüber zu Stanis, der ihr aufmunternd zunickte.

Vorsichtig machte sie einen Schritt in Richtung des Pferdes. Das hob alarmiert den Kopf und schien nach dem Ausweg zu suchen. Der nächste Schritt Tanjas versetzte Donauzauber bereits in einen kopflosen Trab, immer dicht an der Bande entlang.

»Hey. Hey Junge, alles gut! Ich will dir doch gar nichts Böses…« Tanja redete leise auf den sich in seine Panik hineinsteigernden Wallach ein.

Der wurde immer verkrampfter, zeigte das Weiß im Auge. Er war in einen holprigen Galopp gesprungen, staksig, unsicher, ganz anders, als Tanja ihn in der Reithalle erlebt hatte. Sein Atem ging stoßweise. Bereits jetzt zeigte er weißen Schaum an den Flanken und zwischen den Hinterbeinen.

»Tanja! Lass gut sein! Hör auf! Komm raus, sofort!«

Erstaunt blickte Tanja hinüber zum Tor. Stanis schien ernsthaft besorgt zu sein. Sie zögerte nur einen Moment, dann eilte sie hinüber und schlüpfte eilig durch die von Diana geöffnete Tür hinaus. Stanis nahm die beiden Frauen am Arm und zog sie einige Meter weg von dem Rund.

»Langsam! Du musst dir viel mehr Zeit für ihn nehmen! So wird das nichts!« Der Reitlehrer schüttelte ernst den Kopf, während er redete.

Tanja merkte, wie aufgebracht er war. »Was habe ich denn falsch gemacht?«, wollte sie mit bebender Stimme wissen.

»Das weiß ich noch nicht so genau. Was für ein Gefühl hattest du denn gerade? Ehrlich!«

Sie zuckte etwas beim letzten Wort zusammen. Was sollte das denn bitte heißen?! Dann sammelte sie sich. »Der erste Moment war gut. Nein, super! Ich hatte gedacht, er nimmt mich das erste Mal wahr. Und dann…«

»Ja?«, bohrte Stanis nach. Seine Augen waren tief in die von Tanja versunken.

»Weiß nicht…« Sie zuckte hilflos mit den Schultern.

»Komm schon, streng dich an! Denk nach! Irgendetwas hat dieses Pferd gerade in absolute Panik versetzt! Vielleicht liegt da der Schlüssel…« Gedankenverloren strich er sich über das Kinn, während er hinüber zum Tor blickte.

Dahinter schien wieder Ruhe eingekehrt zu sein.

»Ich weiß nicht«, wiederholte Tanja nachdenklich, die seinem Blick gefolgt war. »Vielleicht hatte ich zuviel Adrenalin ausgeschüttet. Aber - eigentlich war ich gar nicht mehr aufgeregt! Genau genommen war ich zunächst ziemlich geerdet. Als er mich dann zum ersten Mal direkt angesehen hat, da….«

Sie verstummte. Allmählich ging ihr ein Licht auf.

Beunruhigt drehte sie sich zum Tor hin. Dann zurück zu Stanis und Diana, die auffallend still war.

»Erst war ich voller Ruhe, dann voller Freude.

Gleichzeitig begannen - meine Gedanken zu rasen…«
Den letzten Halbsatz sprach sie immer langsamer werdend.

Verstört blickte sie ihren Reitlehrer an. Der nickte bedächtig. »Deine Gedanken begannen also zu rasen.«

»Und dem schloss sich der Zauberer an«, ergänzte Diana mit leiser Stimme.

»Oh. Ihr meint, er liest mich?! So ganz und gar?«

»Mehr noch. Er zieht seine eigenen Schlüsse daraus. Und die sind nicht die besten! Tanja, ich hatte in dem Moment, als ich dich rausgeholt habe, das Gefühl, der Zauberer könnte aus seiner Panik in die Aggression hinübertreten. Er war schon zu verzweifelt.«

Tanja nickte langsam. Ihr Gesicht war aschfahl. »Komisch. So ein ähnliches Gefühl hatte ich auch kurz…«

»Ich vermute, diesem Pferd wurde in einer Longierhalle etwas ganz Schlimmes angetan!« Die Mundwinkel von Stanis spannten sich hart nach unten.

So grimmig hatten die beiden Frauen ihn noch nie erlebt.

»Und wie kriegen wir das jetzt wieder aus ihm raus?«, fragte Tanja leise mit traurigem Ton.

Stanis hob den Kopf weit in den Nacken, blickte nach oben in den dunkler werdenden Himmel und seufzte langgezogen.

»Tjaaa…«, kam es dann von ihm.

Plötzlich senkte er seinen Kopf wieder, um Tanja anzublicken. »Das ist ja wohl dein Baby. Nein, nein, keine Angst, ich lass dich nicht allein mit deinem - Problem.«

Wieder glitten seine Augen zum Tor hin.

Tanja schluckte. Irgendjemand würde Donauzauber jetzt da rausholen müssen.

Und irgendjemand war ganz sicher - sie!

»Wenn ich da reingehe, stehen die Chancen ziemlich gut, dass er wieder abspackt!«

»Ich weiß. Pass auf, wir beide gehen mal außer Sichtweite. Du stellst dich ans Tor und bist einfach nur dort. Schau mal, wie er reagiert. Aber du gehst auf keinen Fall rein, solange ich nicht in der unmittelbaren Nähe bin und eingreifen kann! Okay?«

Sie nickte. Ihre Blicke folgten den beiden, die sich in den Säulengang zwischen den Reithallen zurückzogen. Sie atmete tief ein, versuchte erneut, sich zu erden. Auch jetzt fühlte sie wieder Adrenalin abfließen, mehr als vorher. Na gut, war ja auch einiges geschehen in der Zwischenzeit.

Dieses Mal gelang es ihr, die Gedanken zumindest langsamer werden zu lassen.

Mit einem tiefen Atemzug trat sie an das Tor heran und blickte nach innen.

Donauzauber stand genau gegenüber und hob misstrauisch seinen Kopf. Seine Flanken pumpten. Er fixierte sie eine ganze Weile, dann ließ er seinen Kopf wieder hängen.

Plötzlich überkam Tanja eine Welle der Verzweiflung. Doch es war nicht ihre eigene, wie sie wenig später überrascht bemerkte.

Sie sah wieder zu dem Wallach hinüber. Konnte es sein…?

Sie versuchte, ihre Gedanken komplett zum Schweigen zu bringen. Donauzauber seufzte leise. Tanja beobachtete ihn weiter.

Minuten vergingen, Viertelstunden flossen davon. Inzwischen war die Dunkelheit hereingebrochen.

Von hinten hörte Tanja leichten Hufschlag.

Auch Donauzauber hob seinen Kopf und kam mit einem leisen Wiehern an das Tor heran, wo er sich willig von Tanja am Halfter nehmen und neben Sahara mit Stanis zum Stall bringen ließ.

»Willst du reden?«, wollte Stanis von ihr wissen.

Doch sie schüttelte nur den Kopf. »Ich muss nachdenken. Gute Nacht, ihr beiden! Danke nochmal!«

Damit drehte sie sich wie eine Schlafwandlerin um und verschwand in der Dunkelheit.

SAMSTAG

Die Nacht war kurz gewesen.

Zu viel hatte Tanja aufgewühlt, hatte sie in den Kissen graben lassen. Die Geschehnisse um Donauzauber. Ihre eigenen inneren Konflikte, die sich nun in drohenden Schatten formierten. Vergangenheit, die längst totgeglaubt war. Panik, die sich nicht mehr wegschließen ließ.

Außerdem spürte sie, wie sehr sie gerade Max vermisste. Andererseits war es vielleicht ganz gut, in dieser Phase allein, auf sich selbst zurückgeworfen zu sein.

Jedenfalls stand sie auf, lange bevor sich die Sonne am milchigen Horizont ankündigte, um sich mit den Hunden und einem großen Latte macchiato auf die Terrasse zu setzen. Doch sie war zu rastlos, um die Ruhe und den Kaffee genießen zu können. Nichts hielt sie mehr im Haus. Sie pfiff Charles und Mortimer, um einen ausgedehnten Spaziergang über die Ebene Richtung Berge zu machen.

Von dort aus gingen sie direkt in den Stall, wo Diana sie gegen acht Uhr vorfand.

»Hey! Guten Morgen! Na, wie war deine Nacht?«

Tanja fühlte, wie die Blicke der Freundin über ihr Gesicht wanderten.

»Okay, musst nichts sagen!«, schmunzelte diese nun. »Wie Braunbier und Spucke.«

Tanja blickt sie verständnislos an.

»Na, deine Gesichtsfarbe! Hm. Eigentlich eher dein gesamter Status«, korrigierte Diana sich mit schief gelegtem Kopf.

Dann lachte sie und schwenkte eine Papiertüte, die einen herrlichen Duft verströmte. Vielversprechend. Lecker.

»Ich hab mir so was schon gedacht. Deshalb bin ich schnell ins Dorf zu unserem Lieblingsbäcker und habe - tata - deine Lieblingsteilchen mitgebracht! Vorsichtshalber dazu noch Schokocroissants. Auch, wenn wir hier in Italien leben - das sind einfach die besten Seelentröster!«

»Oooh! Die duften aber verführerisch! Diana, du bist wirklich die Beste!«

Fast hätte Tanja der Freundin die Tüte aus der Hand gerissen, doch diese war schneller und drehte sich lachend einmal um die eigene Achse.

»Vergiss es! Wirf erst einmal die Kaffeemaschine an, ich hole Messer und Teller. Etwas Anstand können wir auch hier im Stall wahren!«

Tanja erhob sich grinsend von der Bank, die im vorderen Bereich des Stalles stand, neben dem mächtigen Tor, getrennt durch eine hüfthohe gemauerte Wand. Hier gab es keine Boxen mehr, sondern reichlich Platz, sodass die Bank auch keine Gefahrenquelle für die empfindlichen Pferdebeine darstellte.

Während sie die mächtige Kaffeemaschine anwarf, meinte sie: »Wenn ich dich nicht hätte…«

»…dann hättest du eben jemand anderen…«, führte Diana fort. »Ja, ja, aber das macht schließlich Freundschaft aus, nicht wahr? Außerdem teile ich meine süßen Stückchen am liebsten mit dir. Nein, Mortimer, lass die Nase von der Tüte!«

Sie gab dem vorwitzigen Hund, der den Geruch inhalierte, seit Diana den Stall betreten hatte, einen Klaps auf den Rücken. »Wag es ja nicht!«

Mit einem tiefen Seufzen und dem Ausdruck des zu

Unrecht Gescholtenen ließ der Windhund von den wunderbaren Düften ab.

Zumindest scheinbar.

In dem Moment, als Diana zum Kühlschrank gehen wollte, um die Milch zu holen, tauchte er auf der anderen Seite in ihrem Rücken wieder auf.

Doch Diana war schneller. Sie griff nach hinten und zog die Tüte zu sich heran. Während sie mit der Milch in der einen und dem Gebäck in der anderen Hand wieder aus dem Kühlschrank auftauchte, schimpfte sie mit dem Hund.

»Du bist ja schlimmer und durchtriebener als alle meine Katzen zusammen! Ja, hält man das denn aus! Schäm dich!«

Mortimers Augen sprachen Bände.

Tanja begann angesichts dieser Szene hemmungslos zu lachen. »Du armer, betrogener und so gemein beschimpfter Hund! Dabei wolltest du deinem Frühstück nur noch ein Dessert verpassen!«

Beleidigt wandte Mortimer sich ab und verschwand in den Tiefen der Stallgasse.

»Der sichert sich jetzt garantiert den besten Startplatz, um wenigstens die Krümel abzustauben!«, mutmaßte Tanja.

»Und die Stückchen, die sonst noch herunterfallen«, grinste Diana ihre Freundin an.

Dann wandte sie sich an den verbliebenen Hund, der sie mit einem großen Lächeln auf dem Gesicht anwedelte. »Tja, Charles, du bist zwar wesentlich anständiger - aber du achtest auch mehr auf deine Linie!«

Beide Frauen prusteten los, während Tanja den Greyhound streichelte.

»Der Kaffee ist fertig!«

»Prima! Dann nichts wie auf die Bank und lecker

frühstücken! Vielleicht möchtest du mir dann ja von deinen Erkenntnissen der Nacht berichten…«

Nachdem sie es sich auf der Bank gemütlich gemacht hatten, vernaschte Tanja zunächst mit Hingabe das Schoko-Croissant. Bevor sie sich aufrichtete, um ihrer Vertrauten in die Augen zu blicken, wischte sie sich noch schnell den Mund ab, um ihn von Blätterteigresten und Schokokrümeln zu befreien. Diana grinste, griff sich dann jedoch selbst schnell schuldbewusst an den Mund, der ebenso reich verziert war. Ihr war der Anflug von Spott auf Tanjas Gesicht dann doch nicht entgangen.

»Also. Ich denke wie Stanis, dass der Zauberer in einer Longierhalle ein furchtbares Erlebnis gehabt haben muss. Denn in der Reithalle hat er mich vor einer Woche nur auflaufen lassen. Dabei war er souverän und selbstbewusst. Gestern aber - oh Gott, ich möchte gar nicht daran denken!«

Vor Tanjas geistigem Auge tauchte wieder das panische Pferd auf, das gegenüber dem Tor stand und so heftig pumpte, dass die Flanken schweißnass waren.

»Hm. Klingt schlüssig. Vielleicht solltest du Kathrin nachher fragen, ob sie das auch schon mit ihm erlebt hat.«

»Kathrin. Ja. Die hat mir gestern Abend geschrieben, dass sie nicht kommen kann, weil sie einen Krankheitsfall auf der Station haben. Sie muss einspringen und kann nicht mal abschätzen, wann sie mehr als vierundzwanzig Stunden am Stück frei hat.«

»Oh! Na, das ist ja auch wieder ein Ding!«, staunte Diana. »Wenn das kein Zeichen ist…«

»Ein Zeichen! Wofür das denn?«, wandte Tanja sich scharf an die Freundin.

Die legte ihren Kopf schief und grinste. »Ich bin zwar

nicht Elinor, aber für mich ist ganz klar, dass du jetzt keine Einmischung von anderen brauchst.«

»Anwesende mal ausgenommen, meinst du wohl.« Tanja seufzte. Sie sah wieder hinüber zu der Box, in der Donauzauber sein glänzend geputztes Hinterteil präsentierte.

Dianas Blick folgte dem der Freundin. »Du hast ihn ja schon geputzt!«, meinte sie überrascht. »Seit wann bist du denn auf den Beinen?«

Tanja winkte ab. »Ich musste mich ja irgendwie für gestern entschuldigen. Nicht, dass er irgendein Anzeichen von Wohlbefinden gezeigt hätte… Aber ich hatte den Eindruck, er versteht diese Geste.«

»Wie willst du denn nun weitermachen?«

»Hm. Also. Mein Plan ist, ihn im offenen Roundpen zu arbeiten. Schön wäre es, wenn du mit Sahara danebenstehen könntest.«

»Warum versuchst du es nicht auf der Weide? Oder ist dir das zu weitläufig?«

»Nicht nur das. Vor allem soll er zwei Orte hier haben, wo er weiß, dass ihm nichts geschieht. Orte der Ruhe sozusagen.«

Diana nickte nachdenklich. »Ja. Das ist gut. Daran hatte ich noch gar nicht gedacht. Das gibt ihm ein Gefühl von Sicherheit. Sehr schön.«

»Wollen wir das gleich mal probieren?«

»Nachdem wir hier die Teilchen vernichtet haben? Ja, gerne!«

Tanja grinste. Und langte ebenfalls wieder herzhaft zu. Eine solide Grundlage war immerhin Voraussetzung für den Erfolg!

Auch dieses Mal zögerte Donauzauber, bevor er den Stall verließ. Er wusste mittlerweile genau, dass dies nicht die Zeit für Koppel war. Doch da Sahara ihm dicht auf den Fersen folgte und ihn beim allzu langen Zaudern von hinten anstubste, lief er schließlich willig mit. Quer über den Hof in Richtung Künstlerdorf war er bisher noch nie gegangen. Sahara spazierte entspannt direkt neben ihm. Hinter dem Stalltrakt der Schulpferde bogen sie rechts ab, marschierten an der bereits belegten Führanlage vorbei und erreichten den danebenliegenden Roundpen.

Tanja führte den Wallach hinein und schloss das Tor. Dieses Mal behielt sie Donauzauber an der Hand. Draussen interessierte sich Sahara für einige vorwitzige Grasbüschel, die den Sensen der Jungs entkommen waren.

»So, mein Schöner, nun wollen wir das Ganze mal anders anfangen«, murmelte Tanja, während sie dem Pferd über den Hals streichelte.

Auf seinem Gesicht malte sich Unbehagen ab. Wieder meinte Tanja, kurz einen dunklen Schatten über seine Augen huschen zu sehen. Doch sie blieb ruhig.

»Komm, wir gehen ein Stück. Das machen wir doch sonst auch, wenn ich dich zur Koppel bringe. Da bist du immer ganz artig. So, das ist brav! Und - haaalt!« Gleichzeitig mit dieser leise gemurmelten Aufforderung zupfte Tanja am Strick und blieb nachdrücklich stehen.

Der Wallach stoppte tatsächlich.

Gleichzeitig wandten sich beide in Richtung Diana und Sahara.

Donauzauber mit einem fragenden, Tanja mit einem strahlenden Gesichtsausdruck. Nun hob auch Sahara ihren Kopf und schien zu nicken.

»Super! So machst du das richtig gut!« Tanja streichelte und kraulte Donauzauber ausgiebig.

Doch der entzog sich, indem er seitwärts-rückwärts auswich.

»Okay, schon verstanden. Du magst es nicht so intim. Gut. Dann komm! Scheeritt!«

Sie machte gleichzeitig mit dem Kommando zum Antreten einen Schritt nach vorne. Donauzauber blieb entschlossen dort stehen, wo er war. Und blickte angelegentlich in die Ferne. Tanja zog leicht am Strick.

»Auf! Scheeritt!«

Keine Reaktion. Sie seufzte und trat zwei Schritte zurück, damit sie auf Höhe des Rumpfes kam. Erneut versuchte sie ihr Glück. Erfolglos. Sie zögerte, bevor sie sich entschloss, mit dem Ende des Stricks in Richtung Hinterhand zu wedeln.

Keine Reaktion.

Schließlich ließ sie den Strick sachte gegen sein Hinterteil klatschen.

Die Reaktion kam prompt. Donauzauber machte einen empörten Sprung nach vorne. Tanja meinte, ein kurzes Anlegen der Ohren wahrgenommen zu haben, doch sie musste jetzt handeln statt denken. Also lief sie mit ihm mit, um den Strick nicht in Spannung zu bringen - schließlich wollte sie ja die Vorwärtsbewegung, und das Pferd nicht gleich durch das entgegengesetzte Kommando in Verwirrung bringen.

»Braver Bub! Klasse! Ja, das ist doch schon mal was!«

Sie hatte den Eindruck, dass Donauzauber sich ärgerte. Doch sie wollte nicht schon aufgeben.

Wieder hielt sie ihn an, lobte ihn ausführlich für seine Reaktion. Und wieder zeigte der Wallach kein Interesse daran, auf Kommando anzutreten. Sein Sprung nach vorne als Reaktion auf den klatschenden Strick an seine Lende fiel dieses Mal stärker aus. Tanja hatte Mühe mitzuhalten.

Ein erneutes Anhalten. Ein erneutes Anspringen, noch heftiger. Mittlerweile zeigte Donauzauber das Weiß in seinen Augen.

Tanja wandte sich an Diana, die dem Spektakel schweigend gefolgt war. »Ich weiß nicht. Irgendwie habe ich das Gefühl, dass das der falsche Weg ist. Er sperrt sich mehr und mehr.«

»Ja. Der Zauberer wirkt ziemlich - unwirsch. Vielleicht solltest du überlegen, ihn nicht auf unsere klassische Weise zu arbeiten. Eher die amerikanische Variante. Die sanfte natürlich! Horsemanship. Du weisst, was ich meine?« Sie warf einen prüfenden Blick in den Roundpen.

Ihre Freundin nickte. »Ja, das Anschluss-Prinzip von Monty Roberts und Pat Parelli. Wie hieß das doch gleich? Ah, ich habs: Join-up! Mit Wegscheuchen und Anschließen lassen. Die natürliche Herdensprache.«

Sie verstummte und lauschte nach innen. »Ja. Vielleicht…«

Nachdenklich wandte sie sich wieder in Richtung des Wallachs, der sie misstrauisch von der Seite her anblickte. Als sie ihm durch die Mähne fahren wollte, hob er abwehrend seinen Kopf.

»Okay, okay, habe ich verstanden! Aber Leckerlis magst du ja auch nicht.« Erneut musterte sie ihn. »Ich glaube, das bringt so tatsächlich nichts. Ich bin mir nur nicht sicher, ob ich jetzt sofort die Arbeitsmethode switchen sollte.«

»Lass ihn doch einfach mal laufen. Mal sehen, wie er sich dann verhält. Vielleicht möchte er sich erstmal die Beine vertreten, seinen Unmut abreagieren«, schlug Diana vor. »Sahara ist ja hier, da fühlt er sich sicher. Und du kannst ihn schnell wieder einfangen.«

»So machen wir das! Komm, Junge, du darfst dich

jetzt frei bewegen.« Mit diesen Worten klickte sie den Sicherheitskarabiner auf und entfernte sich rückwärts von dem Wallach.

Der blickte sich um und steuerte umgehend Sahara an. Tanja holte sich vom Eingang eine Longierpeitsche mit langem Schlag aus dem Peitschenständer und ging zurück in die Bahnmitte.

»Na komm, Zauberer, dann eben mit mehr Freiheit. Scheeritt!« Sie hob die Gerte.

Donauzauber drehte demonstrativ sein Hinterteil in die Bahnmitte.

»So wird das nichts! Komm, Scheeritt!« Dieses Mal ließ Tanja die Peitsche knallen.

In diesem Moment entlud sich die Spannung des Pferdes in einem enormen Bocksprung, dem wüstes Auskeilen folgte.

»Hey! Das geht ja wohl gar nicht! Lass das!« Tanja ließ den Schlag der Peitsche leicht an die Hinterhand des Wallachs gleiten.

Der schien zu überlegen, ob er den Quälgeist in der Bahnmitte attackieren oder einfach dem Kommando folgen sollte. Schließlich entschied er sich für letzteres. Mit hoch aufgestelltem Schweif trabte er in seinen weit ausladenden Bewegungen auf dem Hufschlag einige Runden um Tanja herum.

Diana bekam ihren Mund nicht mehr zu. »Wow! Wie spektakulär der sich bewegen kann! Das ist ja schier unglaublich!«

Tatsächlich schien der Wallach nun die Bewunderung der Frauen zu genießen, denn er präsentierte sich die nächsten Minuten von seiner schönsten Seite. Tanja konnte durch das Abschneiden seines Weges auch gelegentliche Handwechsel einbauen.

»Er wirkt deutlich zufriedener! Was meinst du?«

Diana nickte. »Auf jeden Fall! Was schon wieder für Horsemanship spricht.«

»Das werde ich morgen probieren. Jetzt bin ich damit zufrieden, dass wir doch noch eine gewisse Arbeit zusammen geschafft haben. Das ist immerhin schon ein Fortschritt!«

»Ja. Manchmal ist weniger doch einfach mehr! Ich bin nur gespannt, wie du ihn jetzt wieder einfangen kannst.«

Donauzauber hatte, als wollte er zuhören, seine Vorwärtsbewegung unterbrochen und stand, schön wie gemalt, am Zaun nahe bei Sahara.

»Na gut, dann lass dich mal wieder nach Hause bringen, du Hübscher!«

Tanja ging mit dem Strick in der Hand zu dem Wallach. Der wandte sich zwar leicht ab, ließ sich dann aber doch am Halfter nehmen. Tanja unterdrückte ein erleichtertes Aufstöhnen. Stattdessen fuhr sie Donauzauber dankbar über den Hals.

Dieses Mal rückte er nicht ab.

»Elinor! Wie schön, dich zu hören!« Tanjas Strahlen füllte die gesamte Veranda, leuchtete selbst in die Schatten hinein, die sonst nie ein Sonnenstrahl erreichte. Der unerwartete Anruf traf genau im richtigen Moment zur Mittagszeit ein.

»Hase! Na, wie geht es dir denn?« Ihre rauchige Stimme dröhnte kräftig aus dem Hörer. Ganz so, wie Elinor halt einfach war. Ein kehliges Lachen folgte.

Tanja regulierte automatisch die Lautstärke ihres Handys tief nach unten. Auch so hatte sie noch - bei aller Euphorie - das Bedürfnis, den Hörer weit weg von ihrem Ohr zu halten.

»Im Großen und Ganzen - gut, danke! Und bei dir?

Euch? Ist dir schon langweilig bei all dem schönen Wetter?«

Ein tiefes Seufzen antwortete ihr. Tanja hatte den Eindruck, dass sämtliche Möbel auf ihrer Veranda dadurch in Erschütterung gerieten. Wie bei einem Mini-Erdbeben, sinnierte sie. Und musste losprusten, mitten in Elinors beginnenden Satz hinein.

»Also, das mit dem Wetter, das ist…. was ist denn bei dir los?«

»Nichts! Alles gut, danke! Das ist nur die pure Freude, dich mal wieder zu hören!«

»Aha. Damit sorge ich automatisch für Stimmung! Na, wenn das man nichts ist! Kannste mal sehen…« Elinor klang ausgesprochen zufrieden und aufgeräumt. »Was macht denn dein Zauberer?«, wollte sie umgehend wissen.

Dieses Mal seufzte Tanja. »Hm. Tja. Weiß nicht. Ich glaube, der stellt mich vor noch größere Herausforderungen, als ich bereits geahnt habe. Aber zwei Punkte sind schon mal klar: der Ursprung seines Verhaltens war eine Misshandlung in einer Longierhalle…« Sie erzählte Elinor von ihren Erfahrungen in der Reit- und später in der Longierhalle sowie den Erlebnissen im Roundpen.

»So, wie es aussieht, werden wir wohl ab jetzt mit dem Join-up arbeiten«, schloss sie leise seufzend.

Auf der anderen Seite blieb es bedenklich still. So still, dass Tanja Angst bekam, die Verbindung sei gestört. Doch bevor sie Elinors Namen in den Hörer rufen konnte, erhob sich die dunkle Stimme.

»Hase«, sagte diese ernst, »Donauzauber mit all seinen Erfahrungen hat einen Grund, bei dir aufzuschlagen. Auch wenn du es nicht hören willst - du musst ein paar Dinge in dir lösen, wenn du mit ihm weiterkommen willst! Du kennst doch den tiefsinnigen Spruch: Dein Pferd ist dein Spiegel. Das ist sehr, sehr wörtlich gemeint! Immer!«

Tanja schluckte. »Was willst du mir damit sagen?«

»Das wird ein Prozess der Transformation. Für ihn. Für dich. Und es kann sein, dass es dabei auch nicht ganz so schöne Strecken gibt...«

»Du meinst, nur, indem ich mich ändere, ändere ich das Pferd?! Ist das nicht etwas zu - kategorisch?« Tanjas Stimme war der Trotz anhören, der sich wütend in ihr zu regen begann. »Immerhin ist das nicht mein eigenes Pferd!«

Wieder schwieg Elinor.

Für Tanja ausgesprochen lange.

»Wenn du mit dem Fluss schwimmst, sparst du nicht nur Kraft, sondern kommst auch schneller an dein Ziel«, meinte Elinor schließlich kryptisch.

Im Hintergrund waren nun laute Geräusche und Stimmen zu vernehmen. Offensichtlich war die Zimmertür geöffnet worden.

Bevor Tanja etwas sagen konnte, ertönte wieder Elinors kehlige Stimme. »Oh! Unser Yoga-Kurs am Strand beginnt gleich! Tut mir leid, habe ich völlig vergessen! Mein Männe steht hier, um mich abzuholen. Viele Grüße von ihm!«

»Ja«, machte Tanja verwirrt, »danke. Grüße zurück. Viel Spaß beim Yoga!«

»Danke! Ich melde mich...«

Schon war die Verbindung unterbrochen.

Nachdenklich blickte Tanja auf ihr Handy.

Das blieb still.

Als Tanja zwei Stunden später aus der Haustür trat, erschrak sie. Vom Gebirge her näherten sich schnell schwarze Wolken, die einen Ehrfurcht gebietenden lila Rand zeigten. Auf der anderen Seite des Hauses hatte sie auf ein glattpoliertes Meer mit strahlend blauem Himmel geblickt. Gut, es war etwas drückend gewesen. Aber auf diesen Anblick war sie definitiv nicht vorbereitet!

Schlagartig hoben Windböen an, die es in sich hatten. Die Hunde drängten sich verängstigt an ihre Herrin, die im Laufen einen Blick auf ihre Wetter-App warf. Tatsächlich - Unwetterwarnung! Gewitter mit schweren Sturmböen, schnell entwickelnd, teils Tornados! Tornados - hier?!

Sie machte, dass sie zum Stall kam. Dort waren die Angestellten bereits unterwegs, um die Pferde von den Koppeln zu holen.

Tanja raste zu ihren drei separat stehenden Pferden. Beauty stieg, rollte hysterisch mit den Augen und wollte unbedingt in den Stall. Selbst Sahara tänzelte unruhig. Donauzauber wirkte ebenfalls hochgradig angespannt.

Eigentlich nahm sie immer zuerst Donauzauber. Das wollte sie nun auch. Doch in dem Moment, als eine schwere Windböe den Ast eines Alleebaums abbrach und etliche Meter durch die Luft wirbelte, raste der Wallach panisch in die andere Ecke der Koppel. Tanja lief hinterher, doch sie kam niemals näher als drei Meter an ihn heran. Nach etlichen Versuchen gab sie auf und holte stattdessen die entsetzten Stuten in den Stall. Die aufgescheuchten Hunde sperrte sie vorsichtshalber in eine leere Box. Auf dem Weg zur Weide setzte heftiger Regen ein, der Tanja binnen Sekunden bis auf die Haut nass werden ließ.

Zurück bei Donauzauber versuchte sie wieder und wieder, ihn zu beruhigen und ihn am Halfter zu greifen. Doch er verweigerte sich blindlings, ließ sie immer nahe herankommen und raste dann davon. Längst war aus dem Einfangen eine Machtrangelei geworden.

So zumindest schien es Tanja.

Als sie das erkannte, verfiel sie in letzter Not auf das Join-up, in der Hoffnung, das ihr anvertraute Pferd endlich einfangen und vor dem Unwetter schützen zu können. Rechts und links zuckten Blitze, wirbelten Laub und Äste. Der Regen war noch stärker geworden, vermischte sich mit Hagel, schuf weiße Flächen auf dem plattgedrückten Gras. Sie trieb den Wallach im Galopp um sich herum, ließ, sobald er ein Ohr auf sie richtete, davon ab, um sich umzudrehen und ihm die Gelegenheit zu geben, sich ihr anzuschließen. Doch nein - er lief lieber immer weiter, immer weiter.

Schließlich ließ sich Tanja verzweifelt auf den Boden sinken.

Und weinte.

Weinte voller Herzschmerz, voller Inbrunst.

Alle Verzweiflung brach sich Bahn. Wer war sie denn, dass sie meinte, einem Pferd, das mit den Menschen abgeschlossen hatte, helfen zu können?

Sie kreiste in ihren Gedanken mehr und mehr darum, sich und alles, was sie tat, in Frage zu stellen. Inmitten eines tobenden Gewitters, vollkommen schutzlos den Naturgewalten ausgeliefert, drängten längst vergessene Verletzungen an die Oberfläche. Ähnlich dem Tornado, der im Außen wütete, vernahm sie ihre inneren Stimmen, die mit bösen Zungen auf sie einredeten.

Ja, sie wusste, dass sie dazu neigte, sich ständig selbst in Frage zu stellen. Hatten denn die anderen mit ihren Kritiken nicht vielleicht recht, da, wo sie eigentlich im Reinen mit sich war? Wurde man nicht nur dann besser, wenn man sich stets hinterfragte?

Tanja weinte immer weiter, verfiel den schlimmsten Dämonen der Verzweiflung. Und immer weiter heulte der Wind, raste der Sturm, klatschte der Regen.

Tanja wusste nicht, wieviel Zeit vergangen war, als sie plötzlich eine Bewegung hinter sich wahrnahm. Ein warmer Hauch traf sachte ihren Nacken. Sie erstarrte. Ahnte nicht, was gerade geschah. Ihr Denken war schlagartig ausgeschaltet.

Noch bevor sie sich umdrehen konnte, plumpste plötzlich der schwere Körper von Donauzauber neben ihr zu Boden. Mit einem tiefen Aufseufzen hatte er sich direkt neben sie abgelegt!

Tanja blieb die Luft weg.

Was war das? Was sollte das bedeuten?

Vorsichtig streckte sie die Hand aus, berührte das klatschnasse Fell des Wallachs. Der seufzte noch einmal auf und schloss halb die Augen.

Tanja schüttelte den Kopf. Das konnte doch nicht angehen! Sie träumte, das war ja klar! Oder schlimmer - sie halluzinierte!

Dann registrierte sie, dass der Regen nachließ, soweit, bis schließlich ein schüchterner Sonnenstrahl durch die dunklen Wolken fiel.

Nein, nicht direkt auf die Weide. Aber er war deutlich sichtbar, wie er auf ein paar Bäume der Allee traf und sie in dampfende Umrisse verwandelte. Der Wind ebbte ab, die Wolken wurden lichter. Und Tanja saß klatschnass und verdreckt inmitten von Pfützen auf dem Boden, eine Hand in der Mähne von Donauzauber.

Dem Pferd, das sich nicht hatte einfangen lassen wollen. Das bisher nichts von ihr hatte wissen wollen. Das sich jeder liebevollen Berührung entzogen hatte.

Tanja staunte.

Ihr wurde bewusst, dass sie ein unglaubliches Geschenk erleben durfte. Etwas Einmaliges, nie Wiederkehrendes. Sie musterte den Wallach, der tief zufrieden und absolut mit sich im Reinen zu sein schien.

Warum?

Schließlich begriff sie zwei Dinge.

Zum einen hatte sie sich das erste Mal in Gegenwart dieses Pferdes ihren eigenen Dämonen gestellt. Hatte Rotz und Wasser geheult. War durch die Hölle gegangen. Nach einer Weile hatte sie schon gar nicht mehr die widrigen Umstände registriert, so sehr war sie mit sich selbst beschäftigt gewesen.

Zum anderen ging es bei Donauzauber nicht um Join-up oder ähnliches. Er war schon so eng mit Menschen verflochten, dass dies bei ihm überflüssig war. Nein, das tat nicht not. Eine gute Ausbildung hätte er auch in Deutschland bei einem Profi bekommen können.

Der wahre Kern war ein völlig anderer Punkt. Einer, den Elinor bereits angedeutet hatte.

Er war gekommen, um sie zu heilen.

Er war gekommen, um sich mit ihr heilen zu lassen.

Tanja war in eine Art Trance verfallen.

Die inneren Stimmen waren verstummt, die Gedanken verflogen.

Sie nahm wahr, wie die Sonne mehr und mehr die Wolken vertrieb, wie die nasse Landschaft zu dampfen begann, wie sich Donauzauber aufrappelte und dicht an ihrer Seite zu grasen begann. Sie registrierte, dass er sich nie mehr als drei Schritte von ihr entfernte und sie ständig mit einem Auge im Blick hatte.

Sie genoss die Sonne, die Wärme auf der eiskalten Haut, die Nähe zu dem unnahbaren Wallach.

Schließlich stand sie - genauestens beäugt von Donauzauber - auf, um nach Hause zu gehen und zu duschen.

Glücklicherweise lief sie dort nicht als erstes Marianna in die Arme, sondern konnte direkt nach oben gehen. Wohliglich spürte sie die heißen Tropfen auf ihrem ausgekühlten Körper. Noch immer waren ihre Gedanken still. Auch das genoss sie intensiv.

Als sie wieder nach unten kam, arbeitete dort gerade Marianna mit einem Staubwedel. Tanja musste keine Hellseherin sein, um zu wissen, dass sich ihre Angestellte nicht zufällig in der Eingangshalle aufhielt.

»Hallo Marianna!«, grüßte sie vorsichtig.

»Hallo Tanja! War das ein Wetter eben!« Mit diesen Worten musterte die Haushälterin ihren Schützling von oben bis unten. »Sie waren aber nicht die ganze Zeit da draussen, oder?«

Mit diesen drohend gesprochenen Worten drehte sie sich bereits um und watschelte eilig in die Küche.

Tanja verdrehte die Augen. Oh je. Das konnte ja heiter werden…

Schon hörte sie den Wasserkocher summen.

»Ich mache Ihnen jetzt einen Tee. Der wärmt Sie von innen auf. Stärkt Ihre Immunabwehr. Und hier - Moment, ach, da, ja«, sie hörte Marianna in ihrer riesigen Ledertasche kruschteln, »sind die Tropfen.« Tiefe Befriedigung schwang in ihrer Stimme mit.

Tanja schwante Schreckliches. ›Nein! Bitte nicht!‹, schrie sie innerlich.

Doch bevor sie sich umdrehen konnte, um zu flüchten, stand Marianna bereits mit einem Löffel in der mächtigen Hand vor ihr, während ihre andere Tanjas Arm umklammerte.

»Schmeckt gar nicht so schlimm!«, beteuerte die Haushälterin, während Tanja widerwillig den Mund öffnete. Vorsorglich klappte Marianna Tanjas Unterkiefer zu, bis letztere die zähe Flüssigkeit geschluckt hatte.

Ihre Augen traten hervor. Warum, warum in aller Welt mussten die - zugegeben stets hilfreichen - Säfte und sonstigen Hausmittel von Marianna immer nur so grässlich schmecken?!

Beruhigend klopfte diese ihr nun auf den Rücken. »Gut gemacht! Zur Belohnung gibt es jetzt ein paar leckere Kekse, die ich vorhin gebacken habe. Jetzt weiß ich wenigstens, warum! Ab, auf die Terrasse! Schön hinsetzen, ich bringe gleich alles.« Mit diesen Worten schob sie Tanja in Richtung Wohnzimmer, um dann selbst in die Küche zu verschwinden.

Folgsam marschierte Tanja auf die Terrasse, ließ sich auf das Sofa sinken. Am Horizont segelten die dunklen Wolken davon.

Sie fühlte sich plötzlich leicht.

Leicht und - dankbar.

Demütig.

Seltsam… aber schön! Sie seufzte und kuschelte sich in die Kissen. Noch bevor Marianna erscheinen konnte, war sie bereits eingeschlafen.

Der aromatische Duft des Kräutertees drang in Tanjas Nase und weckte sie. Es waren nur wenige Minuten gewesen, die sie tief und fest geschlafen hatte - und doch fühlte sie sich erfrischt wie nie! Hungrig griff sie nach den Keksen, die tatsächlich außerordentlich lecker waren. Dann wurde ihr klar, dass sie ihr Erlebnis unbedingt mit Diana teilen musste. Und mit Max. Und Elinor.

Schnell griff sie zu ihrem Handy und rief Diana an. Gleichzeitig hörte sie die Klingel an der Eingangstür, während ihr Anruf von der Freundin weggedrückt wurde. Bevor sie sich wundern konnte, hörte sie bereits die Stimme von Diana im Flur.

»Hallo Marianna! Na, alles gut? Ich habe die Hunde mitgebracht; sie waren im Stall und winselten. Wollten wohl zu ihrem Frauchen. Ist Tanja denn hier?«

Marianna schien zu antworten, allerdings entgegen ihrem üblichen Temperament ausgesprochen leise. Während sich Schritte näherten, brach über Tanja ein weiterer Tornado herein, diesmal in Gestalt ihrer beiden Hunde, die sich über die Maßen freuten.

»Hey, hey, wir waren doch keine Tage getrennt, ihr Süßen!«, versuchte Tanja lachend die Vierbeiner abzuwehren.

Die sahen das wohl anders, stürmten das Sofa.

Und Tanja.

»Oh nein! Nein! Nicht doch!«, wehrte sie sich mit Händen und Füßen. »Runter vom Sofa! Das wisst ihr doch genau! Ab! Charles! Mortimer! Runter jetzt! Und hört gefälligst auf, mich abzuschlecken!«

Wenigstens Charles erbarmte sich ihrer und setzte sich mit treuem Blick auf den Boden. Mortimer fand, es müsse einen gerechten Ausgleich für die lange, einsame Zeit im Stall geben. So bedrängte er Tanja weiterhin, die rosa Zunge weit heraushängend und einsetzend, wann immer er nur konnte.

Bis er in einem weiten Bogen durch die Luft segelte. Diana hatte ihn von hinten gepackt und setzte ihn nun auf die Fliesen. »Na, du kleiner Supergauner, jetzt ist denn man gut, nicht?«

»Danke! Das war Rettung in letzter Sekunde!«, keuchte Tanja, sich die wirren Haare aus der Stirn streichend. »Und du - du solltest dich wirklich schämen! Diese Gelegenheit so schamlos auszunutzen!« Das war für Mortimer bestimmt.

Der allerdings strahlte sein Frauchen schmachtend an - und Tanja seufzte ergeben. »Ich weiß ja nicht…«, murmelte sie mehr zu sich selbst.

Diana hatte sich mittlerweile gesetzt und dem Treiben grinsend zugesehen. Erneut näherten sich Schritte im Wohnzimmer, diesmal die schweren von Marianna.

»Hier, Signora, ich habe Ihnen einen Latte macchiatto gebraut. Und für Sie, Tanja, auch einen. Weitere Kekse habe ich vorsichtshalber ebenfalls mitgebracht.«

Die Haushälterin ließ einen prüfenden Blick über Tanja und die Aufbauten auf dem Tisch schweifen, dann nickte sie befriedigt. »Hab Sie vorhin nicht wecken wollen, als Sie so schön geschlafen haben. Aber Sie waren schon fleißig, wie ich sehe. Gut. Dann kann ich den Teebecher also mitnehmen!«

Sprachs, beugte sich vor und entschwand mit der Fracht.

»Na….?«, kam es langgezogen von Diana.

Tanja wurde sich des prüfenden Blickes bewusst, der sie von oben bis unten durchzuscannen schien.

»Tjaaa…« Ihr Blick wurde träumerisch.

»Hab ich ja noch nie erlebt, dass du die Hunde nicht bei dir hattest…«

Ein Seufzen antwortete Diana. Ein freudiges allerdings.

»Ich bin noch nicht ganz da. Nein, das ist so nicht richtig! Ich bin wach, ich bin fit, so, wie schon sehr lange nicht mehr! Aber ich habe das Geschehen noch nicht komplett verdaut.«

»Vielleicht kann ich dir dabei helfen. Indem ich einfach zuhöre, was du erlebt hast?«, schlug Diana vor und lehnte sich behaglich in der Hollywoodschaukel zurück.

Dann schien der Duft der Plätzchen sie erreicht zu

haben, denn sie schnellte aus den Tiefen der Kissen wieder hervor, eine Hand in die optimale Keksgreif-Position bringend.

»Oh Mann, sind die mega! Der Wahnsinn!«, konstatierte sie zwischen vollen Backen. Der Latte macchiatto wurde hinterhergestürzt, ehe die nächste Plätzchenladung Dianas Mund erreichte.

Tanja begann, hemmungslos zu lachen, bis ihr die Tränen die Wangen hinunterströmten. Flugs war auch Mortimer wieder zur Stelle, um sein Frauchen abzulecken. Doch dieses Mal nahm er brav wieder Platz, als Tanja ein kurzes »Nein!« zwischen ihren Lachsalven hören ließ. Zum Dank bekam er seinen samtigen Kopf gestreichelt.

Was Charles natürlich auch wollte.

»So. Also. Jetzt seid ihr alle versorgt. Hunde mit Streicheleinheiten, Diana mit Kaffee und Keksen. Dann kann ich ja mal loslegen.« Tanja begann, der Freundin - fast schien es ihr eher, mehr sich selbst - von ihren Erlebnissen im heulenden Sturm zu erzählen.

Tatsächlich hielt diese sich mit Einwürfen oder Fragen zurück, während Tanja mehr und mehr in das Erlebte eintauchte.

»Wahnsinn!«, war das Einzige, was Diana herausbrachte. Sie musterte ihr Gegenüber mit erkennbarem Respekt.

»Ja. In der Tat«, seufzte Tanja nochmals. »Das war der pure Wahnsinn!«

»Vor allem die Zeit im Sturm, ganz allein mit einem panischen Pferd, das sich nicht einfangen lässt... Warum hast du keine Hilfe geholt? Ich meine, dein Handy hattest du doch sicherlich dabei, oder?«

Tanja stutzte. »Ganz ehrlich - ich habe schlicht und ergreifend gar nicht daran gedacht! Das war vielleicht auch ganz gut so - nein, das war ganz bestimmt das Beste! Sonst hätte ich nicht dieses Geschenk von Donauzauber erhalten.«

»Stimmt. Dass der sich so einfach hinter dich hinlegt...« Diana schüttelte ihre Locken.

»Hmmm. Das ist wohl das Verwunderlichste - das Wunderbarste - überhaupt an der Sache! Ich kann dir sagen, da wird man wirklich demütig...«

»Du solltest unbedingt mit Elinor darüber sprechen!«

»Das wollte ich, nachdem ich mit dir telefoniert habe. Allerdings bist du mir mal wieder zuvorgekommen!«

»Wie gehts jetzt weiter mit dem Zauberer?«, wollte Diana wissen und lehnte sich dabei entspannt zurück in die Kissen. Während der Erzählung hatte sie mitfiebernd an der Kante der Schaukel verharrt.

»Ich glaube, das kläre ich erstmal mit Elinor. Beziehungsweise nach dem Gespräch mit ihr. Vielleicht hat sie einen Tipp oder eine Erklärung für mich.«

Kaum war Diana gegangen - allerdings erst, nachdem Tanja ihr geschworen hatte, sie unverzüglich von dem Gespräch mit der Tierkommunikatorin zu informieren -, wollte Tanja telefonieren. Doch dann blieb sie noch eine Weile sitzen und blickte auf das nun glitzernde Meer hinunter.

Zu viel war passiert, war auf sie eingestürmt. Sie musste erst einmal wieder zu Atem kommen. Ihre Gedanken sortieren. Zumindest grob. Schließlich griff sie zu einem Stift und machte sich - Listen. Ihr absoluter Helfer. Egal, in welcher Lebenslage. Befriedigt blickte sie auf das Ergebnis. Alles logisch aufgebaut.

Geschehnisse.

Vorteile. Nachteile.

Mögliche Strategien.

Endlich griff sie zu ihrem Handy und drückte Elinors Nummer.

Zu ihrem großen Erstaunen hob diese sofort ab. Als hätte sie nur auf Tanjas Anruf gewartet.

»Hase! Was für eine schöne Überraschung!«, tönte es ihr mit rauchiger Stimme entgegen.

Unbewusst sagte Tanja einen Augenblick lang nichts. Stattdessen schloss sie ihre Augen.

Doch Elinor schien Zeit zu haben. Tanja hörte nur ihren regelmäßigen Atem.

»Elinor…« Plötzlich brach sie in Tränen aus.

»Schhhhh… schhhh…«, kam es vom anderen Ende. »Hat sich wohl mächtig was gelöst in dir, was?« Ein kehliges Lachen drang aus dem Hörer.

Tanja schluckte. Die Tränen versiegten. Stattdessen konnte sie nun der Freundin von ihren Erlebnissen berichten.

»Wie ich dich kenne, bist du alles vom logischen Standpunkt angegangen, Hase, nicht wahr?«

Fast schon spürte Tanja, wie Elinor sie zart streichelte.

Sie nickte, bis sie sich klar wurde, dass die andere Frau sie nicht sehen konnte.

»Ich habe mir alles aufgeschrieben. In Listenform.«

»Mh. Dachte ich mir schon. Hör zu, Herzchen, es gibt Dinge, die lassen sich nicht logisch angehen. Dieses Geschehen gehört dazu.«

»Warum denn nicht?«, begehrte Tanja auf. »Bisher bin ich immer bestens damit zurecht gekommen, alles zu analysieren…«

»Deshalb hast du gerade auch geweint. Ja, ja. Weißt du, vielleicht muss man auch etwas älter werden, um alles auf eine andere Weise wahrzunehmen. Oder - wie hier in deinem Fall - man strauchelt ›zufällig‹ in ein Geschehen hinein, das einem die Augen öffnet. Du kennst ja den Spruch: Zufälle sind die Dinge, die einem zufallen…«

Tanja schwieg skeptisch. Hartnäckig klammerte sie sich an ihrer Wahrheit fest. Dann zog sie die Papiere mit den Listen zu sich heran.

»Sieh mal, Elinor, zumindest habe ich mir schon Gedanken gemacht…«

»Ja, Gedanken machen ist ganz gut. Reicht aber nicht. Wie schon gesagt, damit gehst du das Thema nur rein logisch an.«

»Was sollte ich denn sonst machen? Welche Alternativen gibt es noch?«

»Ach Hase, das solltest du doch eigentlich schon wissen«, seufzte Elinor. »Wenn dir so - ungeheure Dinge passieren, dann geh doch mal aus dem Bauch heraus vor! Du kannst malen, tanzen, singen, kreativ gestalten…«

Wütendes Lachen unterbrach sie. »Wenn ich das Singen beginne, bekomme ich Geld dafür aufzuhören! Damit könnte ich Millionärin werden! Und malen - das geht gar nicht! Ich bekomme nicht mal einen Himmel hin!«

»Es geht hier ja auch nicht um Kunstwerke! Egal, was du machst - mach es aus deinem tiefsten Inneren heraus! Du wirst erstaunt sein, was da an Informationen rauskommt! Bedenke - es gibt keinen Zufall! Donauzauber ist hier, um dir zu helfen!«

Tanja hielt den Hörer etwas weg und blickte zweifelnd auf das Display.

Sie zog es vor zu schweigen.

Doch auch Elinor konnte schweigen.

So hörten sich die beiden Frauen eine Weile beim Atmen zu.

Bis schließlich Tanja doch noch etwas sagen musste.

»Ich versuche es. Okay? Ich hoffe nur, keiner sieht mir beim Tanzen zu. Oder muss ich das etwa in der Öffentlichkeit machen?« Das klang bereits wieder etwas angriffslustig.

Elinor lachte erneut ihr rauchiges Lachen. »Nein, Herzchen. Im Gegenteil! Geh hoch in dein Schlafzimmer, zieh die Vorhänge zu, mach dir ein paar Kerzen an und nimm dir deine Lieblingsmusik. Und dann rock ab! Vielleicht willst du ja anschließend doch noch was malen…«

Tanja tat, wie ihr geheißen.

Allerdings erst, nachdem sie Max eine Kurznachricht geschickt hatte. Sie wusste, dass er mitten in hochkonzentrierter Arbeit steckte und sein Handy bestenfalls auf lautlos, wenn nicht ganz ausgeschaltet war. Heute Abend würde sie ihm ausgiebig berichten. Vielleicht hatte sie bis dahin etwas mehr Klarheit.

Das Tanzen in ihrem Schlafzimmer war - entgegen ihrer anfänglichen Skepsis - schlicht und ergreifend magisch. Ein anderes Wort hätte ihre Erfahrung nicht beschrieben. Immer tiefer tauchte sie im Zwielicht der unruhig flackernden Kerzen in die Tiefen ihrer eigenen Seele. Sie hatte dafür eine CD von Sting gewählt, ›Best of‹. Irgendwann ließ Tanja nur noch das Lied ›Fields of Gold‹ in Dauerschleife laufen.

Schließlich sank sie erschöpft auf ihr Bett, zog das Leinentuch über sich und wollte schlafen.

Ging aber nicht.

Zu vieles wollte aus ihr herausströmen. Erst körperlich durch Bewegung. Jetzt, völlig ausgepowert - ausgerechnet durch Malen!

Sie setzte sich seufzend an den Tisch vor dem zweiten Fenster. Vorsichtshalber hatte sie von der Veranda

einen kleinen Block und ein paar Buntstifte mitge-
nommen. Während im Hintergrund Sting weiter vor
sich hinträllerte - Tanja hatte sich nun für die Endlos-
schleife in gemischter Reihenfolge entschieden -, begannen die Farben, das Blatt zu füllen.

Ausnahmsweise warf sie nicht sofort das Papier weg,
wenn sie einen Fehler machte. Genau genommen war
es eine einzige Ansammlung von Fehlern. Doch Tanja
malte weiter. Nicht verbissen wie sonst so oft. Sondern
zielstrebig.

Endlich legte sie den grünen Stift beiseite. Der letzte
Strich war getan.

Zugegeben - das Ergebnis wirkte nicht einmal abs-
trakt. Eher banal. Eine Kinderkritzelei. Und doch sah
Tanja genau hin. Sie nahm den Gesamteindruck wahr:
Pferde dominierten die Zeichnung. In allen Lebensla-
gen. Fressend, spielend, trabend, staunend. Dazu die
Einzelheiten. Sterne, Striche, dunkle Balken. Hm.

Darüber würde sie wohl noch nachdenken müssen.

Aber ihr ging es gut.

Aufgeräumt wäre das passende Wort für ihren der-
zeitigen Zustand. Und zufrieden. In Frieden.

Ja. Ja, jetzt ging es ihr tatsächlich - gut!

Sorgfältig räumte Tanja die Stifte ein, legte sie auf den
Zeichenblock - ihr Bild hatte sie vorsichtig herausge-
trennt, um es mitten auf dem Tisch zu platzieren - und
löschte die stattliche Anzahl an Kerzen, die den Raum
in ein unruhiges, aber angenehmes Licht getaucht hatten. Nachdem sie das Fenster geöffnet hatte, nahm sie
die Sachen und ging hinunter auf die Terrasse.

Ihr Blick glitt zum Meer - definitiv höchste Zeit zum
Reiten! Beauty würde sich über einen schönen Ausritt
genauso freuen wie sie selbst! Schon war sie auf dem
Weg, von den fröhlichen Hunden umtanzt.

SONNTAG

Es war geschehen. Wieder einmal. Immer dasselbe Muster. Die neuen Reitschüler waren in Scharen eingefallen und hatten sich das Künstlerdorf zu eigen gemacht. Merkwürdig, wie schnell so ein Besitzwechsel stattfindet, sinnierte Tanja amüsiert, als sie mit Charles und Mortimer den Weg nach Hause antrat. Sie warf noch einen Blick zurück auf das muntere Völkchen, das sich bereits auf der Veranda zusammengefunden hatte. Noch herrschte eine gewisse Unruhe, suchte die eine nach diesem, holte die andere jenes aus ihrem Häuschen. Doch Tanja wusste, der laue Sommerabend würde dort sicher ein langer werden...

Insgesamt war sie sehr zufrieden. Es gab einige interessante Persönlichkeiten unter den Gästen, die sie die nächsten zwölf Tage um sich haben würde. Da kämen bestimmt schöne Gespräche auf sie zu!

Bei der Pferdeheilpraktikerin, Margot, war sie sich noch nicht sicher. Sie konnte sie kaum einschätzen. Zu unauffällig, zu sehr im Hintergrund. Während die meisten Menschen gar nicht an sich halten konnten vor Selbstdarstellung, war die etwa fünfzigjährige Frau mehr körperlich anwesend. Wenn sie etwas sagte, war es fundiert, aber unaufdringlich. Eigentlich schön, dachte Tanja. Das würde sie auch gerne können...

Plötzlich hoben die Hunde die Nasen. Und flitzten los. Verwundert blickte Tanja ihnen hinterher. Das Rufen sparte sie sich, die beiden Greyhounds hätten es ohnehin ignoriert. Futterzeit...

Also schlenderte sie entspannt hinter den beiden her, durch die weit geöffnete Haustür.

Dort stutzte sie dann doch. Ein Lichtermeer aus Kerzen empfing sie. Genauer gesagt, führte eine - ja, so konnte man es am besten beschreiben - Allee aus flackernden Lichtern vom Flur durch das Wohnzimmer hinaus auf die Terrasse. Ihr Herz begann zu jubeln, Tränen sprangen unerwartet in ihre Augen. Bevor sie durch die Tür auf die Veranda trat, kam ein Schatten von der Seite auf sie zu und nahm sie in die Arme. Ganz fest. Und ließ sie erst einmal nicht mehr los. Der Kuss ihres geliebten und so sehr vermissten Max war lang und innig, voller Wünsche, voller Sehnsucht. Tanja gab sich dem herrlichen Gefühl komplett hin.

Max war wieder da! Ihr Max!

Nach einer langen Zeit inniger Küsse ließen die beiden voneinander ab. Max zog Tanja zum Sofa, reichte ihr ein Glas Prosecco. Er perlte noch, das Glas selbst war kühl und leicht beschlagen. Wunderbar! Der zarte Duft nach Aprikosen ließ sie ihre Augen genussvoll schließen.

»Warum bist du denn schon wieder hier? Heute Morgen hast du mir erzählt, du bräuchtest noch eine ganze Weile…«

»Ich wollte dich überraschen, meine Liebste! Außerdem weiss ich ja, dass der Anreisetag mit viel Hektik bei dir verbunden ist. Dazu deine Beschäftigung mit den Pferden - Beauty und Donauzauber allen anderen voran -, das wäre wohl too much für dich gewesen! Deshalb habe ich beschlossen, dich einfach mal wieder mit meinen starken Armen aufzufangen, wenn du vor lauter Freude aus allen Wolken fällst!«

Tanja lachte fröhlich auf. »Gelungen, auf vollster Linie, mein geliebter Mann! Lass mich nur nochmal deinen Bizeps fühlen!« Sprachs und streichelte zärtlich über seine Oberarme, die Max nun ausdrucksstark spielen ließ. Mit einem fast schon anstößigen Grinsen auf dem Gesicht.

»Dann lass uns mal anstoßen!«

»Worauf?«

»Hm. Auf dein Erlebnis mit dem Zauberer?« Max musterte Tanja nun mit schief gelegtem Kopf.

Tanja strahlte auf. »Ja! Ja, das ist eine gute Idee! Auf dass er sich mir nun völlig öffnen möge!«

»Gut! Dann Prost! Auf die Öffnung von Donauzauber!«

Die Gläser klangen hell. Tanja nippte gedankenvoll am duftenden Prosecco.

»Hast du denn schon wieder mit ihm gearbeitet?«, wollte Max wissen, während er sich vorlehnte, um sein Glas abzustellen und seine Frau in den Arm zu ziehen.

Während sie sich an seine Brust kuschelte - den Sekt hatte sie schnell auf dem Tisch in Sicherheit gebracht -, wurde sie nachdenklich.

»Nein. Heute war gar nicht die Zeit dafür. Du hast ja selbst schon gesagt, dass ich am Ankunftstag viel zu sehr unter Strom stehe. Da kann ich nicht mit einem Pferd arbeiten, noch dazu mit einem hochsensiblen. Nein. Nein, ich bin nur in aller Frühe mit Beauty ausgeritten. Die muss ich aber morgen dringend wieder ordentlich arbeiten! Sonst steigt sie mir die Hutschnur rauf… Ich bin mir noch nicht sicher, wie ich mit dem Zauberer weitermache.«

»Wie war er denn heute morgen?«

Tanja wiegte sinnierend den Kopf. »Genau genommen nicht anders als sonst. Schade eigentlich…«

»Er hat also sein Verhalten gar nicht verändert? Das hätte ich jetzt eigentlich doch erwartet!«

»Tja. Ich auch… Irgendwie hatte ich gedacht, dass er jetzt zumindest offener ist.«

»Vielleicht braucht er noch etwas Zeit? Routine?«, schlug Max vor.

»Ich weiß auch nicht. Ja, er schlüpft brav in sein Halfter, ist gut gelaunt auf dem Weg zur Koppel, und auch zurück in den Stall. Er kennt die Routine mittlerweile. Mal sehen, wie er sich morgen gibt.«

»Vielleicht solltest du ihm einfach die Zeit geben, die er braucht?«

»Du meinst, ich soll noch weiter abwarten? Solange, bis er mich auffordert, statt dass ich ihn fordere?« Überlegend zog sich Tanja die Augenbrauen mit dem Zeigefingern nach. »Das habe ich doch schon anfangs gemacht. Wie mit Stanis abgesprochen. Andererseits könnte da was Wahres dran sein. Ihn aktiv werden lassen…«

»Aber du passt auf dich auf, ja?« Max wuschelte ihr durch die Haare, hielt sie dann auf Abstand an den Schultern fest und musterte sie ernst.

Tanja nickte. »Natürlich. Das weißt du doch!«

»Gut.« Zufrieden ließ er sich in die Kissen zurücksinken. Und zog seine Frau mit sich, um sie ganz fest an sich zu drücken. »Dann lass uns mal dieses Thema verlassen und uns anderen Dingen widmen…«

»Dem Essen zum Beispiel!«, strahlte Tanja auf.

»Ja, auch dem Essen«, stimmte Max zu. »Und dem Naschen…«, grinste er bis über beide Ohren.

DIENSTAG

»Na, was sind denn nun deine Erfahrungen mit der Truppe?«, wollte Diana wissen, während sie sich nachmittags mit einem heißen Latte macchiato in der Hand im Sofa auf der Terrasse räkelte.

Tanja wischte sich über die verschwitzte Stirn. »Puh, ist das heute wieder heiß… Ich glaube, ich muss noch drei weitere Ventilatoren für hier bestellen!«

Die Freundin lachte auf. »So schlimm? Mensch, du kennst das doch seit Jahren!«

»Hmmm…«, kam es gedehnt zurück. Seufzend ließ sich Tanja auf die Schaukel plumpsen. »Tja, die Truppe… Im Großen und Ganzen der übliche Durchschnitt. Einige ehrgeizige Reiter, einige, die am liebsten nur kuscheln würden. Auch reiterlich ganz normal, nichts Auffälliges. Und du? Heute war doch der erste Malkurs?«

»Genau wie du gesagt hast - der übliche Durchschnitt. Hör mal, was ist denn jetzt mit dieser Pferdeheilpraktikerin?«

Diana lehnte sich neugierig etwas vor und achtete peinlich genau darauf, nichts von ihrem guten Kaffee zu verschütten.

»Margot? Ich weiß auch nicht… ich komme gar nicht an sie heran. Nicht dass sie arrogant wäre, nein. Aber - einfach sehr zurückhaltend. Wie war sie denn bei dir?«

»Nicht anders. Während die anderen bereits miteinander scherzen, wirkt sie bierernst. Sehr deutsch, fast mit einem Stock im Rücken. Stockfisch? Ja, das passt, glaube ich!« Diana zwinkerte ihrer Freundin zu.

Dafür erntete sie einen missbilligenden Blick von

Tanja. »Meinst du nicht, das ist etwas früh mit der biestigen Beurteilung?«

»Mag sein. Aber ich mag halt Leute lieber, die lachen.«

»Kann nun mal nicht jeder so eine Ulknudel sein wie du.«

»Stimmt. Du bist ja auch anders. Aber Spaß beiseite - wie reitet sie denn?«

Tanja zog einen Flunsch ob der ersten Bemerkung. Doch sie lachte gleich wieder, zu gut kannte sie die Freundin. »Ordentlich. Ganz ordentlich, das muss ich sagen. Sie arbeitet auf L-Niveau, etwas Außengalopp, beginnende Versammlung. Schön eigentlich, gute Hand, klemmt nicht. Doch, ist ganz in Ordnung. Und sie lobt ihre Pferde ausgiebig.«

»Heißt es nicht, man lebt, wie man reitet, und man reitet, wie man lebt?«

Erstaunt blickte Tanja ihre Freundin an, lehnte sich nachdenklich zurück. Spontan überdachte sie ihr eigenes Verhalten beim Reiten.

Und kam dann zurück auf die Frage. »Da ist was Wahres dran! Tja, dann sollten wir Margot wohl doch mal einiges zugute halten. Denn im Umgang mit den Pferden und beim Reiten ist sie durchaus fein…«

»Vielleicht ist sie ja ein Ü-Ei! Mal sehen, was sie uns an Überraschungen noch zu bieten hat… Apropos - was macht denn dein Zauberer?«

In diesem Augenblick wackelten Tisch und Sofa leicht, selbst die Schaukel fing an zu schwingen.

»Oh. Marianna rückt vor!«, nuschelte Tanja und wurde von Diana mit einen sarkastischen Blick bedacht.

Tatsächlich erschien einige Momente später die füllige Haushälterin und musterte mit strengen Augen den Zustand auf der Terrasse. Schwarz blitzte es aus deren

Tiefen auf. »Sie haben gar keine Kekse oder Gebäck! Das muss ich ändern! Sofort! Wenn ich einmal im Gemüsegarten bin und nicht alles selber mache...« Sie drehte auf dem Absatz um.

Verblüfft musterten sich die Freundinnen.

Bis schließlich Diana losgackerte. »Na, das nenn ich mal scharfe Geschütze! Wenn ich nur jemanden hätte, der sich so um mein leibliches Wohl sorgen würde!«

»Vergiss es! Dann sprengst du ganz schnell all deine Dimensionen und die Erde bebt, wenn du dich in Bewegung setzt! Hast du doch gerade miterlebt! Ich werde im Übrigen nur dann so verwöhnt, wenn ich dich als Schatten mitbringe. Ansonsten bekomme ich die Leckereien nur vorgesetzt, wenn zumindest Max da ist.«

»Naja. Schön jedenfalls, dass wir hier immer so gut versorgt sind! Bin schon ganz gespannt, was Marianna jetzt wieder herzaubert!«

»Hoffentlich nicht allzu viel, wir wollen schließlich noch zu Abend essen!«

»Ja, du vielleicht. Ich nehme dir einfach alles ab, was deiner Figur schaden könnte!«

Ein kritischer Blick traf Diana. »Und das wäre dann vermutlich alles... Nein, nein, lass nur, ich kann das ganz gut selbst einschätzen!«

»Und der Zauberer?« Die Freundin hatte begonnen, unruhig auf der Sitzfläche herumzurutschen. Gleichzeitig schielte sie unauffällig - so glaubte sie zumindest - immer wieder durch das Wohnzimmer in Richtung Flur und damit Küche. Offenbar hoffte sie, die Leckereien durch ihre pure Gedankenkraft schneller heranschaffen zu können.

Tanja grinste, verkniff sich aber jeden Kommentar dazu. »Ich habe ihm am Montag beim Rausbringen gesagt, dass er sich melden soll, wenn er bereit ist, mit mir zu arbeiten.«

Verblüfft stellte Diana das Herumgerutsche ein. Zumindest kurzfristig. »Wie jetzt?«

»Ich hatte mit Max am Sonntag Abend über sein Verhalten gesprochen, und er meinte, ich solle ihm die Zeit geben, zu mir zu kommen, statt ihn mit Erwartungen und Anforderungen zu überhäufen. Überzustrapazieren sozusagen.«

»Hm. Klingt spannend.«

»Wird es sicher auch. Ist es eigentlich schon.«

Die Erde bebte wieder.

Ein freudiges Strahlen legte sich auf Dianas Gesicht. »Jetzt wird es ernst!«, flüsterte sie und konnte es nicht vermeiden, dass ihre Hände aufgeregt gegeneinander rieben.

Tatsächlich - hinter einem Berg verschiedenster Kekse auf einem riesigen Teller erschien Marianna, in einer Hand zusätzlich noch frisch geschlagene Sahne.

»Hier bitte, für die schwer arbeitenden Damen«, ihr Blick glitt über Tanja hinweg, um an Diana hängenzubleiben.

»Das ist zu liebenswürdig von Ihnen, Marianna, ganz herzlichen Dank dafür!« Diana strahlte wie zu Weihnachten und zum Geburtstag gleichzeitig. Sie wusste die Haushälterin einfach um den Finger zu wickeln.

Tanja grinste hinterhältig, hielt sich aber zurück.

Zumindest gegenüber der Freundin.

»Ja, das ist echt toll, danke sehr! Äh - was gibt es denn zum Abendessen?« Schon überzog eine feine Röte ihr Gesicht.

Mit zusammengezogenen Brauen wandte sich die Haushälterin Tanja zu. »Schon wieder oder immer noch Hunger? Reicht das etwa nicht bis nachher?«

»Nein, Irrtum, großer Irrtum! So war das gar nicht gemeint! Was ich fragen wollte, ist eher, auf was ich mich schon freuen kann. Und wieviel ich mich jetzt beschränken muss…«

Ihr bedauernder Blick streifte den vollbeladenen Teller, von dem gerade ein, zwei Kekse auf den Tisch rutschten. Schokokekse natürlich.

Ein ganz klares Zeichen!

Beherzt griff Tanja zu. Nur, um die Tischdecke zu retten! …und die Schokokekse…

Marianna blickte wieder zufriedener drein. »Ich habe zweierlei Lasagnen vorbereitet, eine nur mit Gemüse, eine klassisch. Dazu ein frisch geernteter Salat aus dem Garten.«

»Mmh, hört sich toll an! Aber Sie denken daran, dass Max heute Abend schon wieder los muss. - Nun, dann werde ich mich jetzt wohl etwas zurückhalten müssen…«

Ein prustendes Lachen von gegenüber antwortete ihr.

»Was für ein Glück! Keine Angst, Marianna, ich übernehme die volle Verantwortung! Da bleibt kein Krümel übrig!«

Tanja hatte das merkwürdige Gefühl, dass das wohl stimmte. Marianna drehte befriedigt Richtung Wohnzimmer ab.

»Was sagt Kathrin eigentlich zu deinen Plänen?«, wollte Diana wissen, bevor sie sich die erste Leckerei in den Mund schob. Soviel Zeit war nur deswegen noch, da sie sich vorher mit reichlich Schlagsahne versorgt hatte.

Grinsend schüttelte Tanja den Kopf. Typisch! Nur keine Zeit verlieren und gleichzeitig den Gegner - in diesem Fall um die Kekse - auf Trab halten! Was für ein Glück nur, dass sie ohnehin zumindest nicht ganz so viel naschen wollte. »Der ist das ganz recht. Zum einen, weil sie ja im Moment mehr als sonst mit der Arbeit im Stress ist. Sie hat noch die Schicht für einen Kollegen übernommen, zusätzlich zur eigenen. Auch wenn sie sich das mit einer Mitarbeiterin teilt - da bleibt keine Muse für anderes! Insofern muss sie jetzt kein schlechtes Gewissen haben, dass sie nicht zu Besuch kommen kann, um unsere Fortschritte zu bestaunen. Andererseits findet sie es klasse, dass ihr Zauberer nicht gezwungen wird, mit mir zu arbeiten. Sie meint, das gibt es viel zu selten - normalerweise müssen die Pferde möglichst schnell fertig gemacht werden.«

»… und das macht sie dann fertig!«, mümmelte Diana in einer Wolke aus Gebäckkrümeln. »Aber meistens kommt doch der Druck von den ungeduldigen Besitzern, die tatsächlich an den kreuzdummen Spruch ›Zeit ist Geld‹ glauben!«

Unwillkürlich strich sich Tanja über den Mund und begutachtete die Spur ihrer eigenen Brösel, um sie umgehend von ihrem Hemd zu wischen.

»Tja. So ist das leider meistens. Ich habe ihr natürlich gesagt, dass sie solange nur die Pensionskosten zu zahlen hat. Der Rest kommt, wenn der Zauberer einwilligt, sich ausbilden zu lassen.«

»Guter Plan!«, lobte die Freundin, während sie sich die nächsten Kekse angelte. Den Topf mit der Schlagsahne hatte sie bereits der Einfachheit halber neben sich auf der Couch platziert.

Noch einmal dröhnte der Boden. In der Tür erschien abermals Marianna, die frischen Latte macchiato für Diana in der Hand hielt.

Sowie kaltes Wasser für Tanja. Sie kannte ihre Schäfchen schon.

»Wow! Danke, Marianna! Ich stehe tief in Ihrer

Schuld!«, säuselte Diana mit gekonntem Augenauf-
schlag.

Diese nickte befriedigt, und Tanja meinte ein kleines
Strahlen zu erkennen, während sie sich wegdrehte.
Auch sie hatte sich bedankt - aber wie üblich nur ein
Knurren geerntet.

»Nun, wir werden sehen. Kann sich natürlich eine
Weile hinziehen, bis der Zauberer sich die Ehre gibt…«

»Der klare Vorteil ist - bis dahin ist Elinor wieder im
Lande!«, stellte Diana fest.

Tanja nickte.

Doch ihr war bewusst, dass Donauzauber ihre persönliche Herausforderung war. Ganz eindeutig. Und
Hilfe von außen - die würde in diesem bestimmten Fall
leider eher nicht helfen. Zumal Elinor jeden seine Aufgabe hübsch selbst lösen ließ, denn sie wusste - nur
daran konnte die betreffende Person wachsen!

FREITAG

»Hallo mein Hübscher, hast du eine herrliche Koppelzeit gehabt?« Mit diesen Worten fuhr Tanja einige Tage später dem bildschönen Wallach lächelnd über die Mähne.

Der schnaubte zufrieden und dehnte sich nach dem Leckerli, das er in Tanjas Hand erwartete.

»Hm. Du weißt ja mittlerweile genau Bescheid, wie ich sehe. Na komm, wir gehen heim. In deiner Box wartet schon das Heu. Und das Kraftfutter, das du so gerne hast.«

Mühelos halfterte sie Donauzauber auf, führte ihn in Richtung Stall. Doch unvermittelt blieb der Wallach stehen. Tanja wandte sich um.

»Na, was ist denn nun?«

Donauzauber musterte sie, ohne sich zu bewegen. Nach einem intensiven Blickkontakt nahm er Kopf und Hals in Richtung Roundpen, wo er kurz verweilte. Dann drehte er sich zurück.

Wieder sah er sie an.

Tanja gingen in diesem Moment tausend Gedanken gleichzeitig durch den Kopf. Konnte es sein, konnte es wirklich angehen, dass der Wallach sie zur Arbeit aufforderte?

»Bist du denn jetzt so weit, dass du mit mir spielen willst?«

Donauzauber senkte leicht seinen Kopf und kaute ab.

»Oh! Das ist ja eine Überraschung…«, murmelte Tanja erfreut über dieses deutliche Signal. Sie wusste - wenn ein Pferd abkaut, zeigt dies ein Gefühl von Loslassen, von Losgelassenheit, aber auch von Verarbeiten.

»Gut! Nein, fantastisch! Dann komm, ich putze dich zuerst!«

Sie zog am Strick, um zum Stall hinüberzugehen. Doch der Wallach stand still, als wäre er am Fleck festgenagelt. Tanja überlegte.

»Vielleicht ohne Putzen? Ohne viel darüber nachzudenken?« Probehalber wandte sie sich in Richtung Roundpen.

Donauzauber setzte sich in Bewegung. Als Tanja das Tor hinter ihnen geschlossen hatte, blieb sie unschlüssig stehen.

»Und jetzt?«, fragte sie Donauzauber um Rat.

Der senkte den Kopf, als ob er das Halfter abgezogen bekäme. Nach einem kurzen verblüfften Moment tat Tanja genau das. Stille, dunkle Augen musterten sie. Voller Vertrauen.

Tanja schluckte. Tränen schossen in ihr hoch.

Plötzlich spürte sie eine namenlose Verbundenheit.

Zu Donauzauber.

Zu ihrer Umgebung.

Zu dem Boden unter ihren Füßen.

Dieses Gefühl kannte sie! Damals hatte Elinor sie dorthin gebracht. Erden hatte die füllige Freundin das genannt.

Plötzlich waren alle Gedanken, die sich in ihr aufgetürmt und quasi überschlagen hatten, ausgelöscht. Es herrschte nur noch eine tiefe, erfüllte Stille in ihr. Grenzenlos.

In genau dieser Stille wandte sie sich nun Donauzauber zu, der sie befriedigt anblickte. Lebewesen zu Lebewesen.

Sie strich ihm über den Hals, den Rumpf, die Flanken. Umrundete ihn, tat dasselbe auf der anderen Seite, von hinten nach vorne. Der Wallach stand tiefenentspannt da, genoss sichtlich das ruhige Zusammensein. Von Aufregung keine Spur mehr!

Als Tanja ihre Runde beendet hatte, setzte sie sich vor Donauzauber nieder. Sie schloss die Augen, spürte die Stille um sich herum, in sich drinnen.

Die Kursteilnehmer saßen schon längst beim Abendessen im Künstlerdorf, ebenso Stanis und die beiden Jungs.

Eine schier überwältigende Ruhe erfüllte sie. Von Ferne hörte sie den Schrei eines Bussards, spürte den sanften Wind an ihrer Wange, nahm die Wärme der Erde auf.

Plötzlich erkannte sie: Das war ein Stück Ewigkeit! Das Eintauchen in das Hier und Jetzt, wie sie es so intensiv noch nie zuvor erlebt hatte! Ein Geschenk, so wertvoll wie das Leben selbst…

Doch es war nur ein Gedankenblitz, der keine weiteren auslöste, Tanja nur wie von ferne streifte. Stattdessen blieb sie in dieser magischen Verbindung.

Nach einer Weile hob sie ihre geschlossenen Lider und blickte das Pferd an ihrer Seite an. Donauzaubers Gesicht hing tief neben ihr, die Augen halb geschlossen, die Ohren leicht seitlich gekippt.

Ohne zu wissen warum, richtete sie sich etwas auf, führte ihre Hand an seine Brust, auf die linke Seite. Dort legte sie sie ab, spürte einen immer stärker werdenden Strom an Energie von ihrem Herzen durch ihren Arm in das andere Wesen wandern. Gleichzeitig wurde sie erfüllt von tiefer Liebe, in ihre Augen schossen überquellende Tränen.

Der Wallach erbebte, begann am ganzen Körper zu zittern. Er riss seine Augen auf, es durchfuhr ihn wie einen elektrischen Schlag.

Aber statt zurückzuweichen, gab er sich dem Gefühl

hin. Er schwankte leicht von rechts nach links, immer noch die Augen mit einem verwunderten Blick weit geöffnet. Doch er hielt den Kopf tief gesenkt, als würde er erstaunt den Vorgängen in seinem Inneren lauschen. Ganz allmählich wich seine Spannung.

Tanja war es, als strömte sie in den Erdboden hinein. Noch immer lag ihre Hand auf seiner Brust, noch immer war sie von Liebe erfüllt, ohne Gedanken, nur im puren Sein.

Ganz langsam ebbte der Strom an Energie ab, bis er schließlich völlig versiegte.

Sie nahm ihre Hand herunter und seufzte tief.

Gleichzeitig mit Donauzauber.

Beide sahen sich erstaunt an.

Und Tanja begann zu lachen. Lachte, lachte herzlich und befreit. Der Wallach schüttelte seine Mähne, seinen ganzen Körper und rieb schließlich seinen Kopf an Tanja, die dabei fast zu Boden ging.

Sie sprang auf, umarmte Donauzauber überschwänglich und hängte sich an seinen Hals. Der schien amüsiert über ihr Verhalten zu sein, jedenfalls wehrte er sich nicht.

Nach einer kurzen Zeit ließ Tanja von ihm ab und stellte sich in einem Meter Entfernung von Donauzauber auf. Sie musterte ihn von oben bis unten. Die Gedanken waren wieder da. Was war geschehen?

Ihr Blick blieb an der Stelle heften, wo bis vor kurzem noch ihre Hand gelegen hatte. Bildete sie es sich ein, oder war dort eine kleine Kerbe? Sie trat wieder dicht an den Wallach heran, um sich die Einbuchtung genau anzusehen.

Tatsächlich, dort schien der Muskel verletzt worden zu sein. Mit den Fingerspitzen tastete sie das Gewebe ab. Es fühlte sich in der Oberfläche verspannt, darunter knotig an. So, als wären feine, straffe Schnüre unter dem Fell gespannt.

Donauzauber hielt still, versuchte sichtlich, locker zu bleiben, mitzuarbeiten. Währenddessen bildete sich auf Tanjas Stirn eine steile Falte. Wenn sie richtig lag, war hier ein, vielleicht sogar der Grund für das Verhalten des Wallachs zu finden!

Doch sie brauchte Hilfe! Einen fähigen Tierarzt. Davon gab es hier aber nicht allzu viele.

Oder eine erfahrene Tierheilpraktikerin. Wie Margot…

Nachdem Tanja sowohl Donauzauber als auch Sahara in ihren Boxen versorgt hatte, schnappte sie sich das Putzzeug und brachte Beauty zum Glänzen. Aufgeregt erzählte sie ihr von den Geschehnissen mit dem Wallach.

Mittlerweile waren die Hunde von ihren Streifzügen über das Gelände zurückgekehrt und wuselten um sie herum. Ihre Aufregung steigerte sich noch, als sie merkten, dass ihr Frauchen heute nicht auf einem der Plätze arbeiten wollte, sondern die Stute zum Ausreiten fertigmachte. Freudig umsprangen Charles und Mortimer die beiden, als Tanja am Brunnen aufstieg und Beauty in Richtung Allee wandte.

Der Schatten tat gut! Auch heute war es wieder richtig heiß gewesen. Tanja hoffte sehr, dass dies keine Folge des Klimawandels war. Sonst würde es hier auf Dauer sehr unangenehm werden. Diese und ähnliche Gedanken schossen ihr durch den Kopf, während sie Beauty zu einem lockeren Trab aufforderte. Zuerst musste sie ins Künstlerdorf, das war klar.

Als sie von hinten dort einritt, war sie wenig erstaunt, Margot auf der Terrasse ihres Häuschens zu sehen, statt auf der Veranda des Essbereiches, wo sich die anderen Kursteilnehmerinnen tummelten. Doch das kam ihr durchaus zupass.

»Hallo Margot! Hast du einen Augenblick Zeit für mich?«

Die Angesprochene blickte von ihrem Buch auf und nickte. »Ja, gerne.«

»Gut! Dann räume ich Beauty schnell auf. Bin gleich wieder da!« Mit diesen Worten lenkte sie ihre Stute zielstrebig zu dem kleinen Paddock nahebei. Die Hunde hatten sich bereits wieder selbständig gemacht und waren zur großen Veranda geeilt, in der Hoffnung auf zugesteckte Köstlichkeiten von den Reiterinnen.

Umgehend kehrte Tanja zurück, nachdem sie ihrer Stute Sattel und Trense abgenommen hatte. Die schien etwas verblüfft über den kurzen Ausritt, widmete sich jedoch sofort dem Heu, das Tanja ihr bereitlegte.

»So, da bin ich wieder!« Mit einem leisen Ächzen ließ sie sich auf den Stuhl nieder, den Margot ihr angeboten hatte. Auf dem Tischchen mit den bunten Mosaiksteinen fand sie ein bereits mit kaltem Wasser gefülltes Glas vor.

Margot hatte offenbar die Zwischenzeit genutzt, denn auch ein Schälchen mit Pistazien, das Tanja vorher nicht wahrgenommen hatte, stand bereit.

Die Tierheilpraktikerin musterte sie schweigend. Sie hatte es nicht so mit der verbalen Kommunikation, stellte Tanja einmal mehr fest. Dabei war das Schweigen keinesfalls kalt oder unhöflich. Vielmehr schuf es Raum, seine Gedanken zu ordnen, bevor man redete.

Genau das tat Tanja nun.

Nach einer Weile räusperte sie sich. »Hör mal, Margot, ich habe da gerade ein Problem. Genauer gesagt meine ich, die Ursache für ein großes Problem entdeckt

zu haben. Bei einem Ausbildungspferd. Ein Muskelschaden mit großflächigen, knotigen Verspannungen
und Vernarbungen an der Brust. Meinst du, du könntest dir das mal genauer ansehen? Und mir, uns beiden
helfen?«

Margots warme, hellbraune Augen ruhten still auf
ihr.

»Natürlich ist das keine Gefälligkeitsaufgabe! Das
wird ganz normal berechnet und bezahlt!«, setzte Tanja
eilig hinterher.

Die Frau zog erstaunt die Brauen hoch, schüttelte
lächelnd den Kopf. »Ich bin davon ausgegangen, dass
du mich nicht ausnutzen möchtest. Aber erzähle mir
doch zunächst einmal von dem Pferd. Und den Pro-
blemen.«

Tanja tat, wie ihr geheißen. Sie berichtete von den
Geschehnissen bei Kathrin und allem, was sich in der
Zwischenzeit hier auf der Anlage zugetragen hatte.
Margot hörte ihr mit halbgeschlossenen Augen zu,
nickte dann und wann und sprach erst wieder, als Tanja zu Ende geredet hatte. Diese dachte sich, dass sie
selbst hunderte, wenn nicht noch mehr Zwischenfragen
eingeworfen hätte. Aber das Gefühl, endlich einmal
ausreden zu können, war in der Tat – erfreulich.

»Nun. Ein Trakehner also. Diese Pferde nehmen es
sehr persönlich, wenn sie etwas Schlimmes erleben. Es
könnte sein, dass im Rahmen der ersten Ausbildung
ein Unfall geschehen ist. Davon müssen wir ausgehen.
Sonst wäre Donauzauber nicht so enorm widersetzlich
und verschlossen.«

Tanja nickte. Dieses Gefühl hatte sie irgendwie von
Anfang an gehabt. »Wann hast du denn Zeit, ihn dir
einmal anzusehen?«

Wieder wartete Margot eine Weile, bevor sie antwortete. Sie schien immer alles ausgiebig zu überlegen, bevor es spruchreif war. »Morgen ist Samstag. Ab Mittag ist kursfrei bis Montag früh. Was hältst du davon, ihn Samstag Abend zu untersuchen?«

Tanja schluckte. Sie war etwas enttäuscht. Wenn es nach ihr gegangen wäre, sie hätte Margot am liebsten auf der Stelle zu Donauzauber gezogen. Doch gehorsam nickte sie. Die Pferdeheilpraktikerin würde schon ihre Gründe haben.

»Gut. Dann machen wir das so. Vor oder nach dem Abendessen?«

»Am besten vorher. Sonst bin ich zu träge. Außerdem ist mir Essen nicht so wichtig. Sollte es also länger dauern, werde ich nicht ungeduldig sein.«

Ein ungläubiges Grinsen erschien auf Tanjas Gesicht. Das könnte ihr nicht passieren! Doch sie war zufrieden. Hauptsache, sie konnten Donauzauber helfen!

»Dann haben wir den gesamten Sonntag, um entsprechende Heilmaßnahmen durchzuführen.«

»Meinst du denn, dass wir das alles an einem Tag erledigen können?« Leichte Zweifel schwangen in ihrer Stimme.

Margot lachte leise auf. Es hörte sich an wie Vogelgezwitscher. »Ganz bestimmt nicht! Aber anfangen, das können wir an einem Tag! Alles Weitere wird sich geben.«

»Samstag willst du also noch nicht beginnen?«

»Nein. Samstag werde ich das Pferd untersuchen. Den Abend brauche ich fürs Nachdenken. Zum Ausarbeiten der Therapie.«

Tanja spürte, dass sich das Gespräch dem Ende zuneigte und erhob sich, um sich für das Entgegenkommen von Margot und ihre Gastfreundschaft zu bedanken.

Ein schräges Lächeln antwortete ihr. »Dafür nicht. Dafür nicht...«

Als Tanja wenig später mit Beauty, Charles und Mortimer die weite Ebene erreichte, wusste sie nicht, was sie zuerst denken sollte. Genau genommen wirbelte alles durcheinander.

Margot. Donauzauber. Hitze. Beauty. Hunde. Reitkurs.

Da half nur ein erfrischender und herzhafter Galopp querfeldein! Später dann ein entspanntes Abendessen bei Kerzenschein mit Max, der mittlerweile wieder aus Österreich von seinem nächsten Auftrag zurück sein müsste...

War er aber nicht. Kurz, bevor Tanja den Hof erreichte, kam die Nachricht aufs Handy. Technische Schwierigkeiten bei der Übergabe, blablabla... Ankunft vielleicht morgen? Enttäuscht hatte sie geschluckt, sich die aufsteigenden Tränen weggewischt und sich stattdessen hingebungsvoll um Beauty gekümmert. Die wusste es ohnehin viel besser zu schätzen, sinnierte Tanja, während ihre Bürste wieder und wieder über das glänzende Fell strich.

»Sag mal, willst du eigentlich ein Loch in Beauty scheuern?«

Die Stimme von Diana ließ Tanja zusammenschrecken. Sie hatte gar nicht die Stalltür gehört, so sehr war sie in Gedanken gewesen.

»Oh! Was machst du denn hier? Um diese Uhrzeit?«

»Dich suchen! Und finden! Ganz einfach: ich wollte was nachfragen wegen dem Kurs, aber du bist nicht ans Handy gegangen. Auf dem Festnetz habe ich nur Marianna erwischt, die mir sagte, dass der Chef heute nicht mehr kommt.«

Tanja blickte sofort auf ihr Handy - tatsächlich, sie hatte es aus lauter Wut und Enttäuschung offensichtlich auf lautlos gestellt. Mit einem schiefen Lächeln versuchte sie sich zu entschuldigen, doch Diana winkte ab, während sie sich auf die Bank in der Stallgasse fallen ließ.

»Was ist los mit dir? Nur, weil Max mal wieder mehr mit seinem Job verheiratet ist als mit dir?«

Mit einem leisen Jammerton ließ sich Tanja auch auf die Bank plumpsen. »Ich habe gerade den Eindruck, dass ich ständig auf alles warten muss. Auf Max. Auf Donauzauber. Auf den Termin mit Margot. Auf die Heilung von Donauzauber…«

»Termin mit Margot? Hab ich da was verpasst? Erzähl, komm schon!«

Also fasste Tanja die Geschehnisse mit Donauzauber und mit Margot zusammen, wobei sich unweigerlich wieder ein strahlendes Lächeln über ihr Gesicht breitete.

»Wow!«, staunte Diana mit offenem Mund. »Das klingt ja echt abgefahren! Das hätte ich zu gerne miterlebt!«

Beauty wurde es währenddessen langweilig. Mit dem Vorderhuf begann sie, den Boden zu bearbeiten.

»Süße, entschuldige! Ich bringe dich jetzt sofort in die Box. Mann, wenn ich sogar vergesse, mein Pferd aufzuräumen, dann ist mächtig was in Schieflage…«

Mit einem schuldbewussten Grinsen hastete Tanja zum Putzplatz, löste die Anbindehaken rechts und links, um Beauty in ihre Box zu geleiten. Vorsichtig streifte sie das Halfter ab und lobte sie noch einmal ausgiebig.

Als sie aus der Box trat, hatte Diana sich einen Latte macchiato gemacht.

»Auch einen?« Sie hob fragend den Becher.

Tanja schüttelte den Kopf. »Bloß nicht. Du weißt doch, um diese Zeit hat das verheerende Wirkungen auf meinen Schönheitsschlaf! Wenn man über vierzig ist, muss man da aufpassen!« Und lachte los.

Diana stimmte ein. »Ja, ja. Gut nur, dass ich das bei gleichem Alter nicht nötig habe!«

Und bekam prompt einen Rempler von Tanja, die sie gutmütig angrinste.

»Sag mal - meinst du, das Wortkarge von Margot - hat das Sinn? Ich meine - Hintergrund? Ach, du weißt schon, was ich ausdrücken will!« Diana zwinkerte der Freundin zu.

Tanja wiegte nachdenklich den Kopf. »Ganz ehrlich - das schafft Freiräume. Ich habe es ja gerade selbst er- lebt. Vor allem war es sehr schön, in Ruhe ausreden zu können, meine Gedanken auszubreiten. Nachdem ich vorher die Zeit hatte, sie zu ordnen. Auch das ist nicht ganz normal, oder?« Fragend blickte sie ihre Freundin an.

Die schwieg nun ihrerseits und streichelte den Be- cher, den sie in der Hand hielt, als ob es ihr Pferd wäre. »Hm. So habe ich das noch gar nicht gesehen. Immer und blitzartig eine Antwort parat zu haben, ist ja quasi ein MUSS in unserer Gesellschaft. Wer am meisten weiß und es am schnellsten präsentiert, hat gewonnen. So ist es doch, oder?«

Tanja lehnte sich zurück und überdachte die Worte von Diana. Untypisch für ihre Freundin, dass ausge- rechnet sie sich über dieses Thema Gedanken machte. Sie, die tatsächlich immer wie aus der Pistole geschos- sen antwortete, immer einen kessen Spruch auf den Lippen hatte.

»Was hat das jetzt mit meiner Situation zu tun? Ich

komme mir vor, als würde ich an der ausgestreckten Hand verhungern…«

»Ist doch ganz klar - warten verlangt Geduld. Und Zeit. Und Vertrauen. Und gibt dir somit genau das, was du gerade am meisten brauchst!«

»Zeit… Vertrauen…«, wiederholte Tanja gedankenverloren.

»Elinor würde dir jetzt raten, eine Meditation zu machen. Oder besser noch - viele«, grinste Diana sie hilfreich an.

»Hm. Vielleicht sollte ich das wirklich tun…«

»Aber bitte nicht jetzt gleich. Jetzt wäre ein viel besserer Zeitpunkt, um…«

»…Abend zu essen, ich weiß schon!«, lachte Tanja auf. »Hat Marianna dir bereits gesteckt, was sie Leckeres vorbereitet hat?«

Diana nickte eifrig, sprang auf, spülte flugs beide Tassen aus und zog ihre Freundin von der Bank hoch. »Komm, ich bereite dich bestens auf deine anschließende Meditation vor! Mit einer herrlich schmeckenden Grundlage im Bauch!«

»Weißt du, manchmal bewundere ich deine Selbstlosigkeit!«

Bei diesen Worten wurde Tanja bereits durch die schwere Eingangstür geschoben. Kaum, dass sie noch einen letzten prüfenden Blick durch den Stall hatte schweifen lassen können. Egal, sie würde später ohnehin noch ihren Kontrollgang vor dem Zubettgehen machen. Jetzt musste sie erst einmal neue Kraft tanken. Und was gab es da Besseres als leckeres Essen von Marianna?

SAMSTAG

Das Essen als Grundlage war definitiv zu viel des Guten gewesen. Erschwerend kam noch der Wein hinzu, den Tanja und Diana fröhlich geleert hatten. Zu Ehren des abwesenden Hausherrn, man musste schließlich mindestens eine gute Tat am Tag tun! Aber für den völligen Abschuss sorgte der samtige Sambucca, den Tanja schließlich noch ausgab. Mühsam hatte sie sich gegen zwölf Uhr ins Bett geschleppt, nachdem sie mit den Hunden noch ihren Kontrollgang in die Ställe gemacht hatte. An Meditation war gar nicht mehr zu denken gewesen. Kaum hatte ihr Kopf das Kissen berührt, war sie bereits eingeschlafen gewesen.

Jetzt am Morgen fühlte sie sich schlapp und schwach. Ein Katertag eben…

Doch sie kam ihren Pflichten nach, gab Unterricht, longierte Beauty und Sahara, putzte Donauzauber, bis er glänzte. Und verschwand dann in ihrem Schlafzimmer, um erst am späten Nachmittag wieder aufzutauchen.

Max hatte sich mehrfach gemeldet, jedoch keine Chance gegen das lautlos gestellte Telefon gehabt. Deswegen hatte er ihr schließlich eine Nachricht geschickt, die sie nun las: »Komme vermutlich morgen früh mit der ersten Maschine aus Wien. Vermisse dich!!! Kuss!«

Tanja stiegen die Tränen in die Augen. Schon wieder nicht! Immer dieses Vertrösten, dieses Warten.

Halt - da war doch was!

Jetzt, genau jetzt wollte sie die Meditation machen! Es konnte keinen besseren Zeitpunkt dafür geben! Statt sich in der verwaisten Küche – Marianna hatte am Wochenende immer frei – einen Espresso zu machen, holte sie lieber Kerzen und Feuerzeug, um gleich wieder nach oben zu gehen. Sie zog die Vorhänge in ihrem Schlafzimmer zu, zündete die weit verteilten Kerzen an, legte eine eigens zu diesem Zweck gekaufte Meditations-CD ein und setzte sich auf einen Stuhl. Dort schloss sie die Augen und versuchte, nicht zu denken.

Gar nicht so einfach…

Sie ertappte sich, wie sie hin- und herrutschte, auf der Suche nach der optimalen Sitzposition. Sofort hielt sie inne. Dafür schossen ihre Gedanken mehr denn je hin und her. Vor allem zu Max. Und zu Donauzauber. Zu Margot, die ihn gleich behandeln würde. Was würde da wohl herauskommen?

›Still jetzt!‹, ermahnte sie sich selbst.

Doch es half nichts… Ihre Gedanken dominierten sie. Unter anderem ihr Wunsch nach Gedankenstille… Verflixt!

Wutschnaubend gab Tanja auf. Sie hatte sich so bemüht!

Ihre Augen strichen über die liebevoll arrangierten Kerzen, die leise flackerten. Sie seufzte tief auf. Elinor könnte ihr jetzt sicher helfen! Doch die war weit, weit weg… und würde erst in einer Woche wieder in der Heimat aufschlagen.

Okay, dann eben doch den Kaffee auf der Terrasse! Der würde sie zumindest gütlich stimmen.

Sie löschte die Kerzen, öffnete die Fenster, stellte die Musik aus. Dann machte sie sich wieder auf den Weg nach unten, gleich die Kerzen unter den Arm geklemmt, und stellte sie auf dem Küchentisch ab. Als die Kaffeemaschine einen herrlich duftenden Espresso aufgebrüht hatte, nahm Tanja genussvoll einen klitzekleinen Schluck, gab das Tässchen auf die Anrichte und lehnte sich gegen diese. Genau zur rechten Zeit, denn schon kamen die Hunde hereingestürmt, die sich wohl im Garten aufgehalten hatten. Oder auf der Terrasse. Die Tür stand ohnehin immer offen.

»Na, meine Hübschen? Alles gut bei euch?« Sie warf einen Blick auf die Uhr. Eine Stunde bis zum Treffen mit Margot. »Wollen wir noch eine kleine Runde drehen?«

Charles heulte vor Aufregung, während Mortimer freudig auf die Jagd nach seiner eigenen Rute ging. Immer schneller drehte er sich im Kreis, bis ihm schließlich die glatten Fliesen einen Strich durch die Rechnung machten und sich seine Beine in alle Richtungen verselbständigten.

Tanja saß derweil auf einem Stuhl und lachte Tränen. Ihre schlechte Stimmung hatte sich in Luft aufgelöst.

»Du kleiner Clown, du schaffst es immer wieder, mich zu retten! Danke!« Sie schloss den Greyhound in ihre Arme und herzte ihn.

Charles wollte nicht hintenanstehen und drängte sich liebevoll dazwischen. Beide Hunde verzichteten heute darauf, ihr Frauchen abzuschlecken. Schließlich wollten sie die gute Laune von Tanja erhalten.

Aus der kleinen Runde nach dem eiligen Herunterstürzen des restlichen Espressos war ein kurzer Abstecher die Platanenallee hoch und runter geworden. Die Aufregung hatte Tanja fest im Griff. Deshalb war sie recht bald in den Stall gelaufen. Vor der Tür in den privaten Trakt hatten sich die Wege von ihr und den Hunden wie immer getrennt. Charles und Mortimer stoben davon, ihren eigenen Interessen nach.

Tanja hatte sich auf die Bank gesetzt, dieses Mal lieber einen Tee in der Hand statt einem Kaffee. Ihr Adrenalinspiegel war auch so schon überbordend...

Nach einer Weile stemmte sie sich hoch, um auf die Koppel zu gehen und Donauzauber zu holen. Erstaunt über ihr frühes Auftauchen hob er den Kopf und trottete langsam auf sie zu. Tanja fiel auf, dass er wesentlich entspannter wirkte als bei seiner Ankunft. Als in den Tagen vor seiner ›Offenbarung‹. Seine Nase ging sofort in Richtung ihrer bereitwillig ausgestreckten Hand, in der er das erwartete Leckerli fand. Tanja streichelte liebevoll seinen Hals.

»Na, mein Schöner, alles gut bei dir?«

Er rieb sachte seine Nase an ihrer Schulter. Auch ein Zeichen von Nähe, das er bisher noch nicht gesandt hatte. Verwundert blickte Tanja ihn an.

»Dir geht es wirklich besser, nicht wahr?«

Nachdenklich sah sie in seine ruhigen, dunklen Augen. Noch einmal strich sie ihm über den Hals, dann legte sie dem Wallach das Halfter an und führte ihn zum Stall. Während sie auf Margot warteten, putzte Tanja ihn gründlich, wusch die Hufe, fettete sie ein. Als sie gerade mit einem weichen Schwamm die Augen auswischte, öffnete sich die Stalltür und Margot trat ein.

»Hallo! Du bist ja schon da! Wie schön!« Tanja nahm verwundert zur Kenntnis, dass die Pferdeheilpraktikerin ganze fünfzehn Minuten zu früh ankam.

Diese nahm sich wie üblich Zeit mit der Antwort. »Akademische Viertelstunde«, antwortete sie lapidar und zuckte dabei die Schultern.

Plötzlich verzog sich ihr Mund zu einem Grinsen und sie zwinkerte Tanja zu.

Die lachte zurück.»Normalerweise ist das mein Spruch! Natürlich nur, wenn ich zu spät komme statt zu früh… was mir ohnehin niemals passieren würde - letzteres natürlich!«

»Alles eine Frage des Standpunktes, nicht wahr?« Margot trat näher und musterte Donauzauber.

Dessen Ohren zuckten vor und zurück. Tanja nahm eine leichte Anspannung an ihm wahr. Beruhigend wandte sie sich ihm zu. Erschreckt stellte sie fest, dass sich nun sogar das Weiß in seinem Auge zeigte.

»Was ist denn los, mein Schatz?«, murmelte sie mit sanfter Stimme.

Doch Donauzauber begann, von rechts nach links zu trippeln.

»Alles gut, ich ziehe mich etwas zurück.«

Suchend blickte sich Margot um und begab sich zu der Bank. Von dort aus beobachtete sie den Wallach, der sich ganz langsam wieder beruhigte.

Als er endlich halbwegs entspannt an dem Putzplatz stand, wagte Tanja sich zu Margot, immer ein Auge auf Donauzauber gerichtet.

Auch die Tierheilpraktikerin hatte ihren Blick nicht von dem Wallach gewandt. Jetzt schien sie zufrieden, während sie in dem mitgebrachten Lederbeutel kramte, um daraus Notizblock, Stift und ein graues Täschchen zu ziehen. Letzteres öffnete sie an einem Reißverschluss und klappte es auf. Vor den beiden lagen etwa fünfzig verschiedene Röhrchen, jeweils mit Gummiband fixiert.

Die Heilpraktikerin hatte den fragenden Blick Tanjas registriert. »Homöopathika«, sagte sie knapp.

Tanja nickte. So viele hatte sie noch nie auf einen Haufen gesehen.

Margot ließ sich Zeit, während ihr Blick suchend über die Mittel glitt. Schließlich verharrte er bei einem Röhrchen, das sie nun herauszog. Ein zweites folgte.

»Hast du ein Stück Apfel da? Oder eine Möhre?«

Tanja reagierte nicht sofort, zu stark war sie von den vielen Kügelchen in Bann gezogen. »Äh – ja. Moment mal, hole ich sofort!«

Schon glitt sie vorsichtig von der Bank, um Donauzauber nicht zu erschrecken. Sie verschwand in der Sattelkammer und kam mit einem rotglänzenden Apfel zurück. Vorsichtshalber hatte sie noch ein Messer in der anderen Hand.

»Gut«, nickte Margot. »Jetzt schneide mal ein Stück davon heraus. Etwa ein Achtel, das genügt.«

Tanja tat, wie ihr geheißen und hielt den Schnitz über die Bank zu Margot hin.

Diese nahm ihr auch noch das Messer ab, bohrte damit ein kleines Loch in den Apfel und legte das Messer auf die Bank. Vorsichtig entnahm Margot nun den ausgewählten Röhrchen je zwei Kügelchen - in Fachkreisen Globuli genannt - und steckte sie in das Loch im Apfel.

»Hier«, sagte sie knapp.

Tanja nahm das Stück entgegen und sah die andere Frau fragend an.

Die lachte. »Gib ihm das! Er wird sich dadurch entspannen. Dann kann ich an ihn heran und mit ihm arbeiten, ohne dass er in Stress kommt.«

»Okay.« Sie befolgte die Anweisung.

Donauzauber fand die Idee mit dem Apfel klasse. Suchend fuhr er mit seinem samtigen Maul an Tanja entlang, in der Hoffnung auf mehr. Doch diese wandte sich amüsiert von ihm ab, mit einem letzten langen Streicheln über den Hals.

»Und nun?« Sie ging wieder zur Bank hinüber, auf der Margot sich mittlerweile die ersten Notizen in ihren Block machte.

Doch diese ließ sich nicht stören, machte nicht einmal eine Handbewegung.

Also setzte sich Tanja auf die Kante der Bank, wartete. Dann und wann warf sie einen Blick hinüber zu Donauzauber, der ein Hinterbein entlastet hatte und dessen Lider schwer und schwerer wurden. Nach einer gefühlten Ewigkeit packte Margot ihre Schreibutensilien weg, betrachtete zufrieden den Wallach.

»Gut«, befand sie, stand auf und näherte sich dem angebundenen Pferd. Der ließ sich nicht mehr im Geringsten beunruhigen.

»Mann, was ist denn mit dem los?«, entfuhr es Tanja.

Sie konnte es kaum glauben! Zwischen Donauzaubers Verhalten von vorhin und jetzt lagen Welten!

»Was in aller Welt ist das denn? Hast du ihn ins Land der Träume geschickt? Ich glaub, ich brauch das auch für mich! Könnte mir ganz guttun, so das ein oder andere Mal!«

Margot machte ihr ein beschwichtigendes Zeichen. Sie konnte eine aufgedrehte Stimmung jetzt definitiv nicht gebrauchen.

Tanja verstand. Sie versuchte, ihre Emotionen in den Griff zu bekommen, indem sie bewusst tief in den Bauchraum atmete und dabei zählte. Einatmen – eins, zwei, drei, vier, fünf. Ausatmen – eins, zwei, drei, vier, fünf. Half tatsächlich! Besser wäre wohl, es bis zehn zu versuchen. Aber immerhin… Diesen Trick hatte sie mal in einem Krimi gelesen. Genial!

Sie wandte ihre Aufmerksamkeit wieder Margot zu, die mittlerweile auf der rechten Seite des Wallachs angelangt war. Sie schien jeden Muskel, jede Sehne genauestens zu inspizieren, ohne das Pferd dabei zu berühren. Als sie damit fertig war, ging sie wieder zur Bank zurück und machte sich Notizen. Diesmal bei weitem nicht so viele wie vorher. Bald stand sie erneut auf, trat an die linke Schulter von Donauzauber und bückte sich, um die kleine Delle zu betrachten, die Tanja aufgefallen war. Während sie diese nun mit den Fingerspitzen untersuchte, murmelte sie beruhigend vor sich hin.

Noch immer stand Donauzauber entspannt. Er hob nur leicht den Kopf, als er die fremde Berührung spürte. Doch gleich darauf ließ er ihn wieder hängen.

Margots Finger glitten nun über das umliegende Gewebe. Ihre Stirn kräuselte sich. Schließlich landete ihre Hand am Brustbein, das sie zu bewegen versuchte. Es tat sich nichts. Stattdessen warf Donauzauber den Kopf hoch. Seine Maulspalte war hart nach unten gebogen. Margot nickte verstehend und ließ von dem Versuch ab. Stattdessen fasste sie nun hinter dem Vorderbein nach dem Ende des Brustbeins, um hier die Bewegung zu untersuchen. Auch das empfand der Wallach als wenig angenehm. Dann hob die Heilpraktikerin das linke Vorderbein in starker Winkelung, ließ es vor- und zurückschwingen und schließlich kreisen.

Immer wieder zeigte Donauzauber durch Kopfheben und Versteifen des Halses, wann es besonders unangenehm für ihn wurde. Endlich ließ Margot von ihm ab, um sich ihrem Notizblock zuzuwenden, den sie auf dem Boden am Putzplatz abgelegt hatte.

Tanja war bei ihren abgezählten Atemübungen geblieben. Sie wusste genau, dass sie sonst ruhelos um die beiden herumgestrichen wäre und ständig Fragen gestellt hätte. Erst, als Margot den Block sinken ließ und sie direkt ansah, wagte sie zu sprechen.

»Wie sieht es aus? Was hat er denn?« Schnell verschluckte sie die Frage, warum ein Tierarzt das nicht herausgefunden hatte.

»Nun. Zunächst einmal möchte ich dir gratulieren! Du hast tatsächlich ein körperliches Problem erkannt, das Donauzauber erheblich einschränkt. Er muss immense Schmerzen haben, die er aber nicht zeigt. Das liegt zum einen daran, dass Pferde als Fluchttiere keine Schmerzen zeigen dürfen, da sie sonst das nächste Opfer des Wolfes sind. Also laufen sie weiter, als ob nichts wäre. Verstehst du, jede Lahmheit würde sie verraten! Das wäre ihr Todesurteil! Erschwert wird die Sachlage durch den Umstand, dass Donauzauber als Trakehner nun mal besonders intelligent und sensibel ist. Außerdem möchte er seinen Menschen gefallen. So widersinnig sich das auch anhört – am liebsten würde er wohl mitarbeiten, kann es aber wegen seiner Schmerzen nicht. Ich vermute, dass er sich selbst Vorwürfe deswegen macht. Dazu kommt aber noch das Problem, dass er diesen Unfall mit der Grausamkeit – meinetwegen auch Gedankenlosigkeit – von Menschen verbindet. Deshalb verweigert er seine Mitarbeit.«

Tanja kaute nachdenklich an ihrer Unterlippe. »Moment mal. Habe ich das richtig verstanden? Eigentlich hat er fürchterliche Schmerzen, aber er zeigt sie nicht? Weil das ein Reflex seines Fluchttierverhaltens ist?«

Fassungslos schüttelte sie ihren Kopf und starrte den Wallach an. »Und er traut den Menschen nicht mehr, wegen des Unfalls?«

Margot nickte. »Das Brustbein ist blockiert, zur Gänze. Weder ist eine Bewegung von oben nach unten möglich, noch zur Seite, vorne, an der Spitze. Das Gewebe um den Muskelschaden ist stark verhärtet, es finden sich viele Knoten und Verklebungen. Das ist das Streifenförmige, von dem du mir berichtet hast.«

»Kannst du da was machen?«, fragte Tanja ängstlich, während sie Donauzauber mitfühlend streichelte.

Margot blickte sinnend auf den Wallach.

Nach einer Weile formulierte sie vorsichtig ihre Gedanken, wie Tanja es schon von ihr gewohnt war. »Ich möchte nichts versprechen. Doch ich denke, wir haben ganz gute Chancen. Zuerst muss ich die Blockaden lösen. Glücklicherweise hat sich die Achse zur Hinterhand noch nicht verschoben. Das wäre früher oder später der Fall, wenn er so weiterliefe. Wir müssen entsprechende Globuli geben. Das wird ein längerer Prozess, einige Wochen. Ich werde ihn wohl akupunktieren…« Ihre Stimme verlor sich ins Nichts.

Unruhig wollte Tanja nachsetzen. Doch ein Blick auf Margot genügte, um davon Abstand zu nehmen. Diese schien gerade fern der Welt zu sein, in der Tanja sich aufhielt.

Die Heilpraktikerin fasste Donauzauber nun fest ins Auge. »So, mein Lieber, das wird jetzt nochmal etwas unangenehm. Doch dann ist das Schlimmste überstanden.«

Mit geübter Hand begann sie, rhythmische Bewegungen am Brustbein durchzuführen. Zwischendurch nahm sie sein rechtes Bein vor und zurück, nach innen und außen. Auch wenn Donauzauber bisweilen den Atem anzuhalten schien, und auch immer wieder abwehrend den Kopf hob, insgesamt arbeitete er brav mit. Auf der linken Seite akzeptierte er ebenfalls die ungewohnten, gegenüber dem normalen Maß weit überzogenen Bewegungen.

›Unglaublich eigentlich‹, dachte Tanja. ›Bei diesen Schmerzen…‹

Bereits nach wenigen Minuten gab Margot das Bein des Pferdes frei. Wieder überprüfte sie die Beweglichkeit des Brustbeins, diesmal mit ausgesprochen zufriedenem Gesichtsausdruck. Schließlich trat sie einen

Schritt zurück, ließ ihren Blick über den Wallach gleiten. Der senkte gerade den Kopf und begann, heftig zu
kauen. Ein klares Zeichen, dass sich etwas getan hatte!

»Na, hat sich was gelöst, Großer, was?« Die Heilpraktikerin strahlte.

Tanja sah sie verwundert an. Das war definitiv nicht
die Margot, die sie nun seit einer Woche kannte! Nicht
die graue, unscheinbare Maus, die sie erlebt hatte, die
sich stets etwas von der Gruppe zurückzog.

Nein, das hier war eine kraftvolle, in sich ruhende,
fast schon leuchtende Persönlichkeit, eine echte Heile-
rin, wie sie im Buche stand! Staunen wich der Ehrfurcht. Faszinierend, was sie hier erleben durfte! Sie
war wie benommen.

Margot wandte sich nun an sie. »Ich bin hier erstmal
fertig und gehe zurück ins Künstlerdorf. Dort mache
ich mich an die Ausarbeitung der Homöopathika und
der weiteren Behandlung. Morgen früh um neun Uhr
geht es weiter. Schönen Abend!« Mit einem letzten Tät-
scheln von Donauzauber, das der sich nun gerne gefallen ließ, verabschiedete sich Margot.

Als das Tor hinter ihr ins Schloss gefallen war, rieb
Tanja sich verwundert die Augen. Hatte sie das alles
nur geträumt? Ihr Blick glitt wieder über den Wallach.
Unwillkürlich musste sie auch noch einmal an die
Muskeldelle fassen. Diese war noch da. Allerdings
schien sich das umliegende Gewebe spürbar entspannt
zu haben.

Als ihre Hand Richtung Brustbein wanderte, hielt
Tanja in der Bewegung inne. ›Heute nicht!‹, sagte sie
sich entschlossen. ›Morgen ist auch schließlich auch
noch ein Tag…‹

Die Gefahr, etwas in Unordnung zu bringen, schien
ihr definitiv zu groß.

Also führte sie Donauzauber seufzend, aber äußerst zufrieden in seine Box, um sich anschließend auf die Bank zu setzen und lange, sehr lange über die Geschehnisse zu sinnieren.

SONNTAG

Am nächsten Morgen wurde sie unerwartet sanft geweckt. Mit einem zärtlichen Kuss. Elektrisiert riss sie die Augen auf – und blickte in die blauen von Max!

»Hey! Das gibt es ja gar nicht! Was machst du denn hier?«, murmelte sie verschlafen. Ihr Blick fiel auf den Wecker. Kurz vor halb sieben.

Lächelnd streichelte Max ihr verwuscheltes Haar.

»Ich habe dir doch versprochen, so schnell wie möglich zu kommen! Da gerade wieder ein spontaner Streik bei den Lotsen stattfindet, bin ich gestern Abend kurz entschlossen in den Zug gestiegen. Und – da bin ich!«

Er strahlte seine Frau an.

»Wow! Was für ein Glück! Ein ganz großer Dank an die Fluglotsen!« Tanja war nun tatsächlich wach und schaltete zunächst den Wecker aus, der in einer Minute losdröhnen würde.

»Noch besser – ich habe uns ein leckeres Frühstück vom Bäcker mitgebracht! Alles ganz frisch, duftet sogar noch!«

Prüfend hielt Tanja die Nase in die Höhe, roch aber natürlich nichts.

»Das ist unten, mein Schatz!«, meinte Max nachsichtig. »Wie kommt es übrigens, dass du heute so lange schläfst? Ich hätte dich eigentlich schon auf der Terrasse erwartet.«

»Puh. Lange Geschichte! Ich habe dir doch geschrieben, dass diese Kursteilnehmerin, die Pferdeheilpraktikerin ist, Donauzauber untersuchen will. Das war gestern Abend. Dieses Erlebnis musste ich wohl erstmal verdauen…«

»Gutes Stichwort! Du machst dich mal rasch fertig, ich decke in der Zwischenzeit den Tisch. Dann kannst du mir in aller Ruhe davon erzählen. Was hältst du davon?«

»Prima Idee! Bitte einen großen Pfefferminztee heute für mich, das genügt!«

Max musterte sie irritiert. »Was denn? Du bist doch sonst so ein Koffein-Junkie?«

»Genau das! Ein wahres Wort gelassen ausgesprochen! Und das hat sich wieder zu ändern!« Tanja hatte ihren Mund verkniffen.

»Muss ich das verstehen?«

»Nein. Aber ich erkläre es dir: durch das viele Koffein - es ist ja beständig mehr und immer mehr geworden, im Laufe der Zeit - werde ich immer hibbeliger. Verstehst du - ich habe das Gefühl, vor lauter Koffein gar nicht mehr in mir zu ruhen!«

Max nickte versonnen. »Da ist was Wahres dran. Jetzt, wo du es sagst… Okay, dann einen Kräutertee für dich. Ich glaube, ich mache mir auch einen. Hatte wohl schon mehr als genug Kaffee während der Fahrt.« Mit einem schiefen Grinsen blickte er sie an. »So, jetzt hoch mit dir!«

Er zog ihr die Decke weg, sie warf sich schnell an seine Brust und küsste ihn, dann sprang sie mit einem Satz aus dem Bett, um in Richtung Badezimmer zu verschwinden.

»Nun, das ist ja alles ganz interessant, was Margot da gesagt und gemacht hat. Aber warum hat sie das rechte Vorderbein gedehnt und verschoben, nicht nur das linke?« Max blickte von den Überresten des Frühstücks hoch zu seiner Frau.

»Weil durch die Muskelverletzung alles nach links

gezogen war, verstehst du?« Tanja versuchte, Max das Problem bildlich mit ihren Fäusten darzustellen.

Offensichtlich gelang das ganz gut, denn der verständnislose Blick wich dem der Erkenntnis. Sie hatte ihrem Mann alles erzählt, von dem kurzen Gespräch am Freitag mit Margot über die gestrige Untersuchung mit anschließender Behandlung und ihren eigenen Gedanken danach.

»Ist diese Muskelverletzung denn damit jetzt behoben? Endgültig? Kann man da überhaupt etwas machen?«

»So viel Ahnung habe ich davon nicht, aber ich befürchte, das dürfte er zeitlebens mit sich tragen. Allerdings gehe ich davon aus, dass Donauzauber bei dem Unfall nicht nur den Muskelschaden hatte, sondern dass er so gestürzt ist, dass sich eben auch das Brustbein verschoben hat und in diesem Zusammenhang der Muskel an dieser Stelle angerissen ist. Das sind ja riesige Pakete, die nicht gesamthaft durchreißen. Falls doch, kann man sowieso nichts mehr machen. Also eigentlich ein eher oberflächlicher Schaden. Allerdings mit verheerender Tiefenwirkung.«

»Hm. Demnach wird Donauzauber mit dieser Verletzung leben müssen. Was denkst du, wird sich das Brustbein deswegen wieder zurückverschieben? Ich meine, auf lange Sicht gesehen?«

»Keine Ahnung. Das ist eine Frage, die ich nachher auch Margot stellen möchte. Der Termin ist um neun.«

Max blickte auf seine Uhr. »Noch eineinhalb Stunden. Würde es dich stören, wenn ich mitkomme?«

Tanja strahlte ihn erfreut an. »Gerne! Das ist ja toll! Du denkst auch an ganz andere Sachen als ich. Super, das finde ich fantastisch!«

»Gut. Dann lege ich mich noch eine Stunde aufs Ohr,

und wir gehen dann zusammen rüber. Reicht dir das? Oder willst du den Zauberer erst noch ordentlich putzen?«

Tanja legte den Kopf schief. Auf ihrem Gesicht erschien ein ertapptes Grinsen.

»Okay, schon verstanden. Dann bin ich um neun Uhr im Stall.«

»Gestern ist Margot fünfzehn Minuten zu früh gekommen«, gab Tanja zu bedenken.

»Auch recht. Dann gehe ich um zwanzig vor neun hier los. Komm, gib mir noch einen Kuss, damit ich gut schlafen kann!«

Tanja beugte sich vor und hauchte in sein Ohr: »So schön, dass du da bist! Ich liebe dich!«

»Ich liebe dich auch!« Weg war er.

Max schaffte es tatsächlich, vor Margot im Stall zu sein. Er begrüßte erst Beauty und Sahara, dann wandte er sich an Donauzauber, der einerseits sichtlich das Putzen genoss, andererseits aber den großen blonden Mann nervös im Auge behielt.

Doch Max hatte sich in weiser Voraussicht bewaffnet. Neben einem Apfel, den er fürsorglich in Viertel geschnitten hatte, führte er noch etliche Möhren mit sich, die aus seiner hinteren Hosentasche ragten.

Als er sich gedankenlos rückwärts der oben offenen Box von Beauty näherte, zog diese prompt erfolgreich eine heraus und verschlang sie gierig. Max lachte amüsiert auf, hielt sich ab da jedoch weit genug entfernt von dem Bereich der Stute. Schließlich waren die Möhren als Bestechung für den Zauberer geplant!

»Du hattest doch schon zwei!«, rügte er sie milde, bevor er sich dem Wallach zuwandte, der die Szene genauestens verfolgt hatte.

Offensichtlich fiel seine Beurteilung zugunsten von Max aus, denn er nahm – wenn auch mit majestätischer Zurückhaltung – eine dargebotene Karotte an. Der anschließenden Liebkosung jedoch, einem Streicheln über den langen Hals, versuchte er sich freundlich zu entziehen, indem er den vorderen Bereich etwas wegdrehte. Max verstand und unterließ weitere Intimitäten. Stattdessen bot er dem Wallach eine weitere Möhre an, die dieser nun genussvoll verspeiste.

Als sich die Stalltür öffnete, drehten sich alle drei Richtung Eingang. Dort erschien Margot, wieder mit ihrer Hängetasche bewaffnet.

»Margot, guten Morgen! Darf ich dir meinen Mann vorstellen, Max?«

Die Heilpraktikerin nickte dem gut aussehenden Mann zu und wandte sich sofort an Donauzauber. Menschen waren wohl nicht so ihr Ding.

»Na, Schöner, wie geht es dir heute? Fremdelst du noch?«

Offenbar nicht, denn der Wallach schien sich über ihr Erscheinen sichtlich zu freuen. Seine Ohren waren gespitzt, seine Augen blickten lebhaft. Auch entzog er sich nun nicht mehr ihrer Berührung.

Tanja vermied es, sich direkt neben Max aufzuhalten. Sie hätte sonst ständig mit ihm getuschelt, statt genauestens die weiteren Behandlungsschritte zu verfolgen. So stellte sie sich lieber ihren inneren Fragenkatalog zusammen.

Als erstes überprüfte Margot, die ausgesprochen zufrieden mit den Ergebnissen des gestrigen Abends schien, die Beweglichkeit des Brustbeins. Sie nickte mit strahlendem Lächeln. Dann begann sie, mit vorsichtigen Massagegriffen die Verklebungen rund um die Muskeldelle zu lösen.

Dies nahm einige Zeit in Anspruch. Schweißtropfen erschienen auf ihrem Gesicht, das sich allmählich rot zu verfärben begann.

»Puh! Da werde ich die nächsten Tage nochmal ranmüssen!«, konstatierte sie schließlich, als sie einen Schritt zurücktrat, um ihr Werk mit kritischem Auge zu überprüfen.

»Kein Ding!«, antwortete Tanja schnell. »Wann immer du möchtest!«

Margot warf ihr einen abschätzigen Blick zu. »Das hat weniger mit möchten als vielmehr mit müssen zu tun!«

Tanja verstummte schnell wieder. Sie hatte verstanden, dass Margot eher mit sich selbst geredet hatte als dass sie eine Unterhaltung beginnen wollte.

Nun griff die Heilpraktikerin unterhalb des Kopfes zwischen die Backen von Donauzauber. Er verdrehte die Augen, versuchte sich aus der Berührung herauszuwinden – und hielt erstaunt inne. Leise prustend senkte er den Kopf und kaute ab.

Verblüfft fragte Max: »Was haben Sie da gerade gemacht?«

Margot lächelte. »Ich habe das Zungenbein gelöst. Ebenso wie wir Menschen haben Pferde Knochen in der Zunge, zum Stabilisieren dieser doch recht langen Geschichte. Ziemlich fragile Angelegenheit, der Aufbau. Deshalb kommt es bei Stürzen – und davon können wir bei Donauzauber mit ziemlicher Sicherheit ausgehen – recht häufig vor, dass auch das Zungenbein blockiert wird. Allerdings hängen da viele wichtige Muskeln mit dran, sodass die Blockade einiger an und für sich kleinen Knochen eine Wahnsinnsschleife nach sich zieht. Bis über den Rücken, in die Hinterhand und zu den Hufen. Das unterschätzt so mancher…«

Max nickte verstehend. »Warum hat der Tierarzt das alles nicht gesehen?«, formulierte er die Frage, die auch Tanja beständig im Kopf herumspukte.

Margot trat einige Schritte von Donauzauber weg, den sie mit einem abschätzenden Blick bedachte.

Offenbar fiel das Ergebnis gut aus, denn sie wandte sich zufrieden an Max. »Tierärzte können nur das untersuchen, was offensichtlich ist. Also zum Beispiel Lahmheiten. Im Verlauf von Ankaufsuntersuchungen wird natürlich das gesamte Pferd auf Auffälligkeiten abgecheckt. Aber wenn sich nichts zeigt, dann ist auch kein Befund da. Oder aber der Besitzer – in diesem Fall Tanja als Ausbilderin – erzählt dem Tierarzt seine Beobachtungen und Befürchtungen. Dann kann der alles genauestens untersuchen. Doch in diesem Fall hat Donauzauber alles hübsch geheim gehalten. Es ist nur der besonderen Beobachtungsgabe von Tanja zu verdanken, dass wir das alles nun aufdecken und behandeln können.«

Max gab sich mit dieser Aussage noch nicht zufrieden. »Das heißt, auch ein Tierarzt hätte das herausgefunden, wenn er von Tanja informiert worden wäre?«

Margot zuckte die Schultern. »Vermutlich ja. Allerdings hätte der wahrscheinlich noch einen Osteopathen hinzugezogen, um die Blockaden zu lösen.«

»Gut«, nickte Max zufrieden, »das macht Sinn. Wie geht es jetzt weiter?«

»Ich werde mir nochmal in Ruhe den Rücken ansehen, ob es da zu weiteren Blockaden gekommen ist. Die Wahrscheinlichkeit dafür ist hoch. Gegebenenfalls werde ich diese lösen. Natürlich sehe ich mir dann noch die Hüfte genau an. Wobei ich sagen muss, dass mir gestern nichts Gravierendes aufgefallen ist. Dann sehen wir weiter…«

Schwungvoll drehte sich Margot zurück zu Donauzauber, der dem Gespräch genauso aufmerksam gefolgt war wie Tanja. So zumindest schien es ihr.

Sorgfältig fuhr Margot zunächst die Halswirbel ab, dann den Rücken. Leise murmelnd gab sie dann und wann Kommentare ab, ohne ihre Arbeit zu unterbrechen. Nachdem sie den Wallach so bugsiert hatte, dass seine Hinterbeine genau nebeneinander standen, stellte sie sich hinter Donauzauber, trat ganz dicht an seine Hinterhand heran und umfasste mit beiden Händen die Hüfthöcker. Ein konzentrierter Blick traf die Höhe der hochgereckten Daumen, wurde nochmals überprüft. Mit einem zufriedenen Lächeln trat sie schließlich zurück.

»So. Als erstes – die Hüfte ist gerade. Die meisten Rückenwirbel auch, nur der vierzehnte Brustwirbel steht leicht schief. Keine Angst – das haben wir gleich. Halswirbel alle leicht angespannt, aber das liegt vermutlich am bislang schiefen Brustbein. Da muss ich nur noch die Muskulatur lockern…« Die letzten Worte wurden immer leiser, denn schon hatte Margot sich wieder ihrer Arbeit zugewandt.

Interessiert verfolgten Tanja und Max die Bemühungen der Heilpraktikerin, die neben Kraft offensichtlich auch einiges an Technik erforderten. Endlich trat sie mit hochrotem Kopf zur Seite.

»Wasser?«, fragte Tanja spontan.

Ein Blick aus fernen Welten traf sie. Scheinbar dauerte es einen Moment, bis Margot wieder bei ihnen war. Dann nickte sie.

Tanja spurtete in die Sattelkammer zum Kühlschrank und kam mit einer Flasche Mineralwasser samt Glas zurück in die Stallgasse. Dort fand sie Margot und Max bereits auf der Bank vor.

Erstere strich sich erschöpft eine nasse Haarsträhne aus dem Gesicht. Doch trotz der körperlichen Anstrengung schien sie irgendwie topfit zu sein. Auch ihre Stimme klang kräftig, als sie sagte: »Nun, das war ein hartes Stück Arbeit! Die Muskeln waren doch deutlich stärker verspannt, als ich anfangs gedacht hatte. Aber ich bin ja Berufsoptimistin. In ein paar Tagen ist das alles – zumindest deutlich besser! Gut möchte ich noch nicht sagen, da müssen Akupunktur und Globuli helfen.«

»Wann willst du denn die Akupunktur machen?« Tanja überreichte Margot das volle Glas, das diese in einem Zug leerte. Schnell füllte Tanja wieder nach.

»Na, jetzt natürlich!« Umstandslos trank die Heilpraktikerin auch das zweite Glas aus, während sie sich bereits erhob, um in ihrer Hängetasche zu kramen. »Einen optimaleren Zeitpunkt kann es gar nicht geben! Jetzt ist die Muskulatur frisch entspannt, alle Knochen sitzen wieder an der perfekten Stelle. Wenn ich nun an den richtigen Punkten die Nadeln setze, geht diese Entspannung noch viel tiefer. Allerdings kann das ein Gefühl wie elektrischer Strom auslösen. Kurzfristig. Mal sehen, wie Donauzauber das toleriert…«

Sie griff in den Lederbeutel, breitete ein ganzes Arsenal an Nadeln vor sich aus. Kurze, dicke, schmale, lange – und beängstigend große. Alle eingetütet und steril verpackt. Margot blickte nachdenklich zu Donauzauber, dann griff sie sich fünf Nadeln, darunter eine der riesigen.

Tanja wurde es ganz flau im Magen. »Die da? Ernsthaft?!?«

Ein vernichtender Blick traf sie. »Ja. Die große ist für den Rücken. Da möchte ich im Lendenwirbelbereich an den richtigen Punkt kommen. Die Dornfortsätze sind nun mal lang…« Diese letzten Worte wirkten wieder verwischt, als wäre Margot bereits in anderen Gefilden.

Schon stand sie bei dem Wallach und streichelte seine linke Halsseite, während sie leise mit ihm redete. Er neigte den Kopf, als würde er genau lauschen. Dann begann sie, die einzelnen Nadeln zu setzen. Jedes Mal zuckte der Wallach kurz zusammen, manchmal schien er die Lippen fest aufeinander zu pressen. Und schließlich kam die große Nadel zum Einsatz. Kurz bog Donauzauber den Rücken durch, feuerte mit dem rechten Hinterbein nach hinten aus - und ließ Sekunden später den Kopf samt Unterlippe und Lidern hängen!

Margot trat zufrieden nach einem kurzen Streicheln von ihm weg. Noch einmal ließ sie einen prüfenden Blick über den nun dösenden Wallach gleiten, dann ging sie hinüber zur Bank, wo bereits ein frisch gefülltes Glas Wasser auf sie wartete. Nebst Max und Tanja, die aufgeregt die Vorgänge verfolgt hatten.

Tausend Fragen schossen Tanja durch den Kopf, und bevor sie auch nur eine davon formulieren konnte, stellte Max bereits die erste.

»Wieso braucht so ein riesiges Pferd denn nur fünf Nadeln? Ich meine, er hat doch einen ganz ordentlichen Befund! Wären da nicht mehr Nadeln besser?«

Margot schüttelte lächelnd den Kopf. »Nein, es gibt sogar die Regel, dass man besser die Anzahl von sechs Nadeln nicht überschreiten sollte. Zu viel ist nicht besser, ganz im Gegenteil! Das sind alles mächtig viele Informationen, die durch die Akupunktur ausgelöst werden, die sich zudem nicht nur auf die Bereiche beziehen, in denen die Nadeln stecken. Das umfasst auch Organe, Zusammenarbeit verschiedener Strukturen und vieles mehr. Wenn Sie also ein Pferd sehen, dem mehr als sechs Nadeln verpasst werden, dann wissen

Sie, dass da jemand sein Handwerk nicht verstanden hat! Natürlich gibt es wie immer und überall Ausnahmen von der Regel. Aber wie gesagt - das sind Ausnahmen! Denn zusätzlich werden mit jeder Nadel unglaubliche Energien freigesetzt. Ich rate meinen Kunden immer, den Tag nach der Akupunktur nichts mit dem Pferd zu machen, weil es genug mit den Veränderungen, die in ihm vorgehen, zu tun hat. Deswegen darf man eine Akupunktur auch nicht so oft durchführen - alle drei bis vier Wochen genügt. Alles andere hat negative Folgen!«

»Aber du wolltest Donauzauber doch auch noch einmal akupunktieren - zumindest hattest du das gestern gesagt?« Tanja sah sie zweifelnd an.

»Ja«, nickte Margot, »aber nur deshalb, weil wir hier einen speziellen Fall haben. Ich fahre am Samstag weg - anschließend kann ich ihn nicht mehr behandeln.«

»Hm«, machte Max.

Beide Frauen blickten zu ihm hinüber.

»Was, wenn wir Sie zur Behandlung immer einfliegen würden?«

Verdutzt blickte Tanja ihren Mann an.

Doch Margot schüttelte bereits lachend den Kopf. »Das würde ich gerne machen - aber ich bin schon total ausgebucht, bis in einem halben Jahr. Einen ganzen Tag verlieren - das geht leider nicht, sorry!«

»Das heißt, wir müssen uns jemand anderen suchen? Hier, im Niemandsland?«

Ein vorwurfsvoller Blick traf Tanja. »So schlimm ist es hier nun auch nicht, Schatz! Wir werden schon einen Pferdeheilpraktiker finden!«

Die Angesprochene ließ den Kopf hängen.

Aber wie sagte Elinor immer so schön - auch aus Steinen, die einem in den Weg gelegt werden, kann man etwas Schönes bauen… Sie würde eben kreativ werden müssen!

»Also gut, dann kümmern wir uns darum. Braucht er denn noch viele Akupunkturen?« Max war offensichtlich schon viel weiter in seinen Gedanken.

»Kann ich euch am Samstag sagen. Wir warten jetzt erstmal ab, wie er diese Behandlung verkraftet. War ja doch eine ganze Menge auf einmal…«

»Noch eine Frage«, fiel Tanja ihr ins Wort. »Warum nur links? Ich meine, warum nur eine von zwei Seiten?«

»Ah«, machte Margot. »Gute Frage! Ganz einfach: der Körper ist ein einziger Kreislauf. Das heißt, alles kommt irgendwann irgendwo an. Ich sagte ja schon, dass man nie mehr als sechs Nadeln benutzen sollte. Bei männlichen Wesen bevorzugt man die linke, die weibliche Yin-Seite, bei weiblichen Wesen die rechte, die männliche Yang-Seite. Also genau die gegenteilige Seite, denn dadurch erzielt man eine schnellere Durchwirkung. Kommt aus der Lehre der Traditionellen Chinesischen Medizin, der TCM. Verstanden?«

Max und Tanja blickten einander an, beide etwas gehemmt.

Margot begriff und nahm sich die Zeit, um tiefer in die Materie einzugehen, bis das Paar nickte.

Abschließend sagte sie: »So, jetzt gebe ich euch die Globuli, samt Zeitplan. Ihr gebt ihm jedes Mal zwei davon…«

»Nur zwei Stück? Ist das nicht viel zu wenig?«, zweifelte Max prompt.

Die Heilpraktikerin schüttelte lächelnd ihren Kopf.

»Homöopathika arbeiten über Information. Das ist ähnlich wie Zeitung lesen. Man braucht nicht drei Süddeutsche Zeitungen vom selben Tag, um die gleiche

Menge an Informationen zu erhalten. Zwei Globuli nimmt man übrigens nur, um zu vermeiden, dass ein Globulus keine Informationen trägt, also neutral beim Besprühvorgang geblieben ist. Verstanden?«

Tanjas Gesicht schien ein einziges Fragezeichen zu sein.

So sehr, dass Max losprustete. »Na Schatz, ich glaube, das besprechen wir nachher nochmal in Ruhe. Ich denke, ich kann das ganz gut nachvollziehen. Zumindest das mit den Homöopathika. Den Rest erarbeiten wir uns im Internet.«

Sie nickte. »Ja, gerne. Wie oft gibt man die?«

»Steht hier auf dem Plan. Heute gibt es nur einmal eine Gabe, das machen wir gleich jetzt. Ab morgen dann dreimal täglich, das siehst du hier auf dem Zettel. Steht auch noch auf den Kapseln, in denen die Globuli liegen.«

»Prima! Das nenne ich mal übersichtlich! Tanja, das übertragen wir nachher noch in dein Handy, dann hast du es für jeden Tag gespeichert.«

Zufrieden wandte Max sich an seine Frau, die nickte, aber immer noch etwas betäubt wirkte.

Margot warf ihr einen mitleidigen Blick zu.

»Tanja, wenn du Fragen hast, kannst du mir diese jederzeit stellen. Zumindest diese Woche noch. Danach wird es - schwieriger. Aber per Email oder Nachricht aufs Handy können wir in Kontakt bleiben. Du musst nur Zeit haben. Ich kann dir nicht versprechen, immer gleich zu antworten. Oder besser - ich kann dir eher versprechen, nicht gleich zu antworten. Deshalb - am besten in dieser Woche alles erfragen, was du wissen möchtest!«

Wieder nickte Tanja, diesmal etwas kräftiger.

Ihr Mann meldete sich zu Wort. »Noch einmal eine

Frage zu dem jetzt gerichteten Brustbein. Die Muskulatur bleibt doch vernarbt. Ist da nicht die Gefahr groß, dass sich das Ganze wieder zurückverschiebt?«

»Das ist durchaus möglich, sogar - zumindest am Anfang im untrainierten Zustand - ziemlich wahrscheinlich. Deswegen braucht es in solchen Fällen einen soliden, langfristigen Muskelaufbau. Nur über Akupunktur, osteopathische Manipulation und ein paar Globuli ist das Ganze natürlich nicht zu ändern. Das Zauberwort heißt Muskeln. Knallharte, stählerne Muskeln! Je mehr, desto besser! Mit ganz viel Glück kann sich das vernarbte Gewebe zumindest ein wenig regenerieren. Durch Tapen könnte man das Ganze sinnvoll unterstützen. Da braucht ihr aber jemanden hier vor Ort.«

Max brannte noch eine Frage auf der Seele. »Wie ist das mit diesen Homöopathika? Wie schnell wirken die?«

Margot lehnte sich zurück und fixierte den blonden Mann. »Tja. Sie können sehr schnell wirken. Aber auch ganz langsam und dafür umso nachhaltiger. Fakt ist, dass man mit Globuli durchaus nicht ganz so sanft heilt, wie es immer so nett heißt. Denn mit homöopathischen Mitteln setzt man einen Reiz, auf den der Körper reagieren soll. Ist es das richtige Mittel, sieht man meist eine Reaktion, die sogenannte Erstverschlechterung. Das liegt daran, dass dieser Reiz eine nach den entsprechenden Krankheitsbildern ausgesuchte Mini-Vergiftung des Körpers ist. Also wird sozusagen der Allgemeinzustand bewusst noch weiter verschlechtert, um die Selbstheilung anzuregen.«

»Eine Art Hallo-wach?« Tanja beugte sich interessiert vor.

»Ja, so könnte man das auch formulieren. Oder wie

das Pendel einer Uhr, das irgendwo auf dem Weg nach oben hängengeblieben ist und nun angeschubst wird durch einen höheren Input, um wieder ins normale Schwingen zu kommen.«

»Okay. Und jetzt gebe ich die hier?« Tanja hielt die entsprechende Kapsel hoch, während Margot nach einem prüfenden Blick nickte.

Mittlerweile waren seit dem Setzen der Nadeln etwa zwanzig Minuten vergangen.

»Gut. Noch Fragen? Ansonsten nehme ich jetzt die Nadeln raus und werde diesen herrlichen Vormittag genießen. Donauzauber kann dann ganz normal auf die Koppel. Morgen nur putzen und schmusen, wie besprochen. Dienstag sehe ich ihn mir abends wieder an. Schönen Tag euch!« Mit diesen Worten erhob sich Margot, kramte ihre Sachen zusammen, zog die Nadeln aus dem dösenden Pferd, entsorgte sie im Mülleimer und verließ den Stall.

Max und Tanja sahen sich an.

»Wow! Dass du sie hättest einfliegen lassen... für ein eigentlich fremdes Pferd... das rechne ich dir hoch an!«

Max lächelte. »Irgendwie muss man ihm doch helfen! Er kann ja nichts dafür, im Gegenteil, er ist das Opfer! So, lass uns nach Hause, ich bin hundemüde!«

Tanja nickte, gab Donauzauber, der immer noch im Schlafzustand auf der Stallgasse stand, den mit Globuli gefüllten Apfelschnitz und drückte Max seinen Führstrick in die Hand.

»Ich nehme die beiden Stuten, dann können wir sie auf dem Weg nach Hause gleich auf die Wiese stellen.«

»Wo sind eigentlich unsere Hunde?«, fragte Max, während er die schwere Stalltür öffnete.

Donauzauber trottete schläfrig neben ihm her.

Wie aufs Stichwort schossen Charles und Mortimer

durch die Verbindungsbögen der beiden Reithallen heran. Doch als sie die beschwichtigenden Handbewegungen ihres Herrchens sahen, bremsten sie rechtzeitig ab.

»Hey, ihr beiden Gauner, ihr benehmt euch jetzt ausnahmsweise mal anständig, ja? Ich habe hier einen Patienten an der Hand!«

Beide Hunde legten sich artig ab und beobachteten, wie nun auch Tanja mit den zwei Stuten aus dem Stall kam. Nur ein leises Jaulen, mehr gaben sie nicht von sich. Auf ein Hochziehen der Augenbrauen von Max verstummten sie sofort wieder. Gemächlich zog der Trupp zu den Weiden.

»Ist dir eigentlich aufgefallen, dass der Zauberer mit dem rechten Bein ausgekeilt hat und nicht mit dem linken oder beiden?« Tanja nagte vor lauter Überlegen auf der Innenseite ihrer Wange herum.

»Mmh… genau genommen habe ich in dem Moment gedacht, dass dieses tolle Pferd selbst in einem solchen Schockzustand immer noch Rücksicht auf den Menschen nimmt. Nur weil er merkt, dass man ihm helfen will…«

»Ganz ehrlich, Max - ich bin mittlerweile total fasziniert vom Zauberer! Sozusagen schockverliebt! Von Trakehnern überhaupt…«

»Ja, das scheinen in der Tat sehr sensible und wunderbare Pferde zu sein.«

Sie waren an den Eingängen angekommen und ließen die Pferde in die Koppeln gehen. Beauty entschloss sich, kaum vom Führstrick befreit, zu einer kleinen Galopprunde mit Bocksprüngen, während Sahara magisch von den letzten verdorrten Grasstengeln angezogen wurde. Donauzauber blieb in seinem Halbschlaf gleich am Anfang der Koppel stehen und winkelte das

Hinterbein an. Seine Augenlider hingen schwer herab.

»Unglaublich eigentlich, wie das durchwirkt!«, staunte Tanja.

Max war ebenso tief beeindruckt. »So etwas hatte ich auch nicht erwartet! Ich bin gespannt, wie sich das nun auf sein gesamtes Verhalten auswirkt! Und auf seine Arbeitseinstellung!«

»Ist schon eine ganze Menge gemacht worden«, antwortete Tanja und fügte nach einem Augenblick zweifelnd hinzu: »Vielleicht zu viel auf einmal? Ich meine, Blockaden lösen, Akupunktur, Homöopathie?« Sie blickte ihren Mann an.

Der winkte jedoch ab. »Nein, das sehe ich anders. Klar war das alles viel, aber es tat ja auch not! Wenn er wirklich so irrsinnige Schmerzen hatte, na dann Prost Mahlzeit! Das können wir uns gar nicht vorstellen! Jetzt wirkt alles an Heilung durch. Ich bin wirklich gespannt, wie sich Donauzauber nun entwickelt!«

»Ich auch, mein Schatz, ich auch!«

DIENSTAG

Zweieinhalb Tage waren seit der bemerkenswerten Behandlung von Donauzauber vergangen, als wieder mal das Handy mit einem bestimmten Ton klingelte.

»Elinor! Was für eine Überraschung am frühen Morgen! Ist dir etwa schon langweilig in deinem Traumurlaub?«

Ein dröhnendes Lachen antwortete Tanja, sodass sie wie immer ihr Handy weit vom Ohr weghielt und die Lautstärke auf Minimum drückte. Elinor gehörte ganz offensichtlich zu den Menschen, die davon ausgingen, dass ihr Gesprächspartner entweder hundsmiserablen Empfang hatte oder schlicht stocktaub war. Vermutlich beides zusammen. Tanja grinste bei diesem Gedanken.

»Na Hase, alles gut bei dir?« Die rauchige Stimme vibrierte in dem Gerät.

»Kann man so sagen, danke! Und bei dir?«

»Du meinst wohl, wenn ich anrufe, muss ich auch zuerst berichten! Na gut, sei´s drum! Ja, ist mächtig langweilig hier! Deswegen hab ich mich ein wenig beschäftigt. Mir sind die vielen herrenlosen Katzen aufgefallen, da hab ich mich erkundigt. Eine von den Angestellten, die ist auch so tierlieb und hat mir dann von den schlimmen Zuständen erzählt. Für die Hunde gibt es eine Lobby, die lassen sich auch leicht fangen und vermitteln. Aber die ganzen kleinen Miezen… die vermehren sich und vermehren sich und vermehren sich. Überall bekommen sie nur Tritte und schlimmstenfalls vergiftetes Futter! Nun ist es ja so, dass mein Männe Tierarzt ist, aber im Urlaub leider sein Besteck nicht dabei hat. Dumme Angewohnheit, das muss ich än-

dern! Na gut, so selten, wie wir in den Urlaub fahren…
Also, jedenfalls hab ich mit der Maria, das ist die Angestellte vom Hotel, und ein paar von ihren Freundinnen einen Verein zur Rettung der Katzen gegründet!«

Stolz klang aus der Stimme, die wie eine Fanfare zu Tanja herüberdröhnte.

»Wie jetzt? Du hast mir nichts, dir nichts einen Verein gegründet? In Spanien? Ja, geht das denn überhaupt?«

Ein Lachen antwortete ihr. »Das ist erst der Anfang, Schätzchen! Ja, ja, du kennst doch deine Elinor! Die lässt nichts anbrennen, nur hochkochen! Also, wir hin zur Behörde - da konnte mein Männe sich noch drücken, der Kerl, der! Aber dann haben wir einen Bekannten von Maria besucht, der ist Tierarzt, für Kleintiere halt. Und mit dem arbeitet mein Männe jetzt zusammen, in dessen Praxis. Wir Mädels fangen die Miezen und die beiden kastrieren sie. Ratzfatz - Glöckchen ab. Und auch die Katzen werden komplett kastriert, da wächst nix mehr nach! Hahaha…«

»Echt? Du hast euren Urlaub – umfunktioniert? Und dein Mann macht das mit?! Arbeit statt Urlaub? Krass…«

Tanja fiel gerade nicht mehr allzu viel ein, was sie sagen konnte. Doch dann erinnerte sie sich daran, dass auch Max - ungefragt - spontan dazu bereit gewesen war, Margot zur Behandlung von Donauzauber einfliegen zu lassen. Mehrfach. Warum sollte das Elinors Mann so fernliegen, der ja ohnehin Tierarzt und damit tierlieb war?

»Das macht deinem Mann nichts aus? Ich meine, seinen Urlaub aufzugeben und stattdessen spanische Katzen zu kastrieren?«, hakte sie nach.

»Waaas? Nein, i wo, wo denkst du hin?! Das weitaus größere Problem ist, Fallen für die Miezen aufzutreiben! Noch schlimmer: wo aufstellen? Das mögen die Leute hier nämlich auch nicht! Total meschugge, diese Typen hier! So nicht, so nicht, so nicht! Aber wir haben schon etliche Katzen gefangen und kastriert!«

»Super! Wie viele denn?«

»Aaach. So um die vierzig, denke ich.«

Eine derart bescheidene Stimme kannte Tanja gar nicht von Elinor.

Die änderte sich jedoch schlagartig wieder. »Aber da laufen noch so viele rum! Ich bin schon kurz davor, den Urlaub zu verlängern!«

Tanja konnte sich lebhaft vorstellen, wie Elinor alles daranlegen würde, wenigstens zwei Drittel der Katzen von Gran Canaria kastrieren zu lassen. »Ähm. Was sagt denn dein - Männe dazu?«, fragte sie vorsichtig.

»Ach der!«, tönte es feurig zurück. »Der will schon wieder heim, in seine Praxis! Als ob Geldverdienen alles wäre…«

Tanja seufzte. »Es können halt nicht alle Idealisten sein. Apropos - ich würde mich auch freuen, dich lieber eher als später zu sehen! Du hast ja ein paar weitere Tage Zeit, da kannst du noch etlichen Katzen helfen!«

Ein Schnauben antwortete ihr.

»Und du hast deinen Verein gegründet! Ist der Tierarzt übrigens auch Mitglied?«

»Ja, klar, den habe ich natürlich dazu genötigt! Er ist sogar im Vorstand und bereit, weiterhin die Kastrationen kostenlos zu übernehmen. Da muss ich aber dranbleiben, sonst ist das alles gleich wieder dahin!«

Tanja grinste breit, sie konnte sich das alles schon ganz gut vorstellen.

»So, jetzt aber mal zu dir! Was macht dein Zauberer? Hat er dich schon mit seiner Magie eingehüllt?«

»So könnte man das auch umschreiben. Ja, es hat sich

mächtig was getan in den letzten Tagen! Ich habe dir doch von der Tierheilpraktikerin erzählt, die eigentlich unseren Spezialkurs machen wollte, aber an den von uns geplanten Wochenenden keine Zeit hat. Kein Wunder, sie ist einfach spitze!«

Tanja erzählte von den Geschehnissen der vergangenen Tage. Elinor juchzte vor Freude auf, als Tanja davon berichtete, wie sie vor dem Pferd gesessen und intuitiv dessen Brust berührt hatte.

»Tja, nun ist also der dritte Tag nach der Akupunktur angebrochen. Ich war vorhin schon im Stall, und - ob du es glaubst oder nicht, ich meinerseits bin noch bei zweiterem - Donauzauber hat mir zugewiehert!«

Der Satz schwebte im Raum, durch den Äther, weit hinüber bis nach Gran Canaria.

Kein Widerhall.

Nur schwebende Stille.

So still, dass Tanja kurz davor war, in den Hörer zu brüllen.

Doch dann hörte sie Elinor atmen.

»Fein. Feinfeinfein!«, konstatierte endlich die füllige Frau zufrieden. »Da freut man sich ja doch, wieder nach Hause zu kommen! Weißt du was - ich buche auch gleich den nächsten Flug zu euch. Quasi direkt von Flughafen zu Flughafen. Das mache ich sofort. Ich melde mich, wenn ich weiß, wann ich da bin.«

Tanja war verblüfft. »Und deine Katzen?«, rief sie ins Telefon hinein.

»Du hast recht! Ich kann nicht verlängern! Geht übrigens auch vom Hotel her nicht, hab ich schon abgecheckt. Ein paar Tage bleiben mir ja noch, vom regulären Urlaub. Aber ich habe das Ganze in die Gänge gebracht! Auch ein netter Grund, gelegentlich mal wieder hier vorbeizuschauen. Im Winter beispielsweise. Das kann ich meinem Männe gut verklickern! Dann kann ich den Verein schön vorwärtsbringen. Und in der Zwischenzeit Spendenaufrufe über Facebook machen. Aber jetzt, jetzt freue ich mich schon riesig auf den Zauberer! Und auf dich natürlich! Und auf Lafayette, meinen Süßen!«

Tanja schwieg verdutzt.

»Also, dann halt mich nicht weiter auf, ich habs eilig!«, trötete es aus dem Handy. »Ich wünsch dir noch einen schönen Tag, viele Grüße an alle!«

Weg war sie. Verblüfft blickte Tanja aufs Handy. Ein Grinsen zog sich über ihr Gesicht, weitete sich aus und endete in einem schallenden Gelächter, das von der Terrasse über den Garten bis zum Meer hinunter hallte.

Ja, es hatte sich definitiv etwas verändert bei Donauzauber!

Der Glanz in seinen Augen, das große Interesse, das er jetzt an den Vorgängen in seiner Umgebung zeigte, die Freude, wenn er Tanja begrüßte. Irgendwie konnte sie das alles noch nicht ganz glauben, und so war sie während des Reitunterrichts immer wieder in Gedanken bei dem schönen Wallach. Wie lange würde diese Phase wohl anhalten? Was würde geschehen, wenn sie mit ihm zu arbeiten anfinge?

Diese Frage verfolgte sie derart, dass sie nach dem Unterricht zu Margot in die Box trat, die gerade Chocolate Chips, einen dunkelbraunen, weit ausgebildeten Wallach, absattelte.

»Entschuldige, Margot, dass ich dich kurz störe, aber mich treibt da eine Frage um. Ist das jetzt gerade okay für dich?«

Der Sattel rutschte der Angesprochenen entgegen, sie fing ihn mit schwungvoller Bewegung ab. Tanja trat aus der Box, um ihr den Weg zum Aufhängen der schweren Last frei zu machen.

»Hm. Ja. Wenn es kurz ist… ansonsten lieber heute Abend, bei unserem Termin.«

Hastig antwortete Tanja. »Ja, wirklich nur ein Stichwort. Donauzauber hat sich total gedreht. Denkst du, das wird auch in der Arbeit so sein? Wann kann ich denn mit ihm anfangen?«

»Nun, das hängt von dem Heilverlauf ab. Also doch eine etwas längere Antwort… Kurz: kann ich dir auf die Schnelle gar nicht beantworten. Aber wenn du einen so guten Eindruck hast, lässt das zumindest schon mal hoffen! Beginnen kannst du mit dem Training, wenn sich alles optimal entwickelt, in etwa sieben Tagen. Aber ganz, ganz langsam, hörst du?! Wie gesagt, Genaueres heute Abend, wenn ich mir selbst ein Bild gemacht habe. Ich stelle ein Trainingsprogramm zusammen. Allerdings erst in ein paar Tagen, da es immer wieder zu Rückschlägen kommen kann. Genügt dir das fürs Erste?«

Margot warf einen prüfenden Blick erst zu Tanja, dann zu Chocolate Chips, der sich gerade hingebungsvoll den verschwitzten Kopf an der Futterkrippe rieb. »Ich sollte ihn noch abspritzen…«

»Oh, ja klar. Danke für die Auskunft! Dann habe ich zumindest schon mal eine Vorstellung und weiß, in welche Richtung die Reise geht.«

»… gehen kann…!«, korrigierte Margot unerwartet sanft.

»Oder so. Auf jeden Fall - danke!« Fröhlich hüpfte Tanja davon.

Mit einer so guten Laune gab es nur eines - schnell Beauty satteln und eine solide Dressureinheit absolvieren! Nicht zu lang bei der Hitze, danach eine Runde über den Sandstrand galoppieren - falls der nicht von Touristen belagert wurde. Okay, dann eben im Wald die schöne Rennstrecke. Auch eine gute Option!

Pfeifend erreichte Tanja die Koppel. Beauty spitzte die Ohren und trottete auf sie zu. Doch auch Donauzauber hatte sie wahrgenommen. Mit einem Wiehern setzte er sich in Galopp, um vor der Stute am Auslass anzukommen. Tanja lachte, während sie ihm liebevoll über den Hals fuhr.

»Na, mein Schöner, geht es dir tatsächlich besser? Das freut mich, das freut mich so ungemein…«

Von der anderen Seite erhielt sie einen deutlich weniger zärtlichen Rempler. »Hey, Beauty, nicht so eifersüchtig, mein Schatz! Hier, deine Möhre…«

Mit sanften Worten wandte sie sich ihrer Lieblingsstute zu, die allerdings keinerlei Hemmungen kannte und Tanja, sobald sie die Koppel betreten hatte, von oben bis unten nach mitgebrachten Leckereien untersuchte. Diese hatte wohlwissend nur das Notwendige eingesteckt und ließ die Leibesvisitation lachend über sich ergehen.

»Fertig?«, fragte sie, nachdem Beauty enttäuscht von ihr abgelassen hatte. »Na denn - Halfter an und ab die Post!«

Die Stute schlüpfte eifrig ins hingehaltene Halfter und folgte Tanja aus der Koppel heraus. Während Sahara unbeirrt an ihrer Stelle blieb, um zu grasen, eilte Donauzauber mit ihnen den Weg entlang. Schließlich stand er an der äußersten Ecke und ließ ein enttäuschtes Wiehern hören, als sich die beiden zum Stall hin entfernten.

Tanja lächelte leise. Und höchst erfreut.

Abends saß sie mit Diana auf ihrer Terrasse. Während

letztere höchst aufgekratzt wirkte, war die Hausherrin eher melancholisch.

»Na was denn, nur weil Max mal wieder auf Tour ist? Mensch, das bringt doch sichere Kohle!«

»Ja. Nur - Geld allein ist nicht alles! Außerdem trägt sich die Anlage mittlerweile, er müsste also gar nicht mehr unbedingt mit seinem Geschäft weitermachen.«

»Was sollte er dann tun?! Meinst du, die Arbeit mit deinen Kursen würde ihn auf Dauer wirklich ausfüllen und glücklich machen? Er geht doch in seiner Arbeit - selbständig und Chef noch dazu - voll auf! Soll er hier vor lauter Frust ein Auge auf die Reiterinnen werfen? Wäre dir das lieber? Ich denke da nur an die Dramen mit eurem früheren Reitlehrer, weißt du noch? Jeden Kurs eine neue Liebschaft…«

Entrüstet blickte Tanja die Freundin an. »So etwas würde Max nie machen, ist ja wohl klar!«

»Nicht er, Süße, nicht er! Aber du weißt doch, dass gewisse Frauen total austicken, wenn sie einen attraktiven Mann in ihrer Nähe haben! In einer Gruppe sind mindestens zwei davon! Da geht es weniger um Max als um das pure Gebaggere während der Kurse. Das willst du nicht erleben, glaube mir!« Mit diesen Worten hob Diana ihr Weinglas, das mit einem duftenden Nero d'Avola gefüllt war.

Tanja wirkte etwas zweifelnd, doch die Worte der Freundin leuchteten ihr ein. Immerhin hatte sie tatsächlich das ein oder andere Mal durchgemacht, wie sich Teilnehmerinnen ihrer Kurse hemmungslos an Max herangeworfen hatten - und diesen Frauen war es höchst schnurzegal gewesen, dass sie als Ehefrau danebengestanden hatte!

Sie schüttelte den Kopf. Trübes Thema.

Ein Seufzen entkam ihrer Brust.

»Was denn, was denn? Du solltest heute Abend definitiv bessere, was sag ich, beste Laune haben! Denk doch mal an Beauty! Heute Mittag hast du mich sogar während des Malkurses gestört, weil du so glücklich über eure Arbeit warst!«

»Das war ganz am Ende, und auch nur deshalb, weil du weit überzogen hattest! Eigentlich wärest du schon längst fertig gewesen«, verteidigte sich Tanja.

»Ja, ist auch nicht wichtig! Jedenfalls war das ein absolutes Highlight für dich! Und dann die so gut verlaufene Untersuchung von Donauzauber vorhin! Ich dachte, deshalb gibst du dieses Schätzchen hier aus?«

Diana schwenkte den Wein im Glas, der faszinierende Lichtreflexe über die Terrasse warf. Schon war Katze Carina, die bisher auf dem Schoß von Tanja gedöst hatte, herangeschossen, um die interessanten, flüchtigen Wesen zu fangen. Sie ließ sich nicht davon irritieren, dass diese ihr immer aufs Neue entglitten.

Tanja begann nun doch zu lachen. Wie aufs Stichwort kamen prompt Charles und Mortimer aus dem Garten herbei, um das Treiben ihrer vierbeinigen Freundin zu verfolgen. Doch beide kamen zu keinem Schluss, deshalb ließen sie sich letztlich zu Füßen von Tanja niederplumpsen. Die streichelte beiden über die hochgereckten Köpfe, dann lehnte sie sich - plötzlich deutlich zufriedener -in die Tiefen der Couch zurück.

»Der Zauberer… ja, das ist in der Tat eine mystische Geschichte mit diesem Pferd…«, sinnierte sie, während sie Kreise auf die Sitzpolster malte.

Ausnahmsweise blieb Diana mal still. Sie spürte offenbar den Hader, der in ihrer Freundin tobte. Im Augenblick war sie nur froh, dass Tanja wieder ins Positive kam. Was hatte dieses Pferd nur in Tanja so aufgewühlt, dass sie sie kaum noch erkannte? Das war doch überhaupt gar nicht typisch für ihre Freundin - immer wieder melancholisch, manchmal sogar regelrecht depressiv! Ganz leichte Anklänge hatte es zwar schon früher gegeben, aber niemals so stark ausgeprägt. Instinktiv spürte sie, dass das Thema noch nicht durch war, sich vielmehr seinem Höhepunkt näherte.

»Margot ist total zufrieden mit ihm. Sie hat vorhin wieder die Muskulatur von ihm aufgemacht und meint, das sei kein Vergleich mehr zu Sonntag. Donnerstag macht sie ihn nochmal, und am Samstag steht sie extra früh auf, um ihn ein letztes Mal zu massieren und zu akupunktieren.«

»Kannst du selbst nicht auch was machen? Ein wenig die Muskeln lockern? Oder Akupressur? Dafür muss man doch kein ausgebildeter Fachmann sein, oder?«

»Das hat mir Margot auch schon vorgeschlagen. Sie will es mir Donnerstag Abend zeigen. Außerdem hat sie mir ein Buch dazu empfohlen, ist schon bestellt. Wir bleiben ja in Kontakt. So kann sie mir bei etwaigen Änderungen auch weiterhin Unterstützung geben.«

»Wahnsinn, oder? Die muss echt zu tun haben… Du bist ja nicht ihre einzige Kundin. Ob die überhaupt noch einen freien Tag hat?«

Tanja schüttelte ihren Kopf. »Scheint nicht so. Da geht es uns bedeutend besser! Wir haben immerhin zwischendurch ein paar Tage frei, vor allem in der Nebensaison.«

»Solltest du den Reitbetrieb nicht auch weiter ausbauen? Ich meine, du willst doch eventuell komplett davon leben. Lass einfach Max etwas zustoßen – was dann? Seine Erbschaft hat er doch komplett hier hineingesteckt!«

»Ich glaube, das werde ich überlegen, wenn es soweit sein sollte. Jetzt - nein, ganz klar«, sie schüttelte ihren

Kopf, »jetzt ist gar nicht der Zeitpunkt für eine so weitreichende Entscheidung! Jetzt genieße ich einfach das, was ich mir aufgebaut habe! Wenn das Ganze plötzlich in Stress ausartet, mache ich etwas falsch! Klar habe ich auch schon darüber nachgedacht, die Anlage besser auszulasten, mehr Kurse anzubieten. Vielleicht einen Wellness-Tempel dazu bauen. Oder Reitabzeichen-Kurse anzubieten. Das boomt immer. Aber will ich das? Wirklich?« Sie blickte ihrer Freundin direkt in die Augen. »Nein! Ich will mein kleines Paradies genießen! Und Max ist ja nicht dauerhaft unterwegs. Er hatte ja den Absprung in ruhigere Gewässer bereits geplant, sogar schon geschafft. Wären die Vierlinge von seinem Geschäftsführer nicht völlig überraschend dazwischengekommen… Nun - dann wird es eben später. Aber - es wird!«

Zuversichtlich strich sie Carina, die das Fangen des Farbspiels aufgegeben und sich mittlerweile wieder auf ihrem Schoß niedergelassen hatte, über den Körper.

Diana registrierte erleichtert, dass Tanja sich gefangen hatte. Raus aus der Melancholie, das war wichtig!

Vorbehaltlos stimmte sie ihr deswegen auch zu. »Du hast recht! Viel ist nicht immer viel, das wird in unserer Zeit komplett überschätzt! Ja, es ist wirklich besser, weniger zu haben oder zu machen, und das dafür in Gänze auszukosten, zu genießen!«

Sie warf einen Blick zu Tanja hinüber, die mittlerweile wieder eine bessere Gesichtsfarbe aufwies. Auch spielte ein Funkeln in ihren Augen, das Diana in der letzten Zeit vermisst hatte. Seit wann eigentlich genau? Plötzlich wusste sie es – es hatte mit der Ankunft des Zauberers begonnen! Zumindest hatte sie das so in Erinnerung.

»Nächste Woche kommt ja auch Elinor! Stell dir nur

vor, sie hat es tatsächlich geschafft, noch am selben Tag einen Flug hierher zu bekommen! Ihr Flug von Gran Canaria geht am Sonntag frühmorgens, sie landen um acht Uhr, dann ab nach Hause, Wäsche waschen, Koffer neu packen, und zwölf Stunden später ist sie schon wieder auf dem Weg hierher! Unglaublich, diese Frau!« Tanja schüttelte lachend den Kopf.

»Tja, es gibt eben die Normalos auf dieser Welt. Und dann noch die ganz speziellen Elinors...«, grinste Diana. »Ich bin schon gespannt, was sie dieses Mal so im Gepäck hat! Und damit meine ich keine Urlaubsmitbringsel!«

Ein schelmischer Blick traf die Freundin, der ähnliche Gedanken im Kopf schwebten.

SONNTAG

Tanja hatte den Abend am Flughafen verbracht. Zum einen musste Max in die USA reisen, zum anderen kam Elinor nur gute zwei Stunden später an. Eine Rückfahrt hätte sich also nicht gelohnt. So saß sie in einer Bar, trank in Anbetracht ihrer guten Vorsätze keinen Kaffee, sondern probierte verschiedene Teesorten aus. Früchtetee ging schon mal gar nicht, das war mittlerweile klar.

Ansonsten versuchte sie, ihre Gedanken zu sortieren. Keine ganz so einfache Angelegenheit, schwirrten diese doch höchst ambitioniert in ihrem Kopf und sonst wo herum. Die ganzen letzten fünf Tage schon, mit jedem Tag mehr. Vor allem aber seit dem gestrigen Morgen.

Als sich endlich Elinor durch die Glastür schob, ging für Tanja die Sonne auf.

»Herzchen! Komm in Muttis Arme! Na, meine Kleine, wie geht es dir?«

Zahllose Menschen drehten sich bei diesen Fanfarentönen auf der Suche nach der Quelle um - nur um zu sehen, wie eine schlanke Frau von einer sicher viermal so beleibten fest in die Arme genommen wurde. Schon verstummten die Geräusche, denn Elinor wiegte Tanja sanft.

Tausende von Tränen strömten über deren Gesicht, sie wurde von leisen Schluchzern geschüttelt.

»Schhh, schhhh… Was ist denn los, Hase?« Mit diesen Worten schob Elinor sie auf Armeslänge von sich, ohne sie loszulassen.

Doch Tanja schüttelte nur ihren Kopf, fuhr sich über die nassen Wangen.

Allmählich wurde sie sich der Tatsache bewusst, dass

immer noch etliche neugierige Augen sie musterten, die einen mitleidsvoll, die anderen sensationslüstern.

Schließlich brachte sie hervor: »Es ist einfach nur so schön, dass du da bist!«

Und blickte der innig vermissten Freundin tief in die Augen.

»So, so…«, murmelte diese.

»Weißt du, ich verstehe das alles nicht! Es geht mir doch eigentlich so gut! Ich lebe meinen Traum mit der Reitanlage, ich habe einen tollen Mann und super Freundinnen, fantastische Angestellte, wir veranstalten jetzt unsere wunderbaren Bewusstseins-Seminare - aber irgendwie läuft irgendwas schief… in mir, meine ich!«

»Mmmh… Weinchen?« Mit einer Kopfbewegung deutete Elinor auf eine Bar.

Doch Tanja schüttelte unter den langsam versiegenden Tränen ihren Kopf. »Ich bin die Fahrerin. Du weißt doch, kein Alkohol am Steuer!«

»Herzchen, nicht böse sein - im Moment möchte ich dir durchaus nicht mein Leben anvertrauen!« Elinor lachte ihr dröhnendes Lachen, das so herrlich unrhythmisch aus ihr herausschepperte.

Selbst Tanja musste grinsen. »Sollte das eine doppelte Verneinung gewesen sein? Und falls ja - was willst du mir damit sagen?«

Ein kurzes Stutzen.

»Das wird mir jetzt zu intellektuell! Komm!«, konstatierte Elinor mit einem schelmischen Blick und zog Tanja nun doch in Richtung Ausgang.

Gemeinsam öffneten sie den geräumigen Geländewagen, brachten die Reisetaschen im Kofferraum unter. Die Hunde schnappten schier über vor Freude über das Wiedersehen mit der Tierkommunikatorin, die sich entsprechend lange und hingebungsvoll den beiden Fellnasen widmete.

Während der gesamten Fahrt schwiegen die Frauen. Als Tanja zum Künstlerdorf abbiegen wollte, wo Elinor wie üblich ›ihr‹ Häuschen bewohnen würde, legte diese eine Hand auf ihren Arm und deutete mit dem Kinn in Richtung Stallungen.

»Erst zum Zauberer!«, verlangte sie.

Tanja nickte, fuhr geradeaus weiter. Vor dem Stalltor ließ sie das Auto ausrollen und öffnete die Tür. Einen Augenblick blieb sie sitzen, beobachtete die Freundin, die für ihre Körperfülle unerwartet behände aus dem Wagen gesprungen und bereits am Tor angelangt war. Elinor warf einen Blick zurück, machte eine auffordernde Armbewegung und verschwand im Stall, in dem gleich darauf das Licht aufflackerte.

Tanja schluckte und folgte ihr.

An der Box vor Donauzauber fand sie Elinor, die hineinblickte zu dem Wallach. Dieser präsentierte ihr allerdings nur das Hinterteil. Nachdem er keine Anstalten machte, sich umzudrehen, sah sie zu Tanja hinüber, die unschlüssig am Tor verharrte.

»Was ist los? Was ist geschehen? Ich dachte, er hätte sich so unglaublich zu seinem Vorteil verbessert?«, verlangte Elinor zu wissen.

Ihr Blick glitt zwischen Tanja und Donauzauber hin und her.

»Verstehe… ihr habt euch gerade nicht allzu viel zu sagen…«, murmelte sie leise vor sich hin.

Gedankenverloren streichelte sie die Nase von Beauty, die dafür umso mehr Beachtung erzielen wollte. Und Leckerlis.

Doch Elinor hatte nur zwei Stücke Würfelzucker von der Reise abgestaubt, die eigentlich für Donauzauber bestimmt waren. Der aber weigerte sich beharrlich, seine Ruheposition zu verändern. Nur ein gelegentliches Ohrzucken verriet, dass er durchaus an den Vorgängen um ihn herum interessiert war.

Inzwischen war Tanja herangeschlendert, die Hände in den Taschen. Sie stellte sich vor Beauty, kraulte ausgiebig ihren Hals und zog ein Leckerli aus der Hose hervor. Das einzige, wie schnell auch die Stute enttäuscht feststellte.

Tanja wurde sich des lauernden Blickes ihrer Freundin bewusst. So zuckte sie die Achseln und wandte sich von den Boxen ab.

»Naaaa?«, verlangte Elinor zu wissen und hielt sie mit einem raschen Griff am Arm davon ab, die Fliege zu machen.

Damit hatte Tanja nicht gerechnet und wäre deshalb fast ins Straucheln geraten.

»Ups«, machte Elinor. Sie bleckte unter einem schuldbewussten Lächeln ihre Zähne. »Ich sehe schon, du bist ein wenig wackelig auf den Beinen! Gut nur, dass Elinor wieder da ist!«

Sie nickte zufrieden, um sich mit dem Ausdruck seeligster Behaglichkeit gegen das Gitter der Box zu lehnen.

Tanja warf ihr einen kummervollen Blick zu.

»Willste nun endlich rausrücken mit der ganzen Geschichte? Oder bist du gerade im Schweigemodus?«

Die Angesprochene schluckte, strich sich mit der Hand eine Strähne aus den Augen und wandte sich Donauzauber zu. Der legte für einen kurzen Moment die Ohren an, während sein Schweif eine peitschende Bewegung vollführte.

»Bis gestern Morgen lief alles bestens. Wirklich! Er wieherte mir sogar zu, wollte voll dabei sein - er hatte

sich um hundertachtzig Grad gedreht... Dann aku-
punktierte Margot ihn noch einmal. Ab Mittag, nachdem er ausgeschlafen hatte, wurde er unruhig. Er begann hin- und herzuwandern, immer erregter. Als ich
zu ihm ging, um ihn reinzuholen, war er bereits wieder
ablehnend, aber immerhin noch halbwegs kooperativ.
Heute Morgen - heute Morgen...«

Tanja schluchzte auf.

Wortlos reichte ihr Elinor ein Taschentuch, das sie
geräuschvoll nutzte.

»Als ich in seine Box reinging, um ihn für die Koppel
fertigzumachen, begann Beauty in ihrer Box eine Rie-
senterz zu veranstalten. Ich blieb stehen, um rüberzu-
gucken. In genau dem Moment schlug Donauzauber
gezielt nach mir aus! Mit voller Wucht und beiden Beinen! Verstehst du? Nur einen Schritt weiter und... -
Beauty hat mir mein Leben gerettet! Er wollte mich in
dem Moment plattmachen! Wer weiß, in was er sich
dann verstiegen hätte... ich möchte gar nicht darüber
nachdenken, wirklich nicht!« Tanja schüttelte verzweifelt ihren Kopf und lehnte ihn gegen das Gitter.

Elinor schwieg weiterhin beharrlich.

»Was mache ich nur falsch? Was habe ich unbeabsich-
tigt provoziert? Warum reagiert er nur so?«

Die Fragen, das war Elinor klar, stellte Tanja mehr
sich selbst als der Freundin.

Schließlich warf sie doch etwas ein. »Sag mal, diese
Margot - hat sie dir eigentlich gesagt, dass man mit ihren Behandlungsmethoden, speziell mit der Homöopathie, aber ebenso mit der Akupunktur, auch eine Erstverschlechterung bewirken kann? Die einem dafür
auch genau anzeigt, dass man das richtige Mittel ver-
wendet, auf dem richtigen Weg ist?«

Tanja hob erstaunt den Kopf. Eine Erinnerung flackerte in ihren Augen auf. Dann schlug sie sich mit der flachen Hand gegen die Stirn.

»Die Erstwirkung! Ich Trottel! Oh mein Gott, das habe ich voll vergessen! Gestern die zweite Akupunktur, die eigentlich zwei Wochen zu früh war, wie Margot extra noch betont hat. Und vor zwei Tagen habe ich die homöopathischen Mittel gewechselt.«

Mit eifrigem Blick wandte sie sich dem Wallach zu, taxierte ihn von Kopf bis Fuß. Der seufzte leise auf, ließ seinen Kopf hängen, samt Augenlidern und Ohren und bot nun ein Bild des seligen Friedens.

»Du meinst, das könnte morgen schon vorbei sein?« Hoffnungsvoll blickte Tanja ihre Freundin an.

Die zuckte die Achseln. »Weiß nicht. Möglich ist schließlich alles…« Mit einem schelmischen Blick zu ihr hinüber meinte sie: »Vielleicht solltest du ja die gleichen Globuli schlucken.«

Tanja stutzte. »Wie meinst du das?«

Ein angelegentlicher Blick blieb die einzige Antwort.

Nach einer Weile des Grübelns strich sie vorsichtig am Gitter entlang. »Du denkst, dass er mein Spiegelbild ist! Das ist es, nicht wahr? Darum dreht es sich, habe ich recht?«

Die Erkenntnis traf sie tief.

Elinor blickte sie nur ruhig an.

›Fast wie ein Pferd‹, schoss es Tanja durch den Kopf. ›Seelenvolle Augen, ganz im Hier und Jetzt.‹

»Meine eigenen Erlebnisse… die tiefe Enttäuschung mit meinem Ex-Mann…. Die mannigfaltigen Verletzungen, psychisch wie physisch… meine anschließende Flucht ans andere Ende Deutschlands…«

Ihre Stimme verklang.

Stille herrschte in der Stallgasse.

Die Pferde dösten, selbst Beauty hatte ihre Bemühungen, sich in den Mittelpunkt zu rücken, eingestellt.

Nach einer geraumen Weile erklang die tiefe Stimme Elinors. »Aufarbeiten. Es geht darum, deine Verletzungen, die du im tiefsten Keller deines Unterbewusstseins gelagert hast, ans Licht zu zerren und - das meine ich so, wie ich das jetzt sage - die Schönheit und die Geschenke hinter diesen schrecklichen Erlebnissen zu erkennen.«

Tanja prallte sichtlich zurück bei den letzten Worten. Ihr Gesicht verschloss sich. Mit abwehrenden Handbewegungen entfernte sie sich ein Stück von Elinor, brachte Raum zwischen sich und der Freundin.

Die blickte ihr tief in die Augen, bis auf den Grund ihrer Seele.

Tanja war das alles viel zu viel, sie floh. Aus dem Stall, über den Hof, Richtung Meer. Es war wie ein verzweifeltes Aufbäumen gegen einen übermächtigen Feind, wohlwissend um die eigenen, nicht vorhandenen Chancen.

Sie musste jetzt alleine sein.

Auch wenn das bedeutete, dass die Gespenster, die soeben mit ihren Namen geweckt worden waren, an die Oberfläche heranwaberten.

Sie würde sie erfolgreich zurückverbannen.

Ins namenlose Nichts.

In ihr eigenes Unterbewusstsein.

In die Kelleretage ihres Lebens.

Doch sie würden sie zeitlebens begleiten, ihr immer und immer wieder jene düsteren, melancholischen Augenblicke bereiten, wenn sie sich ihnen nicht stellte!

Das wurde ihr mit jedem Schritt die Allee hinunter klarer. Sie strauchelte, fing sich, taumelte weiter bergab, dem Meer entgegen. Ihre Gedanken flogen ihr voraus, einer dunklen, bedrohlichen Wolke gleich. Wieder stolperte sie, ging fast zu Boden, fing sich eben noch.

Plötzlich hörte sie Geräusche, ein merkwürdiges Gefühl mischte sich in ihr Bewusstsein. Bevor sie erstarren konnte, spürte sie Feuchte an den Händen. Ihre Hunde! Dankbar beugte sie sich zu ihnen hinunter.

»Charles! Mortimer! Meine kleinen vierbeinigen Engel! Wie schön!« Schluchzend barg sie ihren Kopf an den beiden, die sich dicht an sie herandrängten. Elinor musste sie wohlweislich aus dem Wagen gelassen und ihr nachgeschickt haben. ›Danke, Elinor!‹, klang es in ihrem Inneren.

Erschöpft ließ sie sich am Fuß einer mächtigen Platane zu Boden sinken. Die Hunde blieben dicht an ihr, als auch sie selbst sich ablegten. Charles robbte sogar mit den Vorderbeinen über ihre Oberschenkel, um seinen Kopf an ihren Bauch anzulehnen.

Ein tiefer Seufzer entfuhr Tanja. Dankbar streichelte sie das seidige Fell ihrer Begleiter.

Ein Zittern überfiel sie, hielt an.

Es war soweit.

Zeit, sich ihren Gespenstern zu stellen. Ihrer Vergangenheit.

Jetzt.

MONTAG

Glücklicherweise hatte Tanja diese Woche frei, zumindest bis Donnerstag. An diesem Tag kam eine Gruppe von Stammkunden für einen Kurzkurs, bis Sonntag Mittag. Dann war Schichtwechsel für einen regulären zwölftägigen Kurs. Ein etwas hektischer Tag für die Angestellten, die in kurzer Zeit die Häuser reinigen und neu herrichten mussten. Auch die Schulpferde traten an diesem Sonntag ein zweites Mal ihren Dienst zum Vorreiten an. Dafür konnten sie jetzt ein paar Tage die Koppel genießen und wurden nur einmal täglich von den Lehrlingen geritten.

Die Sonne schien bereits in ihr Zimmer, als Tanja endlich aufwachte. Höchst ungewöhnlich für sie, die sie am liebsten vor Sonnenaufgang auf der Terrasse saß und den meist unspektakulären, raschen Momenten des Tagesanbruchs beiwohnte. Irgendwie erdete sie dies immer wieder aufs Neue. Heute musste sie also darauf verzichten.

Doch sie fühlte sich gut. Es war noch nicht vorbei, das war ihr klar. Aber der Prozess hatte begonnen. Mit Macht. Und sie - sie hatte sich dem gestellt! Lange noch war sie in der Allee gesessen, hatte bewusst die tief verdrängten Bilder der Vergangenheit hochgeholt, sie von allen Seiten betrachtet, begutachtet.

Doch jetzt war Zeit zum Aufstehen! Energisch warf sie die Decke zurück, richtete sich im Bad und lief die Treppe hinunter, wo sie erst von den freudigen Hunden, dann von der mürrischen Marianna begrüßt wurde. Diese blickte an ihr hoch und runter, wandte sich mit einer ruppigen Bewegung Richtung Küche, wies gleichzeitig mit einer Hand auf die Terrasse.

Tanja verstand. Sie hatte heute im Refugium der Köchin nichts verloren. Auch recht. Dann eben bedient werden. Es gab schlimmere Schicksale…

Als sie auf die Veranda trat, erwartete sie die nächste Überraschung. Elinor saß behaglich auf der Couch, vor sich einen Milchkaffee in einer überdimensionalen Tasse, neben sich die Katze und mittlerweile auch die Hunde zu ihren Füßen.

»Na Herzchen, gut geschlafen?« Alleine die raue, laute Stimme zu hören tat Tanja in tiefster Seele gut. Das wurde ihr erst jetzt wieder richtig bewusst.

»Ja, danke!«, nickte sie mit strahlenden Augen.

»Gut gearbeitet?« Elinor hielt sie mit ihrem Blick gefangen.

Sie setzte sich auf die Schaukel. Bevor sie ihre Beine hochziehen konnte, erschien bereits Marianna mit einem Tablett. Staunend erkannte Tanja die Fürsorglichkeit ihrer Haushälterin. Neben einem weiteren Milchkaffee standen noch Kräutertee, der dezent duftete, und vor allem verführerisch aussehender, nahezu schwarzer Schokoladenkuchen darauf. Der Kern war noch leicht flüssig, ebenso wie Teile der Sahne. Ganz genau, wie Tanja es liebte!

Sie warf einen dankbaren Blick zu Marianna, die Tanja abschätzend beobachtete, während sie die einzelnen Teile auf dem Tisch stellte. Dann tat Tanja etwas, was sie bisher noch nie gemacht hatte. Sie sprang auf und fiel ihrer Haushälterin um den Hals.

»Danke, Marianna! Einfach nur danke!« Mit Tränen in den Augen verzog sie sich schnell wieder auf ihre Schaukel, um Distanz zu schaffen.

Wie peinlich! Was für ein Gefühlsausbruch! Was mochte ihre Angestellte nur von ihr denken?!

Aber Marianna hatte bereits reagiert. Ein Strahlen war über ihr Gesicht gezogen, kurz war Freude und Ergebenheit darin zu erkennen gewesen. Doch auch sie musste mit ihren Gefühlen haushalten. So nickte sie nur kurz, nahm geschäftig das Tablett auf und marschierte zur Tür, ehe Tränen die Tiefe ihrer Empfindungen verraten konnten.

»Na, das nenn ich mal emotional! Super! Fehlt eigentlich nur noch der Sekt zum Anstoßen!«, trompetete Elinor.

»Ich glaube, man muss es nicht übertreiben!« Tanja winkte milde lächelnd ab, sie war etwas verlegen ob der offenen Zurschaustellung ihrer Gefühle.

»Nee, hast recht! Ran an die Buletten! Das sieht aber auch herrlich aus!« Schnell verteilte Elinor die Kuchenstücke. Beim ersten Bissen schloss sie genussvoll die Augen.

»OOOOH! Mega lecker! Jetzt weiß ich wieder, was ich so vermisst habe!«

Tanja kostete ebenfalls ein Stück ihres absoluten Lieblingskuchens. Fantastisch! Ein anderes Wort traf es einfach nicht... Sie schmolz dahin, während sie genoss, aus tiefstem Herzen.

Als sie sich gestärkt fühlte, blickte sie Elinor an.

Diese wartete bereits.

»Ich habe es getan. Ich habe mir die Bilder der Vergangenheit angesehen. Alle. Es war - schmerzhaft. Aber ich bin durch. Zumindest mit dem Anschauen. Was genau kann ich nun machen? Ich meine, ich weiß, dass der Prozess noch nicht fertig ist...« Fragend sah sie zur Freundin hinüber.

Die beugte sich vor. »Jetzt, mein Hase, jetzt kommt der schwierige Teil. Ja, ich weiß, gestern war grausam. Rückblickend ist es aber gar nicht mehr sooo schlimm, oder? Heute geht es weiter. Du schreibst alles auf. Alles! Das brauchst du für die Zeremonie, die wir heute Abend gemeinsam mit Donauzauber durchführen. Darin geht es vor allem um Vergebung. Ja, schau mich nicht so an! Du vergibst deinem Ex-Mann! Kannst dich innerlich schon mal darauf vorbereiten!«

»Vergeben? Ich? Diesem Monster?!? Nicht ernsthaft, oder?!«

»Doch! Ganz genau das! Und weißt du warum? Weil du dich damit selbst heilst! Auf die wirksamste Weise! Ist dir denn eigentlich bewusst, dass du dich mit den negativen Gefühlen gegenüber deinem Ex-Mann und deiner Vergangenheit nur und ausschließlich dich selbst vergiftest? Meinst du denn, er spürt in irgendeiner Weise deinen Hass, deinen Groll, deine Rachegefühle? Nein, die Einzige, die das spürt, bist du selbst! Das macht dich krank! Das schönste Geschenk für dich ist - Vergebung! Von Herzen! Alles Nähere später. Viel Erfolg!«

Elinor leerte ihren Kaffee, erhob sich und winkte zum Abschied. »Lafayette wartet schon auf mich. Bis nachher!«, trällerte sie.

Tanja blieb zurück, erstarrt bei dem Gedanken, ihrem Peiniger von damals zu vergeben. Doch sie wusste, wollte sie dieses Stück Vergangenheit endgültig hinter sich lassen und damit auch die vielen negativen Gefühle, die sie bis in die Gegenwart hinein prägten, dann hatte sie gar keine andere Wahl mehr. Die Worte Elinors wirkten nach, drangen in die Tiefe.

Ja, sie wollte.

Lange Zeit noch saß sie auf der Schaukel, dann stand sie auf, um erst die Pferde zu versorgen und anschließend ihre Aufgabe zu erledigen.

Die Dämmerung begann hereinzubrechen. Elinor und Tanja hatten verabredet, sich nach dem Abendessen im Stall zu treffen. Letztere hatte Donauzauber bereits ordentlich geputzt, als sich das schwere Tor öffnete und Elinor hereintrat.

»Alles da?«, fragte diese und ließ ihren Blick durch den Stall schweifen, wo er an einem sauber gestapelten Packen Papier auf der Bank hängen blieb. Befriedigt nickte sie.

»Gut. Dann kommt mal! Nimm deine Aufzeichnungen mit!«

Tanja nickte gehorsam, ließ den Panikhaken am Halfter einschnappen, machte die seitlichen Stricke los und folgte Elinor, die das Stalltor weit geöffnet hatte. Im Vorbeigehen griff sie sich ihre zu Blatt gebrachten Erinnerungen.

»Wohin?«

Die Schamanin nickte nur und zeigte mit einer weitausholenden Handbewegung an, dass Tanja ihr folgen sollte. Die war etwas unsicher, hatte Donauzauber doch in den letzten Tagen immer deutlich seine eigene Meinung zu gemeinsamen Wegen geäußert. Doch entgegen ihrer Befürchtungen lief der Wallach brav und unauffällig mit.

Bis sie zum Eingang der Longierhalle kamen.

Der Ort, an dem Donauzauber beim letzten Mal in seine Angststarre und anschließend in tobende Panik verfallen war.

Auch er erinnerte sich.

Schon zeigte sich das Weiß in seinen Augen. Doch Elinor redete ihm leise zu; er schien den gutturalen Tönen intensiv zu lauschen. Und entschied sich, mit den beiden Frauen die Longierhalle zu betreten.

»Mach ihn los. Wir fangen jetzt erstmal mit dir an«,

befahl Elinor, nachdem sie sorgfältig das Tor geschlossen hatte.

Tanja hielt sich an die Anweisung und trat von dem nach wie vor erregten Pferd weg.

»Nun komm her zu mir! Wir wollen dich mal wieder ein wenig reparieren!«

Mit rauem Lachen zog Elinor Tanja heran, um sich dann hinter ihrem Rücken aufzustellen.

Keine Ahnung, was genau die Frau hinter ihr tat, aber es fühlte sich erst merkwürdig und dann stetig besser an. Wie ein Kratzen, ein Schmirgeln auf einer Oberfläche weit über der eigentlichen Haut, das dann zu einem zärtlichen Streicheln wurde. Sieben Mal zählte Tanja, von unten nach oben. Unten - das war in etwa auf Höhe des Steißbeins, dann den gesamten Rumpf entlang, endend über dem Kopf.

Schließlich war Elinor fertig und stellte sich befriedigt vor Tanja hin. Die hatte in der Zwischenzeit die Augen geschlossen gehabt.

»Naaa, Hase?« Es lag viel Hingabe und Zärtlichkeit in der Stimme der Schamanin.

Tanja öffnete die Augen, seufzte tief und dankbar auf. »Was war das? Was genau hast du mit mir gemacht?«

Elinor lächelte tiefgründig. »Ich habe gerade deine Chakren gereinigt. Gründlich! Jedes einzelne der sieben.«

»Oh«, machte Tanja.

Und nach einer Weile des Schweigens: »Das fühlte sich ganz komisch an. Stimmt - sieben Mal habe ich auch wahrgenommen!«

Sie staunte, während Elinor - entgegen ihrer sonstigen Natur - leise lachte.

»Das spricht dafür, dass du immer sensibler wirst! Wie geht es dir jetzt?«

»Ausgesprochen friedvoll!«, gab Tanja gerne zu.

»Schön. Schönschönschön«, antwortete Elinor zufrieden. »Nun setz dich auf den Boden, vertiefe dich in deine Papiere, in deine Erinnerungen.«

Tanja folgte der Aufforderung. In der Zwischenzeit glitt die Schamanin hinüber zu Donauzauber, der der Zeremonie staunend gefolgt war, um mit ihm zu arbeiten. Dabei ging sie ähnlich vor wie bei Tanja, nur dass sie dieses Mal über statt hinter dem Rücken bis zum Kopf hin arbeitete.

Als Tanja einmal hochblickte, nahm sie verblüfft wahr, wie der Wallach tiefenentspannt mit geschlossenen Augen hin- und herschwankte. Da trat Elinor bereits zurück, musterte erst Donauzauber und dann Tanja mit kritischem Blick. Ihr Urteil fiel scheinbar positiv aus, denn sie nickte erfreut, während sie in die Mitte zu Tanja trat.

»Breite die Schriftstücke im Kreis um dich herum aus«, verlangte sie. »Gut! Mach die Augen zu. Nun geh auf die Knie und halte deine beiden Hände über jedes Blatt, der Reihe nach, im Uhrzeigersinn. Nimm die Energie jedes einzelnen Blattes wahr und bringe Raum zwischen dich und diesem Gefühl. Lass dir Zeit! Das ist ein entscheidender Prozess!«

Tanja begann, den Anweisungen Folge zu leisten. Tatsächlich spürte sie bei jedem Stück Papier eine andere, wenn auch stets negative Energie. Teils unterschieden sie sich nur minimal, teils erheblich. Als sie fertig war, ließ sie sich nochmals in der Mitte des Kreises nieder, um die Erfahrungen zu reflektieren.

Die raue Stimme Elinors holte sie schließlich zurück. Mittlerweile befand Tanja sich in einer Art Trance.

»Hier ist ein Feuerzeug. Du zündest der Reihe nach jedes Blatt an, siehst zu, wie es verbrennt, gibst gleich-

zeitig deine negativen Energien hinein. Weg damit!«
Die letzten Worte hatte sie nachdrücklich, ja fast schon
zornig hervorgestoßen.

Tanja nickte.

Während nach und nach die Blätter in Rauch aufgin-
gen, begann sich ihre Stimmung zu lichten. Etwas
Merkwürdiges, Denkwürdiges geschah gerade!

Beim letzten Stück hielt Elinor sie auf. »Halt! Steh
auf! Bevor du diesen Zettel verbrennst, geh nochmals
tief in dich hinein! Hole noch das letzte Restchen Vor-
behalt gegen deinen Ex-Mann hervor! Auch das muss
nun in Rauch aufgehen!«

Tanja sog tief die Luft ein. Nach einer Weile zündete
sie die letzten Erinnerungen an und ließ das brennende
Schriftstück zu Boden sinken. Wie von Zauberhand
schwebte es an die Stelle, wo es vorher gelegen hatte.

Der Kreis hatte sich wieder geschlossen.

Sie warf einen Blick zu Donauzauber hinüber. Der
stand weiterhin still entspannt an seiner Stelle, ohne die
Augen von Tanja und den Geschehnissen zu lassen, die
Ohren aufmerksam gespitzt.

»Gut«, nickte Elinor befriedigt. »Setz dich wieder hin.
In die Mitte!« Sie deutete auf die noch leicht schwelen-
den schwarzen Papierreste.

»Schließe die Augen. Rufe in Gedanken deinen Ex-
Mann, bitte ihn hierher zu dir. Wenn du so weit bist,
dann nickst du.«

Tanja versuchte, sich zu fokussieren. Aus dem Nebel
tauchte ein Schemen auf. Instinktiv wollte sie diesen
zurückdrängen. Gleichzeitig rang etwas in ihr mit dem
Gefühl der hell auflodernden Angst. Ihr Mut siegte.
Langsam, ganz langsam nahm die nebulöse Gestalt die
Form ihres Ex-Mannes an. Tanja tat sich schwer mit
ihrer Atmung. Doch sie konzentrierte sich darauf, dort

zu bleiben, in dieser so tief verhassten und gefürchteten Begleitung.

Endlich nickte sie.

»Schön. Nun bittest du ihn um Vergebung für alles, was du ihm angetan hast. Und vergibst ihm das, was er dir angetan hat!«

Tanja schluckte. Sie versuchte, mit dieser Herausforderung fertig zu werden. Was hatte sie ihm denn schon angetan?! Sie war das Opfer, und nur das Opfer!

Doch plötzlich tauchten aus den Tiefen ihrer Seele andere Ahnungen auf.

Vielleicht hätte sie ihn unterstützen können. Sie hatte sie doch gespürt, die stillen Hilferufe, aber alles weit von sich gewiesen! Weil sie es nicht hören, nicht sehen wollte! Monatelang. Aus der Quartalssäuferei wurde ein immer häufiger werdender Zustand.

Vielleicht auch oder gerade deshalb, weil sie nicht eingeschritten war, weil sie ihm nicht geholfen hatte?

Stattdessen hatte sie lieber die Wahrnehmung der vielen Warnsignale verdrängt, in der Hoffnung, alles würde gut ausgehen. Die Augen fest verschlossen, den Kopf in den Sand gesteckt.

Auch dass sie sich nicht gewehrt hatte beim ersten Schlag, sondern brav die andere Wange hingehalten hatte, entsprechend ihrer Erziehung - Altes Testament lässt grüßen…

Allmählich wurde ihr immer klarer, dass sie erst mit ihrer willigen Hinnahme der Opferrolle ihren Mann zum Täter ermächtigt hatte - und das durch eigene Hand!

Immer mehr fiel ihr ein, öffnete es ihr die Augen.

Kein Täter ohne Opfer - kein Opfer ohne Täter!

Das eine bedingt das andere!

Jetzt machte es auch endlich Sinn für Tanja:

Vergebung gewähren - und Vergebung erbitten!

Sie spürte, wie sich Tränen in ihr sammelten. Unglaublich, wie sehr sie die Erkenntnisse dieser Zeremonie mitnahmen! Heiße Tropfen strömten über ihre Wangen, während sie nun genau das machte, was Elinor ihr vorgegeben hatte.

Vergebung! Unbeschreiblich...

Schließlich nickte sie nach gefühlten zehn Litern Tränen erneut.

»Nun nehmt ihr euch in die Arme! Ja, das geht jetzt! Wir befinden uns auf einer anderen Ebene. Der Ebene der universellen Liebe... Sende ihm Licht und Liebe und Segen! Dann könnt ihr euch verabschieden. Auf immer und ewig!«

Als Tanja fertig war, schlug sie die Augen auf. Dankbarkeit war darin zu erkennen, Losgelassenheit, tiefer Frieden - und allumfassende Liebe. Ein Gefühl, ein Leuchten, wie sie es nie zuvor gespürt hatte!

Sie wollte jetzt nicht reden.

Stattdessen stand sie auf, registrierte am Rande, dass Elinor gar nicht mehr da war, und trat zu Donauzauber, der sich ihr in der Zwischenzeit bis auf Armlänge genähert hatte.

Jetzt vergrub er leise schnaubend seinen Kopf an ihrer Brust. Tränen schossen über Tanjas Wangen, benetzten seine Augen. Er hielt still, drängte weiter sacht an sie heran. Ließ sie die Tränen für ihn weinen, die er nicht weinen konnte.

Nach einer langen, langen Zeit schließlich lösten sie sich voneinander.

Doch der Zauber war nicht gebrochen.

So, wie er sie ansah, wusste sie, dass etwas Entscheidendes geschehen war.

Etwas Lebensveränderndes. Für sie beide.

DIENSTAG

»Und wie ging es dann weiter? Was hast du gemacht?« Diana trieb ihre Stute Patsy energisch vorwärts, möglichst dicht an die vor ihnen gehende Beauty heran, die glücklich über den Ausritt am nächsten Morgen war. Nicht zu früh, das war einfach nicht Dianas Zeit. Wie sie lachend zu behaupten pflegte, auch nicht die ihrer Tiere. Patsy jedenfalls wirkte ziemlich müde.

Tanja hatte ihrer Freundin am späten Abend noch eine Nachricht geschickt. Sie wollte mit ihr am nächsten Tag ausreiten und dabei von ihren Erlebnissen erzählen. Als Diana dann prompt angerufen hatte, hatte sie das Telefonat nicht angenommen und ihr Handy auf lautlos gestellt. Zu diesem Zeitpunkt war sie noch in Trance. Ihre Freundin hatte ihr daraufhin eine Nachricht mit dem Daumen nach oben geschickt, dazu die Uhrzeit, zu der sie sich am üblichen Ort treffen wollten.

Doch jetzt, jetzt war Tanja pudelwach! Und voll ungeahnter Energie!

Sie drehte sich halb um. »Ich habe Donauzauber in die Box gebracht. Aber nicht am Halfter. Kein Strick mehr nötig... er ist mir hinterhergedackelt, als wären wir verbunden, wie eine Einheit. Das ist Magie!!! Das ist pure Magie!!!«

»Und vorhin, als du in den Stall gekommen bist? Wie hat er da reagiert?«

»Wie ein völlig anderes Pferd! Er ruht in sich. Ich glaube, das ist das beste Wort dafür! Er ist DA! Komplett angekommen! Du musst nachher mit auf die Anlage und ihn dir ansehen! Du wirst es nicht glauben!«

»Voll abgefahren! Da wäre ich gerne Mäuschen gewesen…«

»Kann ich verstehen! Aber ja, das war schon sensa-
tionell! Was Elinor alles so leistet…« Tanjas Stimme
verklang. Sie war noch immer tief beeindruckt.

»Meinst du, sowas kann man lernen?«

Tanja zuckte die Schultern, während Beauty fast im
selben Moment einen Satz zur Seite machte. Die Hunde
waren hinter einem Gebüsch aufgetaucht, vor ihnen ein
kleiner Hase auf der Flucht. Der suchte sein Heil unter
den Hufen der Pferde. Er hatte Erfolg, denn sofort folgte eine kleine Schimpftirade auf die Hunde, die sich
reuevoll zu Boden legten. Zumindest Charles. Mortimer verharrte unschlüssig auf dem Weg, von einem
Vorderbein aufs andere tretend, bis auch er sich auf
einen strengen Blick hin ablegte. Weg war der Hase…

»Also, um aufs Thema zurückzukommen - lernen
kann man das wohl nicht. Lernen ist ja eine intellektu-
elle Tätigkeit…«

»Wow, wie geschwollen sich das anhört!«, warf Diana
lachend ein.

Tanja grinste. »Auf jeden Fall von der linken Gehirn-
hälfte gesteuert. Rational eben. Dagegen entspringt das,
was Elinor macht, mehr dem Gefühl, also der rechten,
der kreativen Hirnhälfte…« Ihre Stimme verlor sich, sie
wurde grüblerisch. Dabei schlug sich ihre Stirn so in
Falten, dass Diana vor Lachen vom Pferd zu kippen
drohte.

»Bleib du mal lieber beim Gefühl, sonst überlebe ich
das nicht! Ernsthaft! Das sieht urkomisch aus, wenn du
so – intellektuell wirst!«

Tanja warf einen Blick nach hinten. Diana hing gerade höchst lässig auf ihrer Stute. Das schrie nach Rache!
Schon gab sie Beauty die Zügel frei. Die hatte bereits

die ganze Zeit auf eine Gelegenheit gelauert, das Tempo zu verändern und nahm das Angebot postwendend an. Ehe Diana es sich versah, hatte auch Patsy reagiert und schoss hinter der schwarzen Stute her. Lachend drehte sich Tanja um, während die Pferde den sandigen Waldboden entlangstoben. Diana hatte sich mittlerweile wieder in ihrem Sitz gefangen und drohte ihr feixend mit dem Finger. Doch auch sie genoss die Schnelligkeit des Rittes, den Rausch der Geschwindigkeit.

Als sie ihre Pferde wieder durchpariert hatten, meinte Diana atemlos: »Wow! Das nenn ich mal Tempo! Unverhofft kommt oft!«

Sie zwinkerte der Freundin zu, die Beauty ausgiebig lobte. Diese dehnte sich zufrieden nach unten und ließ sich auch von den beiden Hunden, die nun von hinten herangestürmt kamen, nicht im Geringsten irritieren. Sie hatte ihren Spaß gehabt. Zumindest den ersten. Jetzt galt es, den ein oder anderen mittlerweile raren Grasstengel zu ergattern, der sein unschuldiges Köpfchen am Wegesrand neigte.

»Um nochmal auf vorhin zurückzukommen – ich glaube, das entspringt gar keiner Hirnhälfte! Ich würde es eher – Verbundenheit nennen. Ja, ich denke, das ist das richtige Wort dafür! Verbundenheit mit etwas, das so viel größer ist als wir, dass wir es uns überhaupt gar nicht vorstellen können! Verstehst du, ich konnte meinem Ex-Mann tatsächlich vergeben! Ich konnte ihn wirklich segnen und mit Liebe überschütten!«

Tanja schüttelte den Kopf.

»Völlig undenkbar, noch vor wenigen Stunden! Und dann dieses Gefühl, dieses Wahnsinnsgefühl! Liebe, grenzenlos, alles verbindend!«

Ihr traten schlagartig die Tränen in die Augen bei dieser Erinnerung.

Diana war plötzlich tief berührt.

Sie zog die Zügel an, Beauty blieb automatisch neben Patsy stehen. Die Freundinnen blickten sich in die Augen. Sanft berührte Diana den Oberarm von Tanja.

»Ich spüre auch etwas davon. Danke!«, wisperte sie.

Genau in diesem Moment brach die Sonne durch die Blätterdecke, als hätte jemand die Zweige zur Seite genommen. In den Sonnenstrahlen pulsierte das Licht, hob Blätter und Blüten zauberhaft hervor, ließ einen bunten Schmetterling, der hoch in der Luft über dem Weg taumelte, magisch erstrahlen.

Die Frauen sahen sich mit offenem Mund an. Tanja sog tief den Atem ein, beugte sich nach vorne und umfasste mit beiden Händen den Hals von Beauty, die sich das gerne gefallen ließ.

Als aber noch ein, zwei Tränen nach unten auf ihr Fell tropften, entschied sie, dass es nun genug mit zauberhaften Momenten sei. Eine musste ja schließlich die Bodenhaftung behalten! So warf sie energisch ihren Kopf hoch und setzte sich wieder in Bewegung. Die Zweige wurden vom Wind losgelassen, das Blätterdach schloss sich über der Gruppe.

»Was war das denn?«, wunderte sich Diana, die kein Hehl aus ihrer Berührtheit machte. Auch sie wischte sich die nassen Spuren von der Wange.

»Das, meine Beste, das ist das Leben! Die Liebe! Die Erkenntnis…«

Lachend trabte Tanja an, erfüllt vom schönsten Gefühl ihres Lebens. Das sie am liebsten gespeichert hätte auf ihrem Handy, zum jederzeitigen Hervorholen und darin Versinken. Schade, dass das nicht ging… Denn Erinnerungen, das wusste sie mittlerweile, waren wankelmütige Gesellen, die auch gerne mal ihre Gestalt veränderten.

Tatsächlich ritten die beiden Freundinnen direkt hinüber zum Stall, wo sie Erik, der gerade mit tiefer Leidensmiene auf dem Hof verirrte Stroh- und Heuhalme zusammenrechte, die Pferde in die Hand drückten. Leise öffnete Tanja das Stalltor, schlüpfte mit Diana hindurch und ging alleine zu Donauzauber.

Diana bezog etwas entfernt Stellung, so dass sie das Geschehen gut beobachten konnte, ohne den Wallach zu irritieren. Der zeigte sich völlig aufgeräumt, schien glücklich und zufrieden über das Auftauchen von Tanja und brummelte sogar leise. Sie schob die Boxentür auf und streichelte ihm über den Hals, bis sie ihn schließlich gänzlich mit beiden Armen umfasste. Donauzauber knibbelte zärtlich an ihrem Rücken, seine Oberlippe machte massierende Bewegungen. Nach geraumer Weile ließ Tanja ihn mit Tränen in den Augen los und trat einen Schritt zurück.

»Siehst du? Ein völlig anderes Pferd!«

Diana nickte, trat näher.

Der Ausdruck in Donauzaubers Augen änderte sich nicht. Er schien tief in sich zu ruhen. Auch, als Diana direkt bei ihm stand, um ihn zu berühren, zu streicheln, blieb er absolut entspannt stehen.

»Wahnsinn!«, stieß sie beeindruck hervor. »Was ist da an Wundern geschehen! Allmächt, das ist doch nicht zu glauben!«

Tanja nickte glücklich. »Ja, nicht wahr? Ich bin gespannt, was passiert, wenn ich ihn heute das erste Mal arbeite.«

»Wo ist eigentlich Elinor?« Fragend blickte sich Diana um.

»Die schläft vermutlich noch…«

Just in diesem Moment öffnete sich erneut das Tor

und besagte Frau erschien dort, umstrahlt vom Gegenlicht.

›Fast wie eine Erscheinung‹, kicherte eine Stimme in Tanja.

»Wer ruft nach mir?«, dröhnte der tiefe Bass durch die Stallgasse.

Ein spontanes Lachen platzte aus Tanja heraus. »Passt! Aber so was von…«

»Aha! Wusste ich es doch! Meine Ankunft ruft immer nur positive Resonanz hervor!« Befriedigt nickte Elinor, während sie zu den beiden Frauen in die Box trat.

Donauzauber senkte den Kopf, um ihn sachte an der Schamanin zu reiben.

»Na, Zauberer, alles im Griff?«

Wie zur Bestätigung schnaubte dieser und nickte mit seinem Kopf.

»Schön! So, Ladies, denn kommt mal raus und versorgt eure Pferde! Die fressen nämlich gerade den unglückseligen Erik auf. Mit Haut und Haaren! Gebt ihr denen denn nichts zu futtern? Und dann trinken wir erstmal in Ruhe einen leckeren, starken Kaffee! Ich besorge in der Zwischenzeit ein paar süße Teilchen. Eine solide Grundlage muss sein!«

»Für was denn?«, wollte Tanja prompt wissen.

»Na, für den Tag natürlich!« Elinors Augen funkelten. Und Tanja wusste - da war noch was im Busch…

Diana hatte beschlossen, erst später nach Hause zu reiten, deshalb bezog Patsy solange mit Sahara die Weide hinter dem Stall. Tanja wollte Donauzauber nicht irritieren, deswegen blieb Beauty zur Gesellschaft vorläufig in ihrer Box, wo sie zufrieden erst ihr Kraftfutter mümmelte und dann an dem Heu weiterknabberte, das von morgens noch bereitlag.

Die Frauen setzten sich mit herrlich duftendem Gebäck vom örtlichen Konditor - Elinor hatte sich für den Einkauf das entsetzlich quietschende Rad von Marianna ausgeliehen - samt ihren Kaffeetassen vor den Stall in die späte Morgensonne.

Elinor blinzelte zufrieden ins goldene Licht, gab sich aber entgegen ihrer sonstigen Manier ausgesprochen wortkarg. Auch Tanja verspürte im Moment nicht das Bedürfnis zu reden. Nur Diana machte wie so oft den Clown. Und so lachten die drei immer wieder herzlich.

Von den Lachsalven magisch angezogen, setzte sich erst Erik, dann auch Stanis und schließlich Peter dazu. Ein Wort gab das andere, die Zeit schien in dem fröhlichen Geplänkel zu verfließen, bis schließlich das Mittagsläuten der fernen Dorfkirche ein schuldbewusstes Grinsen in die Gesichter der drei Männer zauberte. Doch Tanja winkte ab - das war schon alles in Ordnung so!

Zusammen erhoben sie sich, um zum Mittagessen ins Künstlerdorf hinüberzugehen.

Doch bevor Tanja sich in Bewegung setzen konnte, zog Elinor sie wieder auf die Bank hinunter. Zu den Männern sagte sie: »Geht ruhig schon mal voraus. Muss noch eine Kleinigkeit mit den Mädels beschnacken. Frauengeheimnisse und so...« Sie zwinkerte Stanis zu.

Der verstand, nickte und lief mit den beiden Lehrlingen los. Diana zögerte kurz, setzte sich aber nach einem zustimmenden Blick von Elinor wieder hin.

»Guuuut.«

Mit einem tiefen Seufzen streckte sich die Schamanin auf der Bank nach hinten und räkelte sich. »So. Denn woll´n wir mal!«

Diana und Tanja wandten neugierig ihre Blicke erst

zu ihr, dann Richtung Stall und schließlich wieder zurück zu Elinor.

»Macht ihr gerade auf Synchron? Witzig, ihr seid echt
ganz schön verbunden… Apropos verbunden - hast du
gestern eigentlich was gemerkt, als ich weg war? Ist da
noch was Wichtiges passiert?«

Tanja blickte sie aus großen Augen an. Natürlich! Sie
hatte Elinor noch gar nichts von dem weiteren Verlauf
des Abends erzählt! Schnell holte sie das alles nach,
ging bis ins Detail.

Auch Diana hörte sich das gerne ein zweites Mal an,
war sie vorhin doch immer wieder etwas abgelenkt
gewesen vom Reiten, der Umgebung und dem Verhalten der Tiere um sich herum.

»Schön. Schönschönschön«, machte Elinor nach dem
Bericht zufrieden.

Sie atmete tief ein. »Dir ist bewusst, dass du die Tränen geweint hast, die Donauzauber nicht weinen kann?
Das war wichtig, ganz wichtig! Für euch beide!«

Sie schwieg, während Tanja über die Tragweite der
Bedeutung dieser Worte nachdachte.

»Das hat euch verbunden. Tief verbunden. Ihr habt
einen Pakt geschlossen, ja, so kann man das wohl sagen.« Wieder verstummte die Schamanin.

Erst nach einer Weile fuhr sie fort, während sie sich
am Tisch abstützend hochstemmte. »So Mädels, denn
woll´n wir doch mal sehen!«

»Was hast du vor?«, fragte Tanja.

Diana war bereits aufgesprungen.

»Arbeiten natürlich!« Elinors Schmunzeln zog übers
ganze Gesicht.

Sie waren diesmal zum Roundpen gegangen.

Donauzauber ließ sich nicht anmerken, ob ihn die

Größe der Begleitmannschaft irritierte - er wirkte nach wie vor geerdet und in sich ruhend.

Auch, als Tanja den Panikhaken losmachte und einen Schritt zur Seite trat, geschah nichts. Sie ging zum Eingang, entnahm dem Peitschenhalter eine mittellange Gerte, kehrte zurück zu dem Wallach.

Auch jetzt geschah nichts. Tanja hob den Stock, um mit ihm das Fell von Donauzauber zu streicheln. Elinor stand vor dem Eingang, ein seliges Grinsen im Gesicht. Schließlich ging Tanja, weiterhin die Gerte zum Streicheln in der Hand, einmal gesamt um Donauzauber herum. Der blieb weiterhin ruhig und entspannt stehen, zuckte weder bei der Berührung am Rücken, Rumpf, Beinen oder gar Gesicht.

Tanja strahlte, lobte den Wallach ununterbrochen und trat schließlich rückwärts an das Tor, ohne Donauzauber aus den Augen zu lassen.

»Unglaublich! Das ist doch ganz und gar unglaublich, oder?« Tränen schossen ihr in die Augen, als sie sich zu ihren Freundinnen umdrehte.

Diana war ebenso verblüfft wie berührt. Sie fand keine Worte, schüttelte nur den Kopf.

Anders dagegen Elinor. Sie strahlte wie ein Weihnachtsbaum vor goldenem Sonnenaufgang und trompetete heraus: »Na, Kindchen, denn man los! Jetzt fängt die Arbeit an!«

Tanja warf ihr einen undefinierbaren Blick zu, schluckte und ging wieder in die Mitte zu Donauzauber. »Hast du gehört?«, murmelte sie dem Wallach zu. »Jetzt geht es los! Wollen wir? Tanzen?«

Der Wallach schnaubte, schlug den Kopf hoch und setzte sich in Bewegung. Im Schritt lief er an die Bande hinaus, folgte dem Rundweg. Tanja machte sich etwas kleiner, um daraus in die Höhe zu schnellen.

Prompt trabte Donauzauber an. Mit weitausholenden Bewegungen umkreiste er Tanja, verringerte den Abstand, wölbte spektakulär seinen Hals, setzte sich in Szene. Diese lachte laut auf, der Wallach galoppierte an. Er schien sich in bester Manier präsentieren zu wollen.

Zwischendurch warf Tanja gelegentlich einen Blick hinüber zu ihren Freundinnen. Nach offensichtlichem Unglauben über das, was sich ihr bot, hatte Diana sich schnell erholt und pragmatisch reagiert: mit ihrem Handy filmte sie die Vorgänge im Roundpen.

Endlich hatten Tanja und Donauzauber genug getobt. Der Wallach lief im Schritt außen herum, Tanja an seiner Innenseite, ihn dabei lobend und kraulend. Er ließ sich das ganz offensichtlich gern gefallen, mehr noch, er schien es sogar zu erwarten! Sobald sie in ihrem Bemühen um ihn nachließ, forderte er sie prompt mit einem sachten Nasenstüber auf weiterzumachen.

Lachend lief Tanja schließlich zum Tor hin, nahm den Strick, um ihn am Halfter einzuhaken und wandte sich zu Elinor hin. »Unglaublich, oder? Schlicht und ergreifend unglaublich! Danke!!!«

»Mh«, machte diese zufrieden und nickte stolz.

»Ich habe das aufgenommen, zumindest den zweiten Teil. Dann hast du was für Kathrin!«, kam es von einer faszinierten Diana.

In diesem Moment zog eine kleine schwarze Wolke über das Gesicht von Tanja. »Kathrin... ja... Danke, Diana! Das ist eine gute Idee...« Ihre Stimme wurde immer leiser.

Elinor und Diana warfen sich einen Blick zu.

»Er ist ein Ausbildungspferd, schon vergessen?« Dianas Stimme drang kaum zu Tanja durch. »Außerdem weißt du nicht, wie er sich weiterentwickelt!«

Tanja nickte, zuppelte an Donauzaubers Mähne, wandte sich dabei von den beiden Freundinnen ab.

Kathrin! Die hatte sie irgendwie ganz vergessen... So tief, wie die Bindung zu dem Wallach jetzt war, stärker vielleicht sogar als zu ihrer geliebten Beauty, konnte sie es sich beim besten Willen nicht mehr vorstellen, dieses Pferd jemals wieder abzugeben!

Doch Diana hatte natürlich recht. Donauzauber gehörte ihr nicht, er war ihr zur Ausbildung anvertraut worden. Durch ihn hatte sie unglaubliche Erfahrungen machen dürfen, hatte Heilung an sich und dem Pferd erlebt, neue Wege beschritten. Dazu kam - es war in der Tat nicht abzusehen, wie er sich im Lauf der weiteren Ausbildung verhalten würde. Doch Tanja glaubte, nein, wusste ganz bestimmt, dass es einen guten Verlauf nehmen würde.

Ihr Magen zog sich zusammen.

›Jetzt ganz professionell bleiben!‹, ermahnte sie sich.

Mit einem schmalen Lächeln drehte sie sich zu den anderen um. »Natürlich! Er gehört Kathrin, und es war eine super Idee von dir, das Video zu aufzunehmen! Ich wette, Kathrin hat den Zauberer noch nie so in Aktion gesehen...«

Schon wieder verwehte ihre Stimme, Tränen drängten von hinten heimtückisch in ihre Augen. Sie drehte sich zurück zu dem Wallach, wischte sich energisch die verräterischen Spuren weg. Dann lief sie los, Richtung Stall, die beiden Frauen hinter sich.

Elinor und Diana schwärmten in einer Tour, wie spektakulär sich Donauzauber gezeigt hatte. Schließlich konnte Tanja sich aus ihrer Verzagtheit bezüglich der Zukunft lösen und sich an der Unterhaltung beteiligen.

Sie versorgten Donauzauber, gönnten sich noch einen

Kaffee im kühlen Stall - draußen brütete mittlerweile die Mittagshitze - und brachten schließlich Beauty und den Wallach auf die Koppel.

»Zeit fürs Essen fassen!«, trompetete Elinor.

Dem Aufruf folgten die beiden Freundinnen nur allzu gerne. Wer wußte schon, was sich die Köchin wieder Leckeres zum Ausprobieren ausgedacht hatte!

Kaum hatte Tanja das Video von Diana erhalten, teilte sie es mit Kathrin und Max. Letzterer antwortete nicht, er hatte vermutlich gerade mit seiner Arbeit zu tun. Kathrin dagegen war völlig aus dem Häuschen vor Freude und schickte jede Menge Smileys und Herzen. Auch sie befand sich gerade mitten in ihrer Schicht, wollte sich aber in der nächsten Pause melden.

Während Elinor mit Lafayette herumtüddelte und Diana nach Hause geritten war, ging Tanja mit den Hunden hinunter ans Meer. Allerdings an den rechten Strand, der quasi unterhalb des Hauses lag. Der war nämlich garantiert frei von Touristen - dafür aber reichlich gesäumt mit scharfen Felsen. Der steile Weg trug auch nicht zur häufigen Nutzung bei. Aber dafür hatte man seine Ruhe! Und die brauchte Tanja gerade dringend….

Zuviel war passiert, hatte sich gelöst, musste verarbeitet, durchdacht werden. Ja, dieser Zustand war geradezu himmlisch - wäre da nicht noch das Problem in den Vordergrund getreten, dass sie sich von Donauzauber in absehbarer Zeit lösen musste. Doch das wollte sie - zumindest jetzt erst einmal - weit von sich halten. Lieber noch in den Wundern schwelgen, die sie hatte erleben dürfen!

So saß sie im Schatten eines mächtigen Felsens, hatte die Füße im Wasser hängen und ließ sich in ihren Erinnerungen der letzten Stunden treiben. Was war da alles geschehen! Sie fragte sich, ob Donauzauber auch so auf ihre gemeinsame letzte Krisensitzung im Roundpen, geleitet von Elinor, reagiert hätte, wenn er vorher nicht schon von der Tierheilpraktikerin Margot behandelt worden wäre. Ob da ein Stein den anderen vorgab? Sich quasi eine Treppe bildete, die in der Erlösung - ja, anders konnte Tanja es nicht nennen, zumindest im Fall von Donauzauber - ihren Höhepunkt fand? Sie schüttelte den Kopf. Das war zuviel für sie. Schließlich war sie weder Psychiaterin noch Philosophin. Es war, und damit war es gut.

Und sie? Eigentlich fühlte sie sich traumhaft! Losgelöst, frei

– wäre da nicht die bevorstehende Trennung gewesen...

In diesem Moment klingelte das Handy. Max!

»Hallo mein Schatz! Du, das ist ja schier unglaublich, dieses Video! Ich gratuliere dir, du hast es geschafft! Magst du mir alles erzählen? Ausführlich und in Ruhe?«

»Hallo mein Geliebter! Schön, dich zu hören! Hast du denn überhaupt Zeit?«, fragte sie ungläubig.

Normalerweise war es ein Tabubruch für Max, während der Arbeitszeit privat zu telefonieren.

»Hab ich mir genommen! Ich habe den Leuten gesagt, dass ich eine sehr wichtige familiäre Angelegenheit zu klären habe, und damit war das kein Problem. Also, schieß los!«

Tanja schluckte. Eine sehr wichtige familiäre Angelegenheit.... Was liebte sie ihren Mann!

Mit zitternder Stimme begann sie, alles von Anfang an zu erzählen, ab dem Moment, als sie ihren Mann auf dem Flughafen verabschiedet und auf Elinor gewartet hatte. Max lauschte gebannt, sie hörte ihn gelegentlich lauter atmen oder aufstöhnen. Am Schluss merkte sie, wie er leise auf der anderen Seite weinte. Vor Freude.

»Wie geht es dir denn jetzt? Wo bist du? Der Empfang ist nicht ganz so gut wie sonst.«

»Ich bin unten am Felsstrand. Brauchte mal meine Ruhe. Die Hunde sind natürlich dabei.«

»Gib ihnen einen Kuss. Oder besser - halt das Handy mal etwas weg und stelle auf laut!«

Tanja tat, wie ihr geheißen, während sie schnell auf die Füße sprang. Sonst würde sie vermutlich unfreiwillig ein Bad nehmen, das wusste sie. Tatsächlich war die Freude von Charles und Mortimer überwältigend. Sie sprangen an Tanja hoch, versuchten an die Quelle von Max Stimme zu gelangen.

Nach einer Weile schaltete Tanja zurück auf Leise und scheuchte die Hunde davon, um sich in Ruhe wieder zu setzen.

»So - der Punkt ist unbeantwortet geblieben. Wie geht es dir, mein Herz?«

Tanja seufzte tief auf. »Ganz ehrlich - himmelhoch jauchzend und zu Tode betrübt…«

»Hm. Muss ich das jetzt verstehen?«

»Na, ich fühle mich unendlich erleichtert, komplett von der Bürde mit meinem Ex befreit. Das hat unfassbar positive Energien ausgelöst!« Sie unterbrach sich, schluckte.

»Aber?«

»Naja. Donauzauber ist ein Ausbildungspferd. Verstehst du?«

Schweigen am anderen Ende.

Schließlich ein dezentes Räuspern.

»Das nennt man Ausbildungsvertrag.«

»Ja. Aber…. Aber… Ach, ich weiß doch auch nicht. Ja,

das ist dumm, Donauzauber gehört Kathrin. Aber was, wenn das alles nicht so läuft mit ihr?«

»Oder wenn du dich so verbunden mit ihm fühlst, dass du ihn nicht mehr hergeben willst?«, ergänzte Max.

Treffer, versenkt!

»Ja. Genau.« Ein tiefer Seufzer folgte.

»Schau, Schatz. Er hat dir ganz viel geholfen. Und du ihm. Das bedeutet aber nicht, dass ihr auf Ewigkeiten zusammengehört! Du hast ihn zur Ausbildung angenommen. Dabei deutlich mehr erhalten, als du dir je erträumt hast. Ist das nicht genug? Außerdem wirst du ihn ja noch eine Weile arbeiten, oder nicht?«

»Genau das stürzt mich ja in ein so tiefes Gefühlschaos! Als würde es mich zerreißen, meine Seele spalten müssen! Verstehst du?«

»Vielleicht siehst du das auch falsch. Oder besser gesagt: vielleicht täte dir eine andere Perspektive besser. Ihr wachst gemeinsam - nicht zusammen! Denk einfach mal über diesen Satz nach. Ganz in Ruhe.«

»Ja«, kam es schwach zurück.

»Denk auch an Beauty! Die würde es nicht so einfach wegstecken, wenn da plötzlich eine permanente Konkurrenz in der Box nebenan stehen würde! Immerhin ist sie dein Seelenpferd!«

Kurzes Schweigen.

»Geht es dir damit - zumindest besser?«

Tanja gab sich einen Ruck. Die Erwähnung von Beauty hatte einen nachhaltigen Eindruck auf sie geschaffen. Auch das ›gemeinsam statt zusammen‹ tat seine Wirkung.

»Ja, Geliebter! Ich denke, du hast mir damit einen Riesen-Input gegeben. Danke!!!«

»Gerne, mein Schatz. So, wenn du nichts mehr hast,

mache ich mich wieder an die Arbeit. Bin noch ein bisschen im Jetlag, wird aber. Und wir sehen uns ja bald!«

»Ja. Ich freue mich! Bis bald! Viel Erfolg! Und viele,
viele Küsse an dich!«

»Ich freue mich auch! Bleib fröhlich, bis denn! Kuss!«

Das klärende Gespräch mit Max hatte Tanja gutgetan.
Noch eine ganze Weile war sie am Ufer sitzen geblieben, hatte den Wind genossen, der sich sacht erhoben
und ihr das Gesicht gestreichelt hatte, während sie über
die weisen Worte ihres Mannes nachdachte.

Nun, dies war ihr erstes Ausbildungspferd; vermutlich ging es tausenden von Pferdeliebhabern ähnlich,
denen ein Tier zur Schulung anvertraut wurde. Okay,
natürlich nicht allen, für manche Ausbilder war das
lediglich eine Quelle zum Geldverdienen. Außerdem
hatten sie gemeinsam einen Quantensprung erlebt. Erleben dürfen. Genau so wollte sie das ab sofort sehen:
ein gemeinsam erlebtes Wunder, für das sie Donauzauber aus tiefstem Herzen dankbar war. Und Elinor. Aber
auch Margot und Kathrin. Und natürlich Max…

In innerem Frieden kehrte sie nach Hause zurück, die
Hunde fröhlich an ihrer Seite tollend. Sie atmete befreit
den warmen Wind ein, streichelte im Vorübergehen die
mittlerweile karstig gewordenen Büsche und freute
sich auf einen entspannten Abend mit ihren Freundinnen, die sie zum Essen eingeladen hatte.

MITTWOCH

»So, mein Schöner, dann wollen wir mal sehen, was wir heute anstellen! Wie das alles läuft!«

Tanja fuhr zufrieden den schwarzen Schopf von Donauzauber herunter, der sie mit tief entspannten Augen anblickte. Von der Seite tönte das Schmatzen von Beauty herüber, die die letzten Reste ihres Frühstücks aus der Krippe verspeiste. Mit ihr hatte Tanja in aller Frühe auf dem Platz gearbeitet; beide waren hochmotiviert und entsprechend glücklich gewesen.

Nun also der Zauberer. Tanja klickte die Haltestricke los und ging mit dem Wallach, der nur sein Halfter trug, zum Tor hinaus. Mittlerweile war die Sonne längst aufgegangen, die Schatten wurden bereits kürzer. Der Weg zum Roundpen war keine Belastungsprobe mehr, auch der Roundpen hatte seine Schrecken für Donauzauber verloren. Nachdem sie das Tor geschlossen hatte, verweilte Tanja noch eine kurze Zeit in der Mitte, an den Rumpf des Pferdes gelehnt. Sie atmeten gemeinsam, tief, intensiv. Sie schloss die Augen, genoss den Flow, das gemeinsame Erreichen des Zwischenzieles.

Schließlich trat sie zurück, öffnete den Karabiner und schickte Donauzauber hinaus auf den Hufschlag. Tanja achtete darauf, dass er sich eine ganze Weile im Schritt bewegte, um die Gelenkflüssigkeit zu bilden, die bei Pferden nach längerer Ruhepause nicht vorhanden ist. Dann erst ließ sie ihn traben, später galoppieren. Nirgends ein Problem.

Zeit, etwas Neues zu wagen.

Tanja überlegte. Sie ging zum Eingang, wo eine Longe hing. Donauzauber musterte sie mit ruhigen Augen. Wie erhofft, blieb er trotz eingeklickter Longe entspannt, obwohl er jetzt deutlich mehr als gerade eben noch unter ihrer Kontrolle war - was ihn bis vorgestern aufgrund seiner schlechten Erfahrungen und seiner daraus entstandenen Schmerzen in Panik versetzt hätte. Mithilfe der Leine konnte sie ihn präzise durchparieren, ihn auch mal etwas zulegen lassen. Alles bestens, alles problemlos. Im Gegenteil schien er sogar seine Freude daran zu haben.

Schließlich neigte sich die Arbeitsphase dem Ende zu. Tanja holte Donauzauber zu sich herein, um ihn ausgiebig zu loben. Sie überlegte sich, ob sie sich verbieten sollte, sich an ihn zu lehnen - doch sie tat es trotzdem. Diese Nähe war ihr wichtig! Tief im Inneren wusste sie, dass das auch für Donauzauber immens heilsam war, nach den schlechten Erlebnissen mit Menschen.

Zufrieden kehrten die beiden in den Stall zurück. Dort wartete bereits Stanis.

»Guten Morgen, Chefin! Na, schon fleißig gewesen?« Er nickte neugierig zu Donauzauber hinüber.

Der versteifte sich, nur ganz wenig, aber Tanja spürte es. Ein fremder Mann! Beruhigend streichelte sie ihm über das noch feuchte Fell.

»Guten Morgen! Stanis, komm mal bitte ganz nah zu mir heran, auf meine Seite vom Zauberer, also hinter mich! Ja, das ist gut! Und jetzt berühr mal den Buben! Hey, Schöner, alles ist gut! Wirklich! Vertrau mir!«

Nach geraumer Weile begann der Wallach abzukauen. Zwar musterte er immer noch kritisch den Mann an Tanjas Seite, doch offensichtlich wirkte ihre Nähe quasi als sichernde Grenze zu Stanis, weshalb er nun vertrauen konnte.

»Gut! Lassen wir es damit genug sein! Wir wollen es

es ja nicht übertreiben. Schrittchen für Schrittchen. Morgen ist auch noch ein Tag, dann machen wir weiter! Danke, Stanis!«

»Käffchen?«

»Klar! Gerne! Der erste heute! Auf den freue ich mir aber auch! Ich räume eben den Zauberer auf und gebe ihm zu fressen, dann geselle ich mich zu dir!«

»Prima. Ich bin ja zu neugierig, was ihr alles so erlebt habt! Schön, wie weit ihr schon gekommen seid! Du bist mir die ganze Geschichte schuldig! Bin extra früher aufgestanden deswegen!«

Tanja lachte, während sie mit Donauzauber in der Waschbox verschwand, um den Schweiß aus seinem Fell zu spülen. Als sie mit dem Schweißmesser hantierte, hörte sie bereits die Kaffeemaschine brummen. Ein köstlicher Duft zog zu ihr hinüber. Sie beeilte sich, den Wallach in seine Box zu bringen. Der freute sich ebenfalls riesig, nämlich über die zusätzliche Schippe Hafer, die ihn zum Dank für seine Arbeit nun erwartete.

Blitzschnell saß Tanja auf der Bank, wo bereits eine dampfende Tasse Kaffee stand. Stanis beugte sich vor, in Erwartung dessen, was er nun erfahren würde. Tanja ging durch den Kopf, dass er seit Montag nicht mehr auf dem aktuellen Stand war und freute sich, ihm die wundervolle Entwicklung darlegen zu können.

Als sie zum Ende kam, nickte er gedankenverloren. Nach einer Weile des Schweigens meinte er: »Dann war das wohl offensichtlich ein Mann, der dieses Verbrechen an Donauzauber begangen hat… So, wie er gerade auf mich reagiert hat…«

Er schüttelte den Kopf.

»Meinst du, das kriegen wir auch noch hin?« Tanja wandte hoffnungsvoll ihren Blick zum Reitlehrer.

Der zuckte die Achseln. »Keine Ahnung. Hellseher

bin ich ja nun nicht. Frag doch mal Elinor!«

Dabei wandte er sich in Richtung Stalltor, vor dem schwere Schritte auf dem Kies zu hören waren. Leise schwang sie auf, und Elinors Kopf erschien in dem hellen Loch.

»Hallöchen! Das nenn ich mal ein Sit-in! Gerade noch rechtzeitig, was?« Das kehlige Lachen durchspülte den Stall.

Donauzauber hob kurz seinen Kopf vom Heu und brummelte zur Begrüßung.

»Ja, du Süßer, alles gut? Schön! Na, ihr habt doch sicher noch einen Kaffee für eine durstige Seele?«

Eilends sprang Tanja auf, nahm die beiden leeren Tassen auf und wollte in die Sattelkammer verschwinden.

Doch Stanis kam ihr zuvor, indem er sie auf die Bank zurückdrückte und ihr alles aus den Händen nahm. »Mach ich schon. Du kannst ja Elinor in der Zeit mal unser Anliegen schildern!«

Tanja nickte, und während Stanis um die Ecke ging, erzählte sie Elinor unter dem Zischen und Brodeln, das aus der Sattelkammer drang, von den Erlebnissen des Morgens. Die hörte schweigend mit gesenkten Lidern zu, nickte dann und wann und streckte sich schließlich in alle Richtungen, als Tanja geendet hatte. Doch sie sagte weiterhin kein Wort, bis Stanis wieder erschienen war und Platz genommen hatte.

»So, mein Bürschchen, du willst jetzt also ebenfalls unter Tante Elinors Fittiche kriechen? Na, für eine halbe Portion wie dich ist da auch noch genügend Platz!« Wieder lachte sie rau, dass die Bank zitterte. Samt den Anwesenden darauf.

»Einspruch! So habe ich das eigentlich nicht gemeint!«, kam es postwendend vom Reitlehrer.

»Blödsinn!«, winkte Elinor ab. »Du weißt das nur noch gar nicht!«

»Echt? Hab ich was verpasst?«, staunte der, sich nachdenklich am Bart kratzend.

Dann explodierte sein mühsam verzogener Mund zu einem breiten Lachen. »Ach Linchen, ich sag dir was, du hast uns hier ganz schön gefehlt!«

Tanja blieb der Mund offen stehen, ihre Augen ploppten vor und entwickelten sich in Sekundenschnelle zu Stielaugen.

Linchen?!?

Jeder Spitzname wäre ihr zur massigen Elinor eingefallen - aber der?

So schüttelte sie nur fassungslos ihren Kopf und beäugte die beiden, die - nahezu - wie ein Turteltauben Pärchen wirkten. Der schlaksige, gut aussehende Schwule und die beleibte Mutterfigur, beide in ein tuschelndes Gespräch vertieft, die Köpfe eng beieinander gesteckt, gelegentlich ein Kichern ertönend. Fast fühlte sie sich ein wenig ausgegrenzt. Doch sie blieb ruhig sitzen, wartete ab. Und tatsächlich - nach einer Weile erinnerten sich die beiden daran, dass Tanja auch noch anwesend war.

Mit einem verschmitzten Lächeln drehte sich Elinor - Linchen! - zu ihr um. »Da haben wir also unseren nächsten Schüler! Herzlichen Glückwunsch! Hast du gut gedeichselt!« Ihre Stimme hatte wieder den normalen, stallfüllenden Basston angenommen. Fast hätte sie Tanja von der Bank trompetet.

»Äh. Ja. Hab ich?« Ratlos blickte Tanja zwischen Elinor und Stanis hin und her.

Letzterer rutschte verlegen auf der Bank herum. Befangen drehte er einen Führstrick in seinen Händen, dem er jetzt seine geballte Aufmerksamkeit schenkte.

Ein derber Schlag auf die Schulter ließ sie fast zu Boden gehen. »Sag ich doch. Hast du was auf den Ohren?«

»Wann wollen wir denn?«, ließ sich Stanis vernehmen.

»Hängt von unserer Kleinen hier ab«.

Die Augen der beiden ruhten auf Tanja.

Die schüttelte nur verwirrt den Kopf. »Hab ich nun etwas verpasst?«

»Vermutlich. Ich habe mich bereit erklärt, mit Donauzauber zu arbeiten, so wie du am Montag. Wir hoffen darauf, dass er seine Ressentiments gegenüber Männern dadurch abbaut.«

»Wobei das natürlich von der entsprechenden Person abhängt!«, warf Elinor ein. »Wenn da ein absoluter Antisympath durch die Tür wackelt, dann wird das alles nicht helfen! Da wird Donauzauber weiterhin sein ›Bitte nicht stören‹-Schild an die Brust hängen. Und sein Recht auf Freiheit mit Zähnen und Füßen verteidigen!« Sie lachte los.

Befreiung lag in der Luft.

Tanja jedoch schluckte. Ihr schwante Schlimmes.

»Und was hab ich jetzt damit zu tun?«, wollte sie wissen, während sie sich mit gerunzelter Stirn vorbeugte.

»Du?« Ein dicker Zeigefinger bohrte sich drohend durch die Luft in Richtung ihrer Augen. »Du, mein Hase, wirst dieses Mal die Zeremonie leiten! Ich bin nur anwesend, sozusagen als Assistentin in Notfällen!«

Die Worte verklangen in der Stallgasse, während sich heiße Schauer durch Tanja ausbreiteten.

Ganz, erst ganz allmählich verstand sie den Gehalt dieser wenigen Worte.

Und schluckte. Schluckte schwer.

Musterte Stanis, ihren Reitlehrer.

Und Elinor, die sich voll pulsierender Lebensfreude mit einem zufriedenen Grinsen auf der Bank zurücklehnte, bis diese ein empörtes Stöhnen von sich gab.

Zum Glück stürmten in diesem Moment die Hunde in den Stall, erkannten gleich die Quelle ihres persönlichen Wohlgefühls - sprich ihren menschlichen Dosenöffner - und tobten um Tanja herum, die automatisch ihre Köpfe streichelte.

Innerlich war sie wie taub.

Noch hatte sie nicht verarbeitet, dass ausgerechnet sie dieses hochemotionale Aufeinandertreffen gestalten sollte.

Sie stand auf. »Ich bringe die Pferde raus.« Ihre Stimme klang rau, fast wie ein Reibeisen.

»Wann?« Die leise, aber fordernde Frage von Stanis brachte sie kurz ins Wanken, geistig wie körperlich.

»Heute Abend?«

»Ja. Ist gut. Dann machen wir zwanzig Uhr. Die Jungs sind zu der Zeit im Ort, sie wollen ins Kino. Wir sind also sicher ungestört!«

»Das ist super. Also. Bis später...«, antwortete sie monoton.

Sie brauchte jetzt ihre Ruhe. Mal wieder.

Auch darüber musste sie nachdenken.

Während die meisten Tage einem gleichmäßigen, meist gut vorhersehbaren Rhythmus folgten, der eine gewisse Form von Beständigkeit und vermeintlicher Sicherheit schuf, gab es manche Ausreißer, die Tanja vorkamen, als erhöben feuerspeiende Drachen ihr häßliches Haupt und pusteten alles um.

Heute war einer dieser Tage. Definitiv.

Noch während sie die Pferde auf die Koppel brachte,

begann das Telefon Sturm zu läuten. Der Hufschmied, der den Termin verschieben musste. Die Gruppe, die für Donnerstag geplant war, aber noch einige Sonderwünsche auf dem Zettel hatte. Die Köchin Elvira, die auf dem Markt heute nicht die Dinge bekommen hatte, die sie unbedingt zum Ausprobieren einer neuen Spezialität brauchte. Kathrin, die in dieser Woche noch keinen Urlaub nehmen konnte, dafür aber alles haarklein über Donauzauber wissen wollte. Eine Nachbuchung für die kommende Woche. Diana, die heute Besorgungen zu erledigen hatte und deshalb nicht vorbeischauen würde. Schlag auf Schlag, dazwischen immer wieder verpasste, da gerade anderweitig geführte Gespräche.

Allmählich ging Tanja die Luft aus. Eigentlich hatte sie doch zur Ruhe kommen wollen. Stattdessen saß sie nun auf ihrer Veranda, um sich herum Zettel verteilt. Die Hunde hatte sie in den Garten geschickt, sollten sie sich doch dort austoben.

Zu allem Überfluss war auch Marianna heute nicht da; sie musste einige Termine in der etwas weiter entfernten Stadt wahrnehmen. Arzttermine, wie Tanja insgeheim vermutete. Doch das war nicht zur Sprache gekommen, als sich die Haushälterin den freien Tag erbeten hatte.

Also musste Tanja jetzt auch ihr Frühstück selbst organisieren, eine höchst ungewohnte Betätigung. An den Wochenenden wurde sie statt von Marianna meist von Max verwöhnt, der seinerseits oft auf von der Köchin vorbereitete Leckereien zurückgriff, oder sonntags die vom Bäcker vor der Haustür bereitgelegten Brötchen und süßen Teilchen hereinholte, nebst einer Flasche frisch gemolkener Milch.

Heute also nicht - auch kein Problem! Sie stand auf,

um sich einen großen Cappuccino zu brauen - nein, sie wollte doch den Koffeinwahnsinn beenden! Immerhin hatte sie im Stall schon zwei Kaffees gezwitschert. Na gut, dann eben den leckeren Kräutertee, den ihr Marianna zusammengestellt hatte, sobald sie mitbekommen hatte, dass Tanja etwas gesünder leben wollte. Die wunderbaren Orangenschalen gaben dem Tee ein intensives Aroma, das Tanja tatsächlich genoss. Sie schnupperte an den Schwaden, die beim Aufgießen des kochenden Wasser emporzogen.

Dazu zwei Scheiben Brot, gleich in der Küche mit reichlich Käse und Paprika-Aufstrich belegt, sowie eine aufgeschnittene Tomate und eine Handvoll Trauben. Das sollte reichen!

Beschwingt trat Tanja mit dem Tablett in der Hand den Weg in Richtung Terrasse an - da lief ihr Katze Carina zwischen die Beine, aufgeregt maunzend mit einem in höchster Todesnot zirpenden Vögelchen im Maul. Das konnte jetzt sein Heil in der Flucht suchen, denn scheppernd und in alle Richtungen zerspringend verteilte sich das Frühstück auf dem Boden und entsetzte Carina derart, dass sie den Vogel völlig vergaß und stattdessen sich lieber selbst in Sicherheit brachte.

Na prima!

Der einzig positive Gedanke, der Tanja beim Anblick dieser neuen Herausforderung kam, war, dass damit der kleine Vogel sein Leben behalten konnte. Sie hatte noch beobachtet, wie er ins Wohnzimmer und von dort durch die Terrassentür entkommen war.

Noch während sie auf die Scherben und die Teepfützen starrte, klingelte es schon wieder. An der Tür.

Und gleichzeitig auf dem Handy.

Sie seufzte. Das war ganz eindeutig ein Zeichen! Kein Frühstück heute...

Der Tag hatte es wirklich in sich gehabt! Ein Stress jagte den nächsten, Stunde um Stunde.

Immerhin blieb Tanja die Zeit, abends vor dem Essen im Künstlerdorf noch mit den Hunden eine große Runde in Richtung Berge zu laufen. Die Hitze war enorm, doch der hier sehr häufig auftretende Wind brachte angenehme Kühlung. Das war wohl dem Gebirgsmassiv zu verdanken, das auch für mehr Niederschläge sorgte als in der sonstigen Region. Jetzt also konnte sie endlich beginnen, den Tag zu verdauen - oder besser gesagt: abzuhaken. Gut nur, dass sie in aller Frühe bereits die Pferde gemacht hatte!

Nur - wie sollte sie in diesem Zustand mit Donauzauber und Stanis arbeiten? Tausend und abertausend Gedanken eilten durch ihren Kopf, überholten sich gegenseitig, überschlugen sich - Tanja stöhnte gequält auf. So viel Verantwortung!

Da sah sie vor sich auf dem Weg plötzlich eine Spitzmaus. Die Hunde waren weit voraus, sonst hätte die Kleine sicher keine Chance gegen die beiden Wirbelwinde gehabt. So aber saß sie in aller Ruhe auf dem vor Trockenheit aufgerissenen Boden und blickte zu Tanja hoch. Die blieb stehen, um die Maus zu beobachten. Auge in Auge. Lange Zeit verging. Schließlich wandte sich das possierliche Tierchen um und verschwand im struppigen Gras.

Da war sie - die langersehnte Gedankenruhe!

So plötzlich, wie Tanja diese Erkenntnis gekommen war, kehrten auch ihre Überlegungen zurück. Doch diesmal wehrte sie sie bewusst ab, indem sie sich gedanklich auf eine höhere Ebene zurückzog, um sie zu beobachten. Ganz so, wie Elinor es ihr beigebracht hatte. Und - dieses Mal klappte es!

Wow! Sie hatte es geschafft! Unglaublich, aber wahr! In gehobener, friedvoller Stimmung dankte sie leise der Maus, pfiff die Hunde herbei und schlenderte zum Künstlerdorf zurück. Das Gedankenchaos hatte sie auf der Ebene weit hinter sich gelassen.

Sie war nun bereit für Donauzauber und Stanis.

Ihre innere Ruhe hielt an.

Während des Essens gab sie kaum einen Ton von sich, war sich der lauernden Blicke von Elinor durchaus bewusst. Doch auch diese schien heute eher in sich gekehrt. Was man von den beiden Lehrlingen definitiv nicht behaupten konnte. Die Vorfreude auf den abendlichen Ausflug kochte ihr Adrenalin hoch, und so unterhielten sie die anderen mit Scherzen und Clownereien. Eigentlich hätte Tanja lieber weiter in Stille gesessen. Doch die gute Laune der jungen Leute tat ihr zu ihrem eigenen Erstaunen sehr gut.

Als Erik und Peter sich schließlich verabschiedeten, zogen sich sowohl Stanis als auch Elinor in ihre Häuschen zurück, während Tanja die Hunde pfiff und in den Stall spazierte. Sie wollte mit Beauty noch ein wenig Zeit verbringen, um anschließend Donauzauber zu putzen und für die Session mit Stanis vorzubereiten.

Weiterhin genoss sie die Ruhe in sich.

Erst allmählich erfüllte sie eine gewisse Spannung, ja, aber auch Vorfreude! Erstaunt schüttelte sie den Kopf, als sie dieses Gefühl bemerkte. Doch, das war tatsächlich so! Sie lächelte versonnen.

Da ging bereits das Tor auf. Elinor schob Stanis vor sich herein in die kaum beleuchtete Stallgasse. Tanja hatte bewusst nur die Notbeleuchtung angeschaltet; Rampenlicht war heute nicht.

»Na, denn woll´n wir mal!«, trompetete Elinor. »Seid

ihr beiden Hübschen so weit?«

Damit waren eindeutig Tanja und Donauzauber gemeint, denn Stanis hatte offensichtlich gerade nichts mehr zu sagen. Fast schon willenlos ließ sich der sonst so charakterstarke Mann von der Schamanin vor ihr her dirigieren.

»Fein! Feinfeinfein! Dann ab und rüber zum Roundpen!«

Tanja nickte und folgte Elinor mit Stanis, Donauzauber an ihrer Seite.

Der schien etwas zu ahnen, jedenfalls trug er die Nase höher als in den letzten Tagen. Als er den Roundpen mit Tanja betrat, stellte er die Nüstern und blies einmal kräftig die Luft hindurch. Es hörte sich an wie ein Trompetenstoß.

Elinor, die mit Stanis draußen geblieben war, lachte und brach damit den Ernst der Lage, dessen sich Tanja und wohl auch der Reitlehrer gerade bewusst wurden.

»Na, mein Schöner, jetzt kommt wieder so ein spannendes Kapitel! Und du schon wieder mitten drin! Der Chorleiter sozusagen! Da bin ich ja echt neugierig, was du so auf der Kante hast! Tanja, mach ihn mal los und komm hierher!«

Der Führstrick klickte auf, Donauzauber drehte um und trabte ans entgegengesetzte Ende, wo er wendete und, schön wie eine Statue, im milden Licht der einzigen angeschalteten Lampe hinüber zu den drei Leuten starrte. Tanja war zu Elinor und Stanis nach draußen vor das Tor getreten.

»So, ihr beiden, wir wollen uns mal erden. Dann kommen die Gedanken runter, und ihr seid empfänglicher für die Botschaften! Stellt euch etwas breitbeinig hin, so, als würdet ihr im Sattel sitzen. Ja, das ist gut so. Ihr könnt gerne leicht in die Knie gehen. Jetzt nehmt einen tiefen Atemzug, atmet so lange und tief wie möglich in den Bauch hinein. Dann stoßt mit aller Kraft die Luft wieder aus, dazu gleichzeitig alle negativen Gefühle und Gedanken. Schön! Noch einmal!«

In der Stille war nur das laute Atmen der Menschen zu hören.

»Ein drittes Mal!«

»Gut! Jetzt atmet ihr schon anders.«

Elinor trat hinter Stanis, wo sie Bewegungen entlang seines Rückens vollzog. Anschließend machte sie dasselbe bei Tanja.

Zufrieden trat sie zurück. »Fertig?«

Ihre sonst so laute Stimme war nun ein Wispern.

Beide nickten.

Elinor deutete mit dem Kopf zum Tor. »Na denn!«

Tanja und Stanis wechselten einen Blick. Letzterer nickte.

Sie öffnete das Tor, um Stanis eintreten zu lassen, blieb aber selbst davor stehen und schloss es wieder.

Verunsichert drehte sich der Reitlehrer zu Tanja um. Die atmete noch einmal tief ein - und wurde urplötzlich von einem Gefühl tiefen Seelenfriedens erfüllt. Tränen schossen ihr in die Augen. Wow! Was für ein Zustand...

Intuitiv begann sie zu reden, erstaunt über ihre eigenen Worte. »Geh in die Mitte, mit gesenktem Haupt. Langsam. Bedächtig, Schritt für Schritt. Werde dir jedes einzelnen Schrittes bewusst. Verbinde dich mit der Erde. Fühlst du sie? Spürst du die Wärme um dich herum? Den Wind? Riechst du das Pferd, das auf dich wartet? Bleibe nun stehen, schließe die Augen. Richte deine Gedanken nach innen, in die Vergangenheit. Was kommt da hoch, was möchte erlöst werden? Wenn du willst, kannst du dich auch setzen. Lasse dich erfassen von dem Strom, der nun hervorbricht. Nimm dir die Zeit, die es braucht, um alles, wirklich alles hervorzuholen und anzusehen…«

Stanis blieb stehen, er begann im Laufe der Zeit leicht zu schwanken. Er hatte sich abgewendet von den beiden Frauen, stattdessen hatte er sich in Richtung Donauzauber gestellt.

Der war anfangs beunruhigt von einem Bein auf das andere getreten, hatte den Hals festgemacht und den Kopf ruckartig hochgeworfen. Doch mittlerweile entspannte er zunehmend, hatte sogar sein Hinterbein entlastet. Er begann zu kauen, senkte den Kopf und gähnte herzhaft. Immer öfter, immer mehr: deutliche Signale des Verarbeitens und Lösens.

Schließlich verließ der Wallach seine Position und umrundete Stanis, bis er von hinten an ihn herantrat, ihm sacht in den Nacken pustete und dort verharrte.

Nach einiger Zeit wandte Stanis sich um, drückte seine Stirn gegen die von Donauzauber. Wegen des sanften Lichts war nicht genau zu erkennen, was vor sich ging. Weinte der Reitlehrer etwa?

Es vergingen etliche Minuten, bis Bewegung in die Zweiergruppe kam.

Stanis löste sich von dem Wallach, indem er einen Schritt zurücktrat und seine Hand dorthin legte, wo gerade noch sein Kopf geruht hatte. Es sah so aus, als verbeugte er sich leicht vor Donauzauber, der leise und zufrieden schnaubte.

Gemeinsam kamen sie zum Tor geschlendert.

»Na? Alles gut?«, fragte Tanja ergriffen.

Tränenspuren glitzerten im fahlen Licht auf ihren Wangen.

Stanis nickte. Ein seliges Lächeln lag auf seinem Gesicht. War er ohnehin ein gut aussehender Mann, so wirkte er in diesem Moment geradezu überirdisch schön.

Tanja musterte ihn fasziniert. Und auch Donauzauber, der unglaublich präsent wirkte. Beeindruckend, was war da wieder an Wundern geschehen?

»Möchtest du darüber sprechen?«

Der Reitlehrer schüttelte lächelnd seinen Kopf. »Ich habe viel verstanden. Jetzt ist Zeit für Stille. Habt eine gute Nacht! Und - danke!!!«

Er verließ das Roundpen und schlenderte davon, Richtung Ebene. Nicht Richtung Künstlerdorf, das wurde Tanja jetzt bewusst. Fragend drehte sie sich zu Elinor um.

»Alles gut gemacht, Hase, alles gut gemacht!«, beruhigte die Schamanin sie leise, und berührte sie dabei am Ellbogen.

Wie ein elektrischer Schlag durchfuhr es Tanja, sie riss die Augen auf.

»Ja, ja, wieder zurück auf die Erde kommen. Das ist nicht immer ganz einfach!«, lachte Elinor. »Das wirst du auch noch lernen, keine Angst! So, Donauzauber hat genug gearbeitet. Jetzt sieh nach, wie es ihm geht, und dann ab in die Heia!«

Mit diesen Worten öffnete sie das Tor und schob Tanja zu dem Wallach hinein, der dem Ganzen mit wachem Blick gefolgt war.

Sie legte ihre Hand auf seinen Hals, ließ ihren Blick über seinen Körper schweifen, versuchte, eine Verbindung zu ihm herzustellen. Sie empfing nur - Ruhe. Tiefe, seelenvolle Ruhe.

Befriedigt nickte Tanja. Dann trat sie zum Tor, um den Führstrick zu holen und ihn Donauzauber ans Halfter zu klicken. Gemeinsam mit Elinor brachte sie den Wallach in die Box.

Die beiden Frauen verabschiedeten sich.

Tanja lagen noch eine ganze Menge Fragen auf der Zunge - doch Elinor hatte abgewunken. Dafür war morgen noch Zeit. Erst sollte sich das Ereignis setzen.

Zweifellos die bessere Vorgehensweise, wie Tanja im Laufe der Nacht erfahren durfte.

DONNERSTAG

Verschlafen öffnete Tanja ihre Augen. Noch war es dunkel, das erste Dämmerlicht sickerte durch die Vorhänge. Ein Blick auf die Uhr bestätigte ihren funktionierenden Biorhythmus. Kurz vor fünf Uhr. Sie streckte und räkelte sich, wurde sich bewusst, dass sie eine tiefe, entspannte Nacht gehabt hatte. Sie fühlte sich topfit.

Beschwingt von der Vorfreude auf den Tag sprang sie aus dem Bett, machte sich fertig und freute sich mit den Hunden, die unten die Treppe belagerten, über den Tagesbeginn. Rasch ließ sie Charles und Mortimer in den Garten, während die Kaffeemaschine aufzuheizen begann. Dann setzte sie sich mit einem großen Cappuccino in der Hand auf das Sofa, mit direktem Blick zum Horizont. Zum Meer, das sich bleigrau zu verfärben begann, immer mehr Apricot- und Orangetöne aufwies, bis schließlich im Triumphzug die Sonne aufging. Ohne großes Getöse, ohne Fanfaren - einfach nur schön!

Tanja liebte diesen Moment; vielleicht war das der Grund, warum sie gerne früh aufstand. Sie fühlte sich dabei tief verbunden mit ihrer italienischen Heimat, dass ihr so manches Mal die Tränen über die Wangen gelaufen waren.

Heute jedoch nicht. Heute erlebte sie den Sonnenaufgang zwar intensiv, nippte dann und wann an ihrer Tasse, versuchte, gedankenleer zu bleiben.

Doch sobald der magische Moment geschehen war und die Sonne das glühende Band des Meeres nicht mehr berührte, machte sie sich bereits auf die Suche nach Zetteln und Stift, um ihre Gedanken zum gestrigen Tag niederzuschreiben. Erstaunt stellte sie fest, dass sich bereits eine Ordnung in ihren Überlegungen befand, sich so manche Frage in der Tat, wie von Elinor prognostiziert, beantwortet hatte.

Schließlich saß sie da, starrte auf die zahlreichen eng bekritzelten Zettel um sich herum, nahm sich einen letzten unbeschriebenen Bogen und legte ihre noch verbliebenen Fragen nieder. Viele waren es nicht mehr. Egal. Sie faltete dieses Stück Papier, schob die anderen zu einem ordentlichen Haufen zusammen und legte diesen auf ihren kleinen Sekretär neben der Türe.

Dann pfiff sie ihre Hunde, um mit ihnen einen Spaziergang zu unternehmen. Richtung Künstlerdorf.

Auch Elinor war bereits wach.

Als hätte sie nur auf Tanja gewartet, lag ein kleines Vanille-Teilchen auf einem zweiten Teller, die noch leere Tasse wurde mit Kaffee aus der dampfenden Kanne gefüllt, und Tanja fand sich nach einer herzhaften Umarmung auf dem Stuhl wieder, der fürsorglich mit einem Kissen versehen war.

»Na, Hase, alles gut?« Dunkel schimmernde Augen musterten Tanja interessiert.

Sie hatte den Eindruck, komplett durchgescannt zu werden.

»Ja, danke, alles bestens! Im Gegenteil, ich habe geschlafen wie lange nicht und bin fit wie ein Turnschuh! Gehts dir auch so gut?«

Ein kehliges Lachen ertönte. »Da muss schon viel passieren, dass es Tante Elli nicht gut geht!«

Tanja glaubte ihr das aufs Wort.

»Du hattest übrigens recht. Die meisten Fragen haben sich von selbst beantwortet. Aber die ein oder andere brennt mir dann doch auf der Seele.«

»Lass hören«, forderte Elinor sie auf und beugte sich leicht nach vorne. Das Tischchen schwankte bedenklich.

»Die erste ist natürlich - ist Donauzauber jetzt durch? Ich meine, mit seinem ablehnenden Verhalten, seiner negativen Einstellung und so. Kann man ihn ab jetzt normal arbeiten?«

»Tja, Hase, das wissen die Götter, aber nicht die kleine Elinor.«

Tanja erschrak bei diesen Worten. Sie hatte fest damit gerechnet, die Krisenzeiten nun beendet zu haben und in ein normales Training mit dem Wallach übergehen zu können.

»Schh, schh«, machte Elinor beruhigend. »Wird nicht alles so heiß gegessen, wie es gekocht wird! Werden sehen. Ich würde vorschlagen, du beginnst nachher mit der ganz normalen Arbeit. Angeritten ist er doch, oder?«

Tanja nickte bestätigend.

»Also. Dann schau'n wir mal. Ich vermute, du willst ihn erst longieren, oder?«

»Ja. Allerdings möchte ich Stanis dabei haben. Das sollte ab jetzt ja auch einen positiven Einfluss auf den Zauberer haben, oder?«

»Denke ich.« Elinor nippte an ihrem Kaffee.

»Wie wird er sich wohl anderen Menschen gegenüber verhalten?«

Die Schamanin musterte Tanja aus schmalen, zusammengekniffenen Augen. »Du denkst dabei wohl an Kathrin?«

Tanja verzog ihren Mund und nickte.

Nicht auszudenken, wenn Donauzauber hier alles brav und gut erledigte, aber dieselbe Terz wie vorher zuhause aufführte! Wenn alles, was sie hier aufgebaut hatten, mit einem Schlag zerstört werden würde…

»Wirst du bald feststellen. Wann kommt sie denn?«

»Ich habe vorhin auf dem Weg hierher eine Nachricht erhalten. Sie hat sich den Sonntag nun doch freinehmen können, auch den Montag. Die erste Maschine, die sie bekommen konnte, hat sie schon gebucht. Sie landet um acht Uhr, ich hole sie ab. Mal sehen, wie das wird! Bin mächtig gespannt…«

»Hast wohl Angst, dein Herz zu verlieren. Mit Donauzauber…«

Ein nachdenklicher Blick traf Tanja. Dann begann Elinor, die Sachen zusammenzuräumen.

»So, Herzchen, ab in den Stall mit dir! Du bist ohnehin schon spät für deine Verhältnisse!«, scheuchte Elinor Tanja davon.

Die war etwas sprachlos ob dieser Ausladung. Doch gehorsam erhob sie sich, pfiff Charles und Mortimer, die wie üblich bei der Küche herumlungerten, wo Elvira und ihr Gehilfe bereits an der Arbeit waren, und begab sich in den Stall, umschwirrt von hundert Gedanken sowie zwei fröhlichen Hunden.

Als Tanja Beauty ausgiebig Dressur geritten hatte - heute war es ein Traum, mit ihr zusammenzuarbeiten -, putzte sie Donauzauber. Gerade, als sie fertig war und in die Sattelkammer gehen wollte, öffnete sich das große Stalltor und Stanis lugte herein.

»Morgen, Chefin! Na, alles im Lot?«

Erstaunt musterte Tanja den Reitlehrer. Eigentlich sollte sie das ihn fragen…

»Danke, alles bestens! Und bei dir?«

Bloß nicht zu indiskret werden! Sonst hätte sie ja gleich den Vorschlaghammer holen können…

Stanis war näher gekommen und grinste von einem

Ohr zum anderen.

Er warf ihr einen tiefgründigen Blick zu, bevor er sich Donauzauber zuwandte, der die Ohren gespitzt hatte und leise brummelte. Kurz vertiefte er sich in ein stilles Zwiegespräch mit dem Wallach, fuhr ihm über die Stirn und das Gesicht, murmelte leise Worte, die nur für Donauzauber bestimmt waren. Der Wallach wirkte entspannt und glücklich.

Endlich drehte Stanis sich zu Tanja um. »War ein toller Abend, gestern! Schon höchst beeindruckend… Ja, danke nochmal dafür! Hat sich gelohnt. So! Und jetzt? Arbeiten?«

Tanja lächelte, einerseits froh und erleichtert, dass es Stanis so gut ging und er die gleiche Meinung teilte, nämlich nun tatsächlich die Ausbildung des Pferdes anzugehen.

Andererseits war sie etwas enttäuscht, dass er sich ihr gegenüber nicht weiter öffnete. Aber was sollte es - Hauptsache, alles gut, alles fit! Wenn sie ganz ehrlich war - als Beichtmutter war sie ohnehin nicht geeignet… Es bewies ohnehin schon enormes Vertrauen von Stanis, sich in ihre Hände zu begeben und etwas Persönliches in ihrer unmittelbaren Gegenwart zu verarbeiten, wie er es am Vorabend getan hatte.

»Ja. Habe ich gedacht. Ich wollte aber erst deine Meinung dazu hören.«

Stanis nickte und drehte eine Runde um Donauzauber, wobei er den Wallach genauestens betrachtete, als sähe er ihn zum ersten Mal. Dann marschierte er zur Sattelkammer und kam mit zwei Sätteln sowie dem Zaum von Donauzauber zurück.

»Dann schauen wir mal, ob der Sattel, den Kathrin für ihn hat anfertigen lassen, im Moment überhaupt der richtige ist.« Bewundernd fuhr der Reitlehrer über den sichtlich teuren Maßsattel, dessen feines Leder im Licht matt schimmerte. Er betrachtete ihn von allen Seiten, lange Zeit auch von unten, warf immer wieder abschätzende Blicke auf den Rücken von Donauzauber und legte ihn schließlich sachte auf. Der Wallach, der die ganze Zeit über die Vorgänge im Blick gehabt hatte, drehte sich erstaunt um, blieb aber ruhig. Stanis Hand fuhr unter den Sattelkissen entlang, tastete die Schulterfreiheit ab, nahm Maß oberhalb des Widerristes, prüfte den Schwerpunkt.

Schließlich zog er den Sattel wieder herunter. Stattdessen legte er den Vielseitigkeitssattel auf, den Tanja für ihre jungen Pferde gerne benutzte. Der schien auf nahezu jedes Pferd zu passen, ebenso auf Donauzauber. Der Zweifel im Blick von Stanis wich tiefer Zufriedenheit, als er auch diesen Sattel genauestens überprüfte und zustimmend nickte.

»Gut. Den nehmen wir! Willst du erst ablongieren? Ich komme dann rüber zum Roundpen. Muss nur erst noch unsere jungen Casanovas mit den richtigen Arbeiten betrauen. Die dürften heute vor allem zum Hoffegen zu gebrauchen sein...« Er grinste und rollte mit den Augen.

Aha! Mal wieder etwas zu viel gefeiert! Tanja verkniff sich eine Erwiderung und zwinkerte ihm zu.

»Du wirst das schon wissen. Und wenn es das Ausfegen des Lagers für die Parcoursteile ist...«

»Gut! Dann sehen wir uns später! Zehn Minuten auf jeder Hand, wie üblich am Kappzaum die Ausbinder befestigen, damit Donauzauber keinen Schmerz im Maul empfindet, tief eingestellt - ach, was rede ich, du machst das schon! Manchmal vergesse ich, dass du genauso Profi bist wie ich!« Stanis lächelte ihr zu.

Tanja wurde vor Freude ganz rot und wandte sich

eiligst zu Donauzauber um, während Stanis zum Tor hinaus entschwand. In aller Ruhe bereitete sie den Wallach vor, legte Gamaschen zum Schutz an und wurde sich ganz allmählich der Tatsache bewusst, dass Donauzauber genauso reagierte wie jedes andere ihrer Pferde auch - gelassen und routiniert!

Eigentlich hatte sie genau das nicht erwartet... und doch! Ein Blick in seine tief entspannten Augen gab ihr selbst Ruhe und Zufriedenheit. Alles wirkte - bestens!

Schnell schlüpfte sie in ihre Reitstiefel, griff zum bereitgelegten Helm und lief dann mit dem Wallach an der Hand hinüber zum Roundpen. Mit einem tiefen Atemzug betrat sie den umzäunten Platz, warf nochmals einen Blick über die Anlage. Und freute sich mit jedem Handgriff mehr auf die Arbeit mit diesem feinfühligen Pferd!

Als Stanis einige Minuten später erschien, hatte sie bereits die Hand gewechselt. Dem Reitlehrer gingen schier die Augen über, als er das Bewegungspotential des Wallachs sah. Gleichmäßige, lange Tritte aus den beweglichen Schultern heraus ließen Donauzauber mehr schweben als laufen.

»Da hat Kathrin sich aber wirklich ein Pferd mit Potential ausgesucht! Respekt!«

Tanja strahlte, als ginge das Lob an sie selbst. »Fantastisch, oder?«

»Werden sehen.«

Schon verstummte die Unterhaltung wieder. Tanja widmete sich dem Pferd an der Longe, Stanis beobachtete intensiv. Schließlich parierte sie zum Schritt durch, ließ Donauzauber zu sich kommen und entfernte die Ausbinder. Gleichzeitig hatte Stanis die Steigbügel nach unten gezogen und sowohl Longe als auch Longierpeitsche übernommen. Er deutete hinüber zu dem kleinen Holztritt, Tanja nickte. Im Gänsemarsch zogen sie dorthin.

»Aufgeregt?«

»Mmh… mal sehen…« , antwortete sie, während sie mit einer Hand durch Donauzaubers Mähne fuhr.

Der blieb ruhig und tiefenentspannt. Tanja stieg auf den Tritt, zog probehalber am Steigbügelriemen, wackelte den Sattel hin und her - nichts. Sie warf einen Blick zu Stanis, der am Kopf des Pferdes stand. Der nickte. Vorsichtig schob Tanja ihren linken Fuß in den Bügel, brachte leicht Gewicht hinein - nichts. Eine leise Vorfreude stieg in ihr auf, schob die Anspannung immer mehr in den Hintergrund. Mit beiden Händen packte sie nun den Sattel, stieß sich leicht mit dem rechten Bein ab und hatte nun das volle Gewicht auf der linken Seite von Donauzauber. Der zeigte sich nicht im Geringsten beeindruckt und schien das Vorgehen auf seine eigene Weise zu genießen. Nun war offensichtlich der richtige Zeitpunkt gekommen. Tanja schwang ihr rechtes Bein hinüber auf die andere Seite, nahm sanft Platz im Sattel. Keinerlei Anspannung zu spüren!

Sie war überwältigt! Nie, niemals hätte sie noch vor wenigen Tagen gedacht, so entspannt auf Donauzaubers Rücken zu sitzen! Sie lobte und tätschelte ihn, auch Stanis hielt sich nicht zurück mit Streicheleinheiten und dem ein oder anderen Stück Zucker.

Beide strahlten sich an, dann drehte sich der Reitlehrer um. Und ging los. Donauzauber folgte mit der Selbstverständlichkeit eines altgedienten Schulpferdes.

Innerlich jubilierte Tanja. Viel hätte nicht gefehlt, und sie hätte einen Juchzer von sich gegeben! Doch sie wollte den Wallach natürlich nicht irritieren, und so blieb es bei einem überirdischen Strahlen. Dieses dauerte auch fort, als sich Stanis mehr und mehr entfernte, bis er schließlich in der Mitte des Zirkels angekommen war, während die beiden außen auf dem Hufschlag ihre Runden drehten.

»Nächste Gangart?«, fragte er nach geraumer Weile. Das Wort Trab wollte er vermeiden, um nicht Tanjas Anweisung an das Pferd vorwegzunehmen.

Sie nickte. Vorsichtig drückte sie die Waden an Donauzaubers Leib und forderte ihn gleichzeitig mit ihrer Stimme auf.

»Teerab!«, sang sie in sein Ohr.

Der Wallach schien nur auf diesen Augenblick gewartet zu haben. Stolz wölbte er seinen Hals, trat von hinten an und schob in gleichmäßigen Tritten an das Gebiss heran.

Nun konnte Stanis nicht mehr an sich halten. »Da schau sich einer das an! ... Das gibt es doch gar nicht! ... Da brat mir doch einer ´nen Storch!«

Durch Tanja schienen diese Worte hindurchzuwehen. Sie war in einer anderen, ihr bislang völlig unbekannten Welt. Verschmolzen mit diesem unglaublichen Wesen, fast wie ein Zentaur. Ihr schien dieser Ritt, der für sie natürlich viel zu kurz war, wie eine Offenbarung.

Als sie schließlich nach einigen Minuten vom Pferd stieg, strahlte sie nur noch.

Stanis boxte sie in die Rippen. »Na, das ist mal eine ganz andere Hausnummer, was?«

Tanja nickte, völlig sprachlos. Stattdessen rubbelte und liebkoste sie Donauzauber. Ihr Herz quoll über. Erst, als sie den Wallach zurück in den Stall gebracht und versorgt hatten, konnte sie wieder sprechen.

»Stanis, sowas habe ich noch nie gefühlt! Ehrlich! Ich meine, wir haben hier doch jede Menge Pferde, und gute noch dazu! Aber das...«

Sie schüttelte fassungslos ihren Kopf.

Der Reitlehrer schmunzelte, während er ihr eine Tasse Kräutertee reichte. Sie ließ sich auf die Bank plumpsen, bevor sie sie ergriff.

»Ja, ist ein ganz anderes Kaliber…«, meinte er versonnen und streichelte liebevoll seinen Becher, als wäre er Donauzauber.

»Ich habe schon fast ein schlechtes Gewissen Beauty gegenüber…« Ihr Blick glitt zu der Box ihrer Lieblingsstute. »Ich meine, sie wird immer meine Prinzessin sein und bleiben. Aber dieser Reitkomfort - das ist wie Heimkommen! Als hätte ich immer nur darauf gewartet und darauf hingearbeitet, dieses eine ganz bestimmte Pferd zu reiten! Weißt du, was ich meine?«

Stanis nickte versonnen. »Tanja, da musst du dir keine Vorwürfe machen! Beauty ist ein Vollblut, und sie macht ihre Sache sehr gut. Aber - ganz ehrlich - sie kann keine Konkurrenz zu Donauzauber darstellen! Das ist, als würdest du Apfel und Möhre vergleichen. Beide lecker, für Pferd wie für Reiter. Aber beide grundverschieden! Das eine Obst, das andere Gemüse. Das eine hoch oben im Baum, von der Sonne verwöhnt. Das andere tief mit der Erde in Dunkelheit verwurzelt. Also hadere nicht mit diesem Gefühl! Genieße es lieber, solange du darfst!«

Bums!

Da war es wieder!

Unsanft wurde Tanja aus ihren kühnsten, schönsten Euphorien gerissen. Sie tat sich schwer mit dem Zurückfinden ins Hier und Jetzt, mit einer Antwort, schluckte, senkte den Kopf, damit Stanis nicht die Tränen sehen konnte, die in ihre Augen schossen.

Doch der schien etwas zu ahnen. Jedenfalls hatte er es plötzlich ausgesprochen eilig, seine Tasse zu leeren, aufzuspringen und zu verschwinden, mit dem Hinweis auf seine anderen Arbeiten und der Vorbereitung für die Gruppe, die in der nächsten Stunde vom Flughafen eintreffen musste.

Hier saß sie nun, allein mit ihren Gedanken, ihren Träumen - und der knallharten Wirklichkeit.

Himmelhoch jauchzend und zu Tode betrübt.

Vom Schweben bis zur Bruchlandung.

Kein weiter Weg, wie sie nun betrübt feststellen musste…

Glücklicherweise blieb ihr keine Zeit zum Trübsal blasen. Die neue Gruppe bestand aus äußerst geselligen Stammkundinnen, die alles sofort mit Beschlag belegten, Tanja inklusive. Die Stunden rasten dahin; sie war gezwungen, Donauzauber und jeden Gedanken an ihn ganz, ganz weit weg zu schieben. Selbst abends blieb ihr keine Zeit zum Grübeln, denn die Reitschüler, eine Truppe aus Stuttgart, zwangen sie zu einer ›Hocketse‹, einer meist stundenlangen gemütlichen Zusammenkunft.

Und gelegentlich ertappte sie sich dabei, dass sie tatsächlich nicht an den Wallach und die Zukunft denken wollte…

SONNTAG

Als Tanja drei Tage später morgens in der Ankunftshalle des Flughafens auf Kathrin wartete, hatte sie trotz der frühen Uhrzeit schon einiges geleistet. Beauty war longiert, Donauzauber aufs Sauberste geputzt worden.

Als Kathrin erschien, versank Tanja in einer herzlichen Umarmung, die ihr leichte Schuldgefühle bereitete. Immerhin betrachtete sie die Besitzerin ihres Ausbildungspferdes insgeheim als Konkurrentin, wie sie sich und schließlich auch Max am Telefon gestern Mittag kleinlaut eingestanden hatte.

Fröhlich plapperte Kathrin vor sich hin, erzählte von den wahnwitzigen Schichten im Krankenhaus, ihren Überlegungen, doch eine Landarztpraxis zu übernehmen und wollte natürlich alles über Donauzauber wissen.

Tanja versuchte, nicht zu sehr ins Detail zu gehen, wollte sie doch weder ihre eigene Privatsphäre noch die von Stanis preisgeben. Zudem sollte Kathrin keine großen Erwartungen hegen; sie wusste ja nichts von den phänomenalen Entwicklungen der letzten Tage.

Bereits am Freitag hatte Stanis nach wenigen Minuten die Longe als Hilfsmittel für überflüssig erklärt, Tanja ritt Donauzauber selbstständig in allen drei Gangarten.

Schließlich war sie, mit dem Reitlehrer an der Seite, zum Stall hinübergeritten. Und gestern hatten sie das große Viereck erobert - ebenfalls in allen Gangarten! Zum Träumen schön...

Jetzt war allerdings keine Zeit für diese Gedanken, der aufbrandende Verkehr der Großstadt forderte Tanjas vollste Aufmerksamkeit. Dazu das Gespräch mit

Kathrin, die sensibel genug war, im Moment eher Belanglosigkeiten zu erzählen als Tiefgründiges erfahren zu wollen.

Schließlich kamen sie im Stall an.

Kathrin riss die Autotür auf, stürzte regelrecht zum Stalltor. Tanja hatte Mühe zu folgen. Doch auch aus der Entfernung bekam sie mit, wie die Kundin den Stall betrat und dabei ›Donauzauber‹ mehr sang als rief.

Ein dröhnendes Wiehern antwortete ihr. Der Wallach schoss an die Boxentür, scharrte aufgeregt und freute sich über die Maßen.

Tanjas Herz zerbrach in diesem Moment.

In tausend Teile.

In Abermillionen Splitter.

In Nebelschwaden.

Sie wandte sich ab, trat vor den Stall und versuchte, ihrer Tränenflut Herrin zu werden.

Kein Mensch auf dem Hof, Gott sei Dank! Die Stuttgarter Gruppe war noch im Künstlerdorf mit dem Frühstück beschäftigt, bald jedoch würden sie zu ihrer letzten Reitstunde eintrudeln.

Nie, niemals hätte Tanja erwartet, dass sich Donauzauber so deutlich zu seiner Besitzerin bekennen würde!

Hatten Tanja und er nicht schier Unglaubliches miteinander erlebt?! Viel mehr, als er mit Kathrin durchgemacht hatte?

Sie schüttelte den Kopf.

Das konnte, das durfte doch nicht wahr sein!!!

Sie war wie taub, bis in die Grundfesten erschüttert. Im tiefsten Inneren hatte sie sich erhofft, dieses herrliche Pferd doch noch zu kaufen.

Koste es, was es wolle.

Aus dem Nichts erschien Elinor, gefolgt von Charles

und Mortimer. Die beiden Hunde setzten sich mit kummervollem Blick im Abstand von einem Meter vor ihr Frauchen, wagten sich aber angesichts des still heulenden Elends nicht näher heran.

Auch Elinor war dort stehengeblieben. »Na Herzchen, manchmal tut die Wahrheit doch ganz schön weh, was?«

Tanja schniefte und griff nach dem Taschentuch, das die Schamanin ihr hinhielt.

»Wieso? Wieso freut er sich so über Kathrin? Ich meine, immerhin haben wir beide diese Albträume durchgestanden! Wir haben die Schwellen überschritten, wir sind gemeinsam die Pfade der Gesundung gelaufen! Und er - er kriegt sich schier nicht ein vor Freude, dass Kathrin jetzt da ist?!«

Elinor seufzte nur und hielt ihr ein neues Taschentuch hin. »Ich geh mal rein und lenk sie ab, bis du wieder einsatzbereit bist. Viel Zeit hast du trotzdem nicht!«, mahnte sie.

Tanja nickte und ließ sich zu Boden gleiten. Das Zeichen für die Hunde, sich auf sie zu stürzen und die salzigen Spuren zu vernichten.

Während aus der Stallgasse die Wiedersehensfreude laut und deutlich zu hören war - kein Wunder bei Elinors Organ -, musste Tanja sich nun doch lachend gegen ihre vierbeinigen Freunde wehren. Als sie sich schließlich aus deren Fängen befreit hatte, lief sie hinüber zum Brunnen mit Stute und Fohlen aus Bronze, um sich das Gesicht zu kühlen, die verräterischen Tränenspuren zumindest im Groben zu löschen. Als sie sich mit den Ärmeln ihres Poloshirts die Wangen trocknete, erblickte sie in der Ferne bereits die Stuttgarter Reiterinnen. Schnell wandte sie sich in Richtung großer Reithalle, wo Erik und Peter erschienen, die den

Damen beim Putzen und Satteln Unterstützung anbieten würden. Alles zur rechten Zeit noch gerichtet!

Sie atmete einmal tief durch, verbannte den Schmerz aus ihrem Gedächtnis und beschloss, hochprofessionell zu handeln. Energischen Schrittes durchmaß sie den Hof, trat in den Privatstall und freute sich mit Kathrin und Elinor, dass es Donauzauber offensichtlich bestens ging.

Er knibbelte an seiner Besitzerin herum, seine Augen leuchteten. Immerhin bekam Tanja zur Begrüßung ein freundliches Brummeln.

»Wir können dir in der Mittagspause zeigen, was wir bisher erarbeitet haben. Dann ist die Gruppe aus Stuttgart bereits auf dem Weg zum Flughafen, die nächsten Gäste treffen erst ab vierzehn Uhr ein. Was hälst du davon, Kathrin?«

Die strahlte auf wie ein atombetriebener Weihnachtsbaum kurz vor dem Supergau. »Oh ja!«, war das Einzige, was sie hervorbrachte.

Sie überschüttete ihr Pferd mit Streicheleinheiten, Liebkosungen, und auch die ein oder andere Möhre oder Apfelschnitz waren dabei.

»Ein Wunder! Das ist wirklich ein Wunder, was du bisher geleistet hast! Ich kann dir gar nicht genug danken, Tanja! Das ist mit Worten gar nicht zu beschreiben…«

Tanja haute es fast um bei dieser Dankbarkeit.

Eigentlich ist das nicht gerecht, sinnierte etwas in ihr. Doch sie schob diesen Gedanken weit von sich, ließ ihn in Luft aufgehen. Stattdessen freute sie sich nun mit Kathrin und Elinor über die Verwandlung von Donauzauber.

Nach einer Weile entschuldigte sie sich mit dem Hinweis auf ihre Reitschülerinnen. Sie huschte aus dem

Stall, überquerte den Hof, wo sie nochmals kurz ein Weinkrampf zu schütteln drohte. Doch jetzt war sie stur. Keine Zeit für verletzte Gefühle!

Mit einem fröhlichen Hallo betrat sie den Schulstall, wo sie von einem vielstimmigen Chor, besetzt mit Frauen- und Pferdestimmen, empfangen wurde.

›Daheim!‹, klang es in ihren Ohren.

Kurz war ihr, als würde ein schwarzer Schleier zu Seite gezogen. Und sie fand sich im strahlenden Hier und Jetzt wieder. Daheim…

Kathrin, die sich sonst so souverän gebende Ärztin, war gar nicht so abgebrüht, wie Tanja sie bisher eingeschätzt hatte. Angesichts des Rittes, den Tanja und Donauzauber vor ihren Augen sowie denen von Stanis und Elinor gezeigt hatten, brach sie in Tränen aus.

Das musste heute wohl in der Luft liegen, denn auch in den Augen der Schamanin konnte sie feuchte Spuren erkennen. Nur Stanis war unbekümmert wie immer; zudem war er noch viel zu vertieft in das Paar, das er gerade betreute.

Kaum dass Tanja abgesprungen war, stand Kathrin bereits an Donauzaubers Kopf, um ihn zu loben und zu liebkosen. Der ließ sich das ausgesprochen gerne gefallen. Fast hatte Tanja ein wenig das Gefühl, er hätte sich heute ganz besonders angestrengt, um seiner Besitzerin zu imponieren.

Endlich wandte sich Kathrin strahlend an Tanja, die verlegen daneben stand und mit ihrer Gerte spielte, sich deutlich von ihren Emotionen abgrenzend.

»Fabelhaft! Nein, das stimmt nicht - traumhaft! Der Traum, den ich immer hatte, seitdem ich meinen Zauberer das erste Mal gesehen habe! Und du, ihr alle hier, habt es mir ermöglicht! Ich bin euch so unendlich dankbar! Und schier sprachlos!«

Das allerdings stand im krassen Widerspruch zu Kathrins Sprechdurchfall, der eher an eine nie versiegende, übersprudelnde Quelle erinnerte denn an trockene Wüste. Sie plapperte ununterbrochen weiter. Tanja unterdrückte ein Schmunzeln und stellte erstaunt fest, dass sie sich in der Tat ein wenig von ihren Gefühlen distanzieren und somit die Situation zumindest ein wenig genießen konnte.

»Wann darf ich ihn denn reiten?«

Mit dieser Frage hatte Tanja allerdings dann doch nicht gerechnet. Schnell tauschte sie einen Blick mit Stanis, der wortlos nickte. Sie zog leicht die Brauen hoch, senkte ihren Kopf. Dann hob sie ihn entschlossen mit einem Lächeln. »Morgen. Was hältst du von morgen? Erst reite ich ihn, anschließend du.«

Kathrin schien zu explodieren vor Freude. »Echt? Oh ja! - ... Ich habe nur keine Reitklamotten dabei. Damit habe ich einfach nicht gerechnet!« Sie hob entschuldigend ihre Arme.

»Das ist kein Problem, wir haben doch im Stall einen Raum, in dem verschiedene Hosen und Stiefel bereitliegen. Da kannst du dir auch einen passenden Helm aussuchen.«

»Super! Ich weiß gar nicht, wie ich vor Aufregung die Zeit verbringen soll...« Andächtig streichelte Kathrin ihr Pferd, das die Augen geschlossen hielt und die Zärtlichkeiten schier aufzusaugen schien.

Stanis warf einen Blick auf seine Uhr. »Chefin, wird allmählich Zeit. Die neue Gruppe kommt bald vom Flughafen. Wenn wir vorher noch was essen wollen...«

Er machte eine Bewegung mit seinem Kinn in Richtung Künstlerdorf.

Tanja nickte und überlegte, wie sie wohl Kathrin und

Donauzauber jetzt in den Stall bewegen konnte. Doch diese hatte bereits die Zügel ergriffen und lief der Gruppe voraus.

»Ich mache ihn selber fertig, ja? Ihr könnt ruhig schon zum Essen gehen. Ich genieße lieber die kostbare Zeit mit meinem Zauberer!«

Tanja bejahte, ließ den Schmerz, der kurz durch ihr Herz zuckte, gehen, und wandte sich mit Elinor und Stanis in Richtung Künstlerdorf.

MONTAG

Der Ritt von Kathrin zur Mittagszeit war einfach nur - spektakulär! Atemberaubend!

Schien Donauzauber unter Tanja zu schweben, entwickelte er sich mit Kathrin im Sattel zu einem übernatürlichen Wesen. Natürlich war Tanja der Ärztin als Reiterin überlegen.

Doch bei diesem Pferd schien der Wille, seiner Besitzerin zu gefallen, geradezu maßlos zu sein. Ihr, die auch an den schlimmsten Tagen seines Lebens bedingungslos zu ihm gestanden und immer nach der besten Lösung für ihn gesucht hatte. Er kam ihr entgegen, in jeder Situation, folgte den Hilfen, als sie gedacht, bevor sie gegeben wurden.

Ein Traum!

Ein wahr gewordener Traum!

Mehr war dazu nicht zu sagen.

Selbst Tanja konnte das neidlos zugeben.

Schließlich hielt Kathrin mit hochrotem Kopf bei Tanja, Diana und Stanis an. Das Einzige, was sie hervorbrachte, war: »DANKE!«

Mit beiden Armen hängte sie sich von oben an den Hals von Donauzauber, übersäte ihn mit tausend Küssen.

Stanis trat an den schweißbedeckten, aber sichtlich zufriedenen Wallach und tätschelte ihn nachdenklich. Er ahnte wohl schon, was kommen würde.

Tanja aber hatte sich den Gedanken bisher ausdrücklich verboten.

»Was meint ihr - kann ich ihn nicht bald abholen lassen? Ich meine, natürlich zahle ich noch diesen Monat komplett. Aber ich habe so viel Spaß und Freude an ihm!«

Tanja fiel in diesem Moment nur ein Argument ein. »Was ist mit deiner Arbeit? Wird das nicht alles zuviel? Dann noch die zeitintensive Beschäftigung mit dem Zauberer? Ich denke, du wirst ihn in der Anfangszeit ganz alleine versorgen müssen.«

Kathrin schüttelte den Kopf. »Nein. Ich finde einen Weg! Ich denke, ich habe ihn sogar schon vor Augen. Mein Zauberer wird ganz bestimmt nicht unter meiner Arbeit leiden, das ist vollkommen klar! Aber meint ihr, das geht? Jetzt schon?«

Tanja und Stanis wechselten einen Blick.

»Ja«, kam es vom Reitlehrer.

Tanja nickte als Echo. Wenig begeistert.

Aber überzeugt.

Das würde klappen, da war sie sich sicher.

Kathrin war überglücklich. »Oh WOW!!! Das ist so was von…. Entschuldigt uns! Komm, mein Herz, lass uns mal die Gegend hinter der Anlage erkunden!«

Tanja konnte erkennen, dass ihr vor Freude die Tränen in die Augen schossen. Wenn jemand dieses Gefühl verstehen konnte, dann Tanja. Aber auch sie spürte einen dicken, mächtigen Kloß im Hals. Als sie sich abwandte, stupste Stanis sie an.

Leise raunte er: »Lieber ein Ende mit Schrecken als ein Schrecken ohne Ende! Du hättest dich mit jedem Tag mehr in den Zauberer verliebt, und am Ende wäre dein Herz gebrochen…«

Tanja wandte sich zurück. Kathrin und Donauzauber waren mit durchhängenden Zügeln schon ein ganzes Stück die Koppeln entlanggeritten. »Mag sein. Nein, ganz sicher hast du recht. Aber trotzdem…«

Stanis ging nicht darauf ein. Stattdessen zog er es vor

zu schweigen. Schließlich meinte er, mit einem Blick auf seine Uhr: »Bald Zeit für die neue Gruppe. Bist du bereit?«

»Ja. Ich bringe nur Beauty und Sahara noch raus auf die Koppel. Bald können sie wohl wieder in ihre alte Herde zurückkehren…«

Diana schoss zufrieden noch ein paar letzte Fotos von dem fast schon verschwundenen Paar. Dann zog sie das Objektiv ein und hakte sich bei ihrer Freundin unter, während die beiden zum Privatstall hinüberliefen.

»Hast du echt gut gemacht!«

Tanja wusste nicht genau, was ihre Freundin meinte und warf ihr einen fragenden Blick zu.

»Na, dass du loslässt, ganz klar!«

»Was hätte ich denn auch groß tun sollen? Können? Rein gar nichts. Außer akzeptieren, wie es ist…«

Diana lachte auf. »Stimmt! Aber trotzdem. Das hat alles einen Touch von - Leichtigkeit! Professionalität! Ganz ehrlich - bevor der Zauberer in unser Leben getreten ist, hätte ich dir das ganz bestimmt nicht in diesem Maße zugetraut!«

Tanja blieb stehen und sah ihre Freundin nachdenklich an. »So… Meinst du…«

Schweigend setzte sie ihren Weg fort.

Diana, die die tobenden Gefühle in ihrer Freundin ahnte, meinte beschwichtigend: »Sieh es mal so - du brauchst kein Turnierpferd! So viel Spaß du auch am Zauberer in der Ausbildung hättest - das wären - entschuldige - Perlen vor die Säue! Nein, ganz im Ernst, da musst du jetzt gar nicht eingeschnappt sein.«

Diana beobachtete, wie auf Tanjas Gesicht ein abweisender Ausdruck erschienen war, fast, als wäre ein Visier heruntergeklappt worden. Sie strich der Freundin zärtlich über die Haare und die Schulter, drehte sie zu sich um, dass sie sich Aug in Aug gegenüberstanden.

Sanft sagte sie: »Du reitest keine Turniere! Du hast überhaupt keine Ambitionen darauf! Zeit dafür hast du auch nicht! Mit all deinen Kursen… Und Kathrin ist das pure Gegenteil! Sie lebt für den Sport! So ein Pferd braucht eine Bühne! Eine große Bühne! Der ist dafür geboren! Du jedoch nicht…«

Tanja senkte ihren brennenden Blick. Mit zusammengekniffenen Lippen nickte sie ein-, zweimal, dann machte sie sich los.

»Bitte nicht böse sein, ich brauche doch noch etwas Zeit für mich. Muss mit dem Gefühlschaos da drinnen klar kommen…« Sie klopfte sich auf die Brust.

Diana nickte verstehend. »Ich schau mir mal die Fotos an, sind sicher auch schöne von dir drauf. Bin auch schon mächtig gespannt auf die Videos! Bis später!«

Tanja pfiff müde nach ihren Hunden, bevor sie den Stall betrat, um ihre beiden Stuten auf die Koppel zu bringen. Danach nur noch auf die Terrasse, einen Tee trinken und sich sammeln, bevor es bald mit dem ersten Vorreiten der neuen Gruppe weiterging…

Als Tanja abends die euphorische Kathrin zum Flughafen brachte, hatte sie sich wieder voll im Griff.

Die Mittagspause hatte ihr gut getan, auch der Verzicht auf jegliche Form von Essen. Marianna hatte sie mehrfach mit schräg gelegtem Kopf gemustert, ihr war Verwirrung und Sorge im Gesicht abzulesen. Doch die Haushälterin hatte nichts gesagt, tapfer geschwiegen und stattdessen für Nachschub an heißer Schokolade und später für leckeren Tee gesorgt. Die Hunde hatten sich in den Garten verzogen. Tanja hatte sich eine Kerze angezündet, in deren Flammen sie starrte. ›Reinigendes Feuer‹ hatte Elinor diesen Tipp genannt. Und genau das hatte Tanja gemacht - alle Gedanken, alle Emotionen dort hineinfließen und verbrennen lassen.

So konnte sie anschließend im Frieden mit sich selbst Reitunterricht geben und alle anfallenden Aufgaben erledigen, bis es Zeit für die Abfahrt wurde.

Mit von der Partie zum Flughafen war dieses Mal auch Elinor, die sich die Gelegenheit nicht entgehen lassen wollte, etwas Stadtluft zu schnuppern und ein paar Besorgungen zu erledigen, während Tanja Kathrin am Flughafen auf der anderen Seite der Stadt ablieferte.

Die Verabschiedung der beiden Frauen dort war herzlich, Kathrin zutiefst dankbar. Sie hatte klargemacht, dass sie Donauzauber noch in dieser Woche abholen lassen würde.

»Wie machst du das denn jetzt mit deiner Arbeit?«, wunderte sich Tanja.

»Ich habe gestern bereits einige Telefonate geführt. Ab Mittwoch arbeite ich Teilzeit, nur noch vier statt sechzehn Stunden täglich. Außerdem hat mir schon vor längerer Zeit ein älterer Arzt, der eine gut laufende Praxis in der Nähe der Reitanlage von Donauzauber betreibt, die Nachfolge angeboten. Wir machen morgen Abend den Vertrag fertig, das wird alles ziemlich schnell gehen. Ab nächster Woche steige ich dann in Teilzeit in der Praxis ein, sodass wir einen fließenden Übergang realisieren können. Das war eigentlich schon immer mein Traum…«

»Na, du hast ja echt gerade einen Lauf!«, konstatierte Tanja.

»Kann man schon sagen! Erst die Erfüllung eines Traums mit dem Kauf von Donauzauber. Dann seine Rettung durch dich. Jetzt diese wundervolle Verwandlung, das traumhafte Reiten. Und als nächstes die Übernahme der Praxis! Komisch, nicht? Da muss man sich erst durch das Tal der Tränen kämpfen…«

Kathrin schüttelte den Kopf.

»Aber dass das so einfach geht? Ich meine mit deiner Teilzeit und der Kündigung?«

»Oh, das ist ausgesprochen einfach! Ich habe so viele Überstunden angehäuft, dass ich sofort für ein halbes Jahr in Urlaub gehen könnte. Außerdem jede Menge Resturlaub. Glaube mir, die sind froh in der Klinik, dass ich überhaupt noch wiederkomme!«

»Mh. Ist auch doof, auf eine wertvolle Fachkraft zu verzichten…«

Kathrin zuckte die Schultern. »Da spricht eine Chefin, ich merke das schon.«

Tanja lachte. »Mag sein. Perspektivenwechsel…«

Sie zeigte auf die Anzeigetafel. »Schau! Sie rufen zum Check-in.«

»Zeit zum Verabschieden! Lass dich nochmal in den Arm nehmen. Danke! Ich glaube, du weißt gar nicht, wie sehr ich dir dankbar bin! Du hast meinen Traum in die Wirklichkeit gebracht! Einfach nur danke - auch wenn das viel zu wenig ist und bei weitem nicht dafür ausreicht, das auszudrücken, was ich fühle!«

Mit Tränen in den Augen schloss Kathrin sie in die Arme.

Auch Tanjas Wangen wurden feucht. Verlegen wischte sie darüber, dann winkte sie ihrer neuen Freundin hinterher.

»Halt mich auf dem Laufenden!«, rief sie ihr zu. »Ich wünsche mir wenigstens zwei Fotos pro Woche!«

Kathrin drehte sich um. »Mindestens! Wahrscheinlich wirst du mich irgendwann sperren, weil es dir zu viel wird!«

»Kann ich mir nicht vorstellen…«

Kathrin verschwand durch die Sicherheitskontrolle.

Ein letztes Winken, dann drehte Tanja sich in Richtung Parkplatz, um Elinor in der Stadt aufzulesen.

»Na Hase, alles gut gegangen?«

Kaum hatte die Freundin sich in den Sitz fallen lassen, was das Auto mit Ächzen und Wanken quittierte, wollte sie natürlich alles haarklein wissen. Immerhin hatten sie seit gestern keine Zeit mehr zum tiefsinnigen Austausch unter vier Augen gehabt.

»Hm«, grunzte Tanja nur, während sie sich in den glücklicherweise nachlassenden Verkehr einfädelte. Erst auf der Autobahn ließ sie ihren Gedanken freien Lauf. Nachdem sie über die Geschehnisse und das baldige Abholen von Donauzauber berichtet hatte, schloss sie mit einem tiefen Atemzug.

»Weißt du, Elinor, das war eine ganz spannende Reise. Hoch und runter, Emotionen über Emotionen. Achterbahn der Gefühle nennt man das wohl…«

Elinor nickte, schwieg aber weiterhin. Sie wollte Tanja den Raum lassen, den diese für die Darlegung ihrer Gedanken brauchte.

»Ich habe viel überlegt. Erst hat es mir das Herz gebrochen. Immerhin hatte ich mit dem Zauberer doch schier Unglaubliches erlebt! Er hat mir tief verborgene Sorgen und Ängste genommen, die mir mein Leben unterbewusst erheblich erschwert haben. Ich war mir sicher, wir hätten damit einen Bund fürs Leben geschlossen…«

Sinnend strich sie mit einer Hand durch ihre Haare, während sie einen langsam fahrenden Bus überholte.

Nach geraumer Zeit fuhr sie fort. »Ich glaube, ich habe es völlig ausgeblendet, dass der Zauberer nur zur Ausbildung, oder besser gesagt zur letzten Rettung zu uns gekommen ist. Er sprach mich persönlich an, das war's wohl«, gestand sie mit einem Schulterzucken. »Und dabei habe ich vollkommen vergessen, das er das Pferd, die Zukunft von einer anderen, von Kathrin ist. Ich wollte - haben!«

Bei diesen Worten umklammerte sie das Lenkrad so fest, dass ihre Knöchel weiß hervortraten. »Und dass er so unglaublich toll zu reiten ist und über so hervorragende Bewegungen verfügt, hat das Ganze nochmals gesteigert. Tja. Aber zum Glück«, bei diesen Worten drehte sie sich kurz zu Elinor hin, »gibt es ja dich!«

Die nickte und lächelte sanft.

›Fast wie ein Engel‹, sinnierte Tanja.

»Wie steht es jetzt um deine Emotionen?«

Tanja furchte ihre Stirn und dachte über die Frage nach. »Was meinst du? Ob ich sie nun im Griff habe in Bezug auf den Zauberer? Oder ganz allgemein?«

»Im Bezug auf den Zauberer. Und ganz allgemein. Deine Erfahrungen, dein Umgang damit.«

»Tja. Ich habe das mit der Kerze probiert, wie du es mir empfohlen hattest. Das war sehr heilsam. Aber auch der Tipp, einen Schritt zurückzutreten und meine Gefühle aus einer gewissen Distanz zu betrachten.«

Tanjas Stimme verklang. Sie konzentrierte sich wieder mehr auf den Verkehr, bald musste sie ohnehin die Autobahn verlassen.

Erst auf der Landstraße begann sie wieder zu reden.

»Weißt du, ich habe das Gefühl einer gewissen Leere in mir. Ob das gut ist oder nicht, das weiß ich nicht.«Sie zuckte ihre Schultern und warf einen Blick zu Elinor hinüber, die behaglich in ihren Sitz gekuschelt war.

»Leere ist gut. Dann kannst du selbst entscheiden, womit du sie füllst.«

»Was meinst du damit?«

Elinor setzte sich aufrecht hin. »Das, Hase, ist ein

ganz entscheidender Punkt! Pass auf! Deine Emotionen entscheiden darüber, was in deinem Leben geschieht, das hast du jetzt gerade in einer wahren Lehrstunde mal wieder selbst erfahren. Betrachte deine Gefühle, deine Gedanken als einen cleveren Indikator! Befindest du dich in einem negativen Zustand, sei es Zorn, Ärger, Ungeduld, Pessimismus, Melancholie, dann vergewaltigst du gerade deine Seele! Dann ist da etwas, was du stattdessen viel lieber tun würdest! Darüber musst du in solchen Situationen nachdenken. Lässt du dich jedoch von deinen Emotionen überwältigen, dich von ihnen beherrschen, hast du keine Chance zur Wahl, was du eigentlich wirklich möchtest! Eine Krankheit, sei es körperlicher oder seelischer Art, ist die logische Folge. Konkret: ein Armbruch, eine Grippe, Depression. Lässt sich beliebig fortsetzen, die Liste.«

Insgeheim überlegte Tanja, ob sie nicht lieber Donauzauber gemocht hätte.

»Nein, du hättest den Zauberer nicht behalten wollen!«, kam es postwendend und ungerührt von der Schamanin.

Tanja schrak zusammen.

»Auf die Gründe kann ich später noch eingehen. Zurück zu den negativen Gefühlen. Wenn du diese mit Abstand betrachtest, entziehst du ihnen die nährende Grundlage. Bist du zornig und gehst dazu auf Distanz, wirst du ruhig. Bist du aufgeregt, kommst du dadurch in die Gedankenstille. Verstehst du, da wo Ruhe - oder meinetwegen Leere - ist, besteht auch die Möglichkeit, sich auf etwas anderes, nämlich auf Positives zu konzentrieren! Auf das, was man wirklich möchte! Und daraus wiederum webt sich das Band des Lebens…«

Die Ausfahrt kam näher. Zunächst verzichtete Tanja auf eine Erwiderung. So konnten die Worte sacken.

Erst nach geraumer Zeit formulierte sie ihre Gedanken.

»Du meinst, wenn ich in dem Zustand des Haben-Wollens, des Gefühlschaos verharrt hätte, hätte ich negative Dinge in mein Leben gezogen?«

»Es ist immer wichtig, sich auf das Positive zu konzentrieren. Haben wollen fällt in die Kategorie Gier. Je mehr du dich aber ins Negative verstrickst, desto schlechter sind deine Zukunftsprognosen. So viel ist klar.« Kategorisch verschränkte Elinor ihre Arme vor der Brust.

Wieder füllte Schweigen das Auto. Nur das Hecheln der Hunde drang aus dem hinteren Teil des Wagens. Sie waren aufgeregt, denn die weite Ebene vor der Reitanlage kam näher. Immerhin kannten sie die Strecke gut, hätten das auch mit verbundenen Augen gefühlt.

Schließlich stellte Tanja die für sie entscheidende Frage: »Und Donauzauber? Wäre nicht doch eine Zukunft für uns möglich gewesen? Ich weiß, Kathrins Pferd, ihre Zukunft - aber...?«

»Hase. Wenn der Zauberer für dich bestimmt gewesen wäre, dann, glaube mir, hätte er es auch unmissverständlich gezeigt! Dir, mir, Stanis - und vor allem Kathrin! Hat er aber nicht! Er ist einfach ein grundanständiges, ausgesprochen höfliches und zuvorkommendes Pferd. Und du hast es auch verstanden! Es war ein harter Weg, aber du hast ihn gut gemeistert. Du solltest aufhören zu grübeln, sondern stattdessen stolz auf dich sein!«

Sie warf einen Blick auf die tief in Gedanken versunkene Fahrerin.

Mit einem breiten, schelmischen Grinsen meinte sie: »Ich zumindest bin es! Ich bin mächtig stolz auf dich!«

Da erschien, endlich, ein Lächeln auf dem Gesicht von Tanja, das in ein Strahlen überging. Tief, befreit atmete sie aus, brachte das Auto mitten auf der einsamen Landstraße zum Stehen und stieg aus. Sie riss die Arme nach oben, stieß einen Schrei aus, jubelnd, dankbar, erlöst. Dann lief sie um den Wagen herum, zog die Beifahrertür auf und fiel Elinor um den Hals.

»Danke! Danke, dass du immer für mich da bist! Danke, dass du mir hilfst, mich selbst am eigenen Haarschopf aus dem Sumpf zu ziehen! Das ist eigentlich das Genialste daran: dass du mich lehrst, es selbst zu machen, es selbst zu hinterfragen und es selbst zu verstehen! Und dann die gemeinsame Nachbereitung, das Aufarbeiten! Danke, danke, danke!«

Elinor lachte schallend, dass das Auto wackelte. »Nun ist aber gut! Genug! Setzen, weiterfahren!«

Tanja salutierte, sprang wieder auf den Fahrersitz und fuhr beschwingt die restliche Strecke. Sie fühlte sich, als sei ein ganzer Berg von ihrem Herzen gerutscht. Endlich, endlich konnte sie das alles ordnen, verstehen.

Und bald schriftlich archivieren. Auf ihren geliebten Listen.

Vielleicht tanzend und malend.

Wer wusste das schon?

EINIGE WOCHEN SPÄTER

Ein Handyton schrillte aufgeregt über die weite Ebene. Tanja zog ihr Mobiltelefon aus der Hosentasche und jubelte auf. »Donauzauber!«

Diana blickte sie stirnrunzelnd an. »Seit wann hat der denn ein Handy?«

Tanja lachte. »Nein! Eine Nachricht von Kathrin natürlich! Ach, ist ja spannend! Margot war eben wieder da und ist begeistert vom Heilverlauf bei unserem Zauberer! Viele Grüße von ihr! Du weißt doch, Kathrin hat Margot vor einigen Wochen in ihrem Stall getroffen. Dort behandelt sie zwei andere Pferde. Und nimmt sich seitdem auch Zeit für den Zauberer. Wenn sie ohnehin da ist! Super, oder?«

Ihre Freundin nickte.

Schon wieder piepte das Handy.

»Ui! Dieses Mal ein Video vom Zauberer.«

Ein Räuspern ertönte an ihrer Seite.

»Also gut, über Donauzauber… Betreiben wir jetzt Haarspalterei oder willst du es auch sehen?«

Diana drängte ihre Stute Patsy dicht an die schnaubende Beauty, die ihren Kopf hochwarf und ein wenig zur Seite giftete.

»Klar! Lass laufen!«

Die beiden Frauen verfolgten sprachlos das Video. Kathrin und Donauzauber, die tatsächlich bereits ihr erstes Turnier ritten - hocherfolgreich, Platz eins in der Reitpferdeprüfung!

»Wow! Spektakulär! Was für ein Paar!«, kommentierte Diana.

»Wirklich beeindruckend! Du hattest damals recht -

er ist ein Turnierpferd! Die beiden werden noch eine steile Karriere hinlegen!«

»Davon darfst du ausgehen! He, Patsy, nun heb doch mal gefälligst deine Füße! Ein kleines Ästchen, und du fliegst fast hin!«

»Hm. Klarer Fall von ausgepowert! Warum wolltest du eigentlich heute wieder einen Megaritt machen?«

»Wegen dem Déjà-vu natürlich! Ich habe in meiner Kristallkugel gesehen, dass wir heute an ziemlich derselben Stelle wieder eine wichtige Nachricht von Kathrin bekommen!« Diana grinste schräg.

Tanja sah sich suchend um. Verblüfft sagte sie: »Du hast recht! Hier in etwa kam damals die erste Mitteilung von ihr an. Unglaublich…«

»Ja«, nickte ihre Freundin. »Und du bist soviel reicher geworden!«

»An Erfahrung! Ja, das war eine - wilde, turbulente Zeit. Zumindest in meinem Kopf!«

»Du bist in der Tat beeindruckend abgeklärt«, kicherte Diana.

»He! Nicht lustig machen! Oder was sagst du dazu…«

Schon gab Tanja ihrer ohnehin auf Ablenkung wartenden Beauty einen kräftigen Schenkeldruck, und die Frauen fanden sich in einem flotten Galopp wieder.

»Wehe!«, drohte Diana laut lachend, versuchte, ihre Freundin zu überholen.

Der Boden, der mittlerweile wieder genügend Regen erhalten hatte, federte herrlich, die Hunde sprangen fröhlich kläffend voraus, mussten sich aber bald den beiden Vollblütern geschlagen geben.

Endlich parierten sie die Pferde durch, um sie trocken in den Stall zu bringen.

»Das war nochmal eine schöne Hatz!«, kommentierte Diana schwer atmend.

»Und ob! Hab ich dir übrigens schon erzählt, was ich gestern von Max geschenkt bekommen habe?«

»Nein. Was denn?!?« Neugierig reckte Diana den Hals zu Tanja hinüber.

»Zwei Karten. Für den Trakehner Hengstmarkt. Mit Gala-Show. In Neumünster.«

»Echt?« Diana kippte fast aus dem Sattel. »Mega! Und das, wo es jetzt eine doppelte Olympiasiegerin in der Dressur mit dem Elchbrand gibt! Dalera! Wie genial! Ich würde am liebsten mitkommen! Dass du mir das überhaupt so lange vorenthalten hast! Los, erzähl schon!«

»Wir fahren nächste Woche Mittwoch. Am Donnerstag geht es morgens um zehn Uhr mit der Pflastermusterung der Junghengste los. Und endet Samstag Abend mit einer großen Party. Einige Stuten und Fohlen stehen neben den Junghengsten ebenfalls zum Verkauf. Außerdem soll es dort auch eine nette Ausstellung rund ums Pferdezubehör geben.«

»Oh wie fein! Warum das denn? Ich meine, die Karten, nicht die Ausstellung!«

»Weil ich, seit ich Donauzauber kennengelernt habe, so auf Trakehner stehe und mein geliebter Mann das natürlich ganz genau mitgekriegt hat…«

Dianas Augen wurden groß wie Wagenräder. »Wow! Da bin ich aber mal gespannt…«

»Ich auch, Diana, ich auch!…«

Danksagung

Danke an das Leben, das mir die meisten Situationen mit Pferden, die in diesem Buch beschrieben sind, als Erfahrungen geschenkt hat! Es ist schön, sie nun in diesem fiktiven Roman weitergeben zu dürfen.

Danke deshalb vor allem an meine vier- und zweibeinigen Lehrer:innen, mit denen ich all dies und vieles mehr erleben durfte! Ihr habt mir damit schier Unglaubliches geschenkt - und macht es auch weiterhin…

Danke an Ulrike Böhme, die sich den Mühen des inhaltlichen Lektorats unterworfen hat und damit auch Licht in Bereiche brachte, die für mich ganz selbstverständlich sind und keiner weiteren Erklärung bedurften - bis ich von ihr darauf hingewiesen wurde. Dies könnte einigen Leser:innen zugute kommen.

Danke an Dieter, dessen Liebe mich weiterträgt und mich mein Leben glücklich auskosten lässt - auch wenn er mich dafür desöfteren ausbremsen und wieder auf den Boden der Tatsachen zurückholen muss.

Danke an euch Leser:innen, die ihr die Geschichte bis zum Ende miterlebt habt! Wenn sie euch gefallen hat, würde ich mich sehr über eure positiven Rezensionen auf den verschiedenen Portalen freuen, denn hauptsächlich so werden heute Empfehlungen weitergetragen.

DANKE!

Als auf Tanjas Reitanlage an der italienischen Küste eine neue Gruppe pferdebegeisterter Frauen zu einem Reiturlaub ankommt, ahnt sie noch nicht, dass sich vieles von Grund auf ändern wird.

Ursache dafür ist Elinor, eine quirlige Frau, die Menschen tief ins Herz blicken und mit Tieren kommunizieren kann. Sie überzeugt selbst die Skeptikerinnen der Gruppe, an einer Zusammenkunft bei Vollmond auf der Koppel im Beisein der Pferde teilzunehmen.

Danach ist nichts mehr so, wie es einmal war…

!!! LESETIPP DER ZEITSCHRIFT »ST. GEORG« !!!

!!! LESETIPP DER ZEITSCHRIFT »MEIN PFERD« !!!

Dreimal hat der Offizier Ferdinand Magellan fast sein Leben im Dienst für den portugiesischen König Manuel I. verloren, als dieser ihn im Jahre 1514 aus persönlicher Rachsucht seines Heimatlandes verweist. Ein schwerer Schlag für den Indien-Heimkehrer, der eine tragende Rolle bei der Errichtung der Weltvorherrschaft spielte, doch er bleibt seinem Ziel treu: die sagenhaften Gewürzinseln über die bis dahin noch unbekannte Westroute zu erreichen.

Unterstützung für dieses außergewöhnliche Vorhaben findet er im konkurrierenden Nachbarland Spanien beim jungen König Karl V.

Am 19. September 1519 bricht die bislang teuerste Expedition auf in unbekannte Fernen…